常青藤教育
的99个成功法则

武敬敏 田萍·编著

天津科学技术出版社

图书在版编目（CIP）数据

常青藤教育的 99 个成功法则：美国精英是怎样炼成的／武敬敏，
田萍编著. —天津：天津科学技术出版社，2011. 1

ISBN 978 - 7 - 5308 - 6170 - 7

Ⅰ. ①常… Ⅱ. ①武… ②田… Ⅲ. ①教育—研究—美国

Ⅳ. ①G571. 2

中国版本图书馆 CIP 数据核字（2010）第 247282 号

责任编辑：刘丽燕　徐兰英

责任印制：白彦生

天津科学技术出版社出版

出版人：蔡　颢

天津市西康路 35 号　邮编 300051

电话（022）23332398（事业部）　23332697（发行）

网址：www. tjkjcbs. com. cn

新华书店经销

河北省香河县宏润印刷有限公司印刷

开本 710×1000　1/16　印张 17　字数 230 000

2011 年 1 月第 1 版第 1 次印刷

定价：28. 00 元

引子

走进"常青藤素质"

最受青睐的"常青藤教育"

在美国,"常青藤联盟"是指美国东北部八所久负盛名的大学,它们分别是哈佛大学、耶鲁大学、普林斯顿大学、哥伦比亚大学、康奈尔大学、布朗大学、达特茅斯大学和宾夕法尼亚大学。这八所学校是世界公认的一流大学,他们历史悠久、治学严谨,除了康奈尔大学之外,这些学校都是在北美独立战争之前创设的。教授的授课水平高,学生的综合素质好,为美国的发展输送了大批的政治领袖、商界精英、科技人才。正是因为这个原因,常青藤大学又成为顶尖名校的代名词。在习惯上,人们也会将精英教育称为"常青藤教育"。

今天,常青藤联盟不仅仅针对美国人,它正以更宽广的胸怀面向整个世界。作为世界上最好的大学,常青藤对所有的优秀学子都敞开怀抱,每年从世界各地寄来的入学申请书不计其数。

也正因为如此,常青藤联盟中每所学校的入学标准都非常严格,那些具备申请资格的学生不仅要学习成绩好,而且要独立、自信、有特长。为了找到优秀的生源,这些学校很早就到各个高中去物色合适的人选,许多得到全国优秀学生奖或者是 SAT 成绩优异、高中课程成绩在全校前十名的学生,都是常青藤盟校吸纳的对象。进入常青藤的学生,不仅基础扎实,且综合素质过硬。

说到这里，一定有很多家长都梦想着把自己的孩子送进常青藤，或者是让自己的孩子也有机会接受这种精英教育。机会对每个孩子来说都是均等的，只是需要每一位家长和学生自己去争取。在达到这个目标之前，有一点是家长可以完全靠努力做到的，那就是让自己的孩子具备一种"常青藤素质"。要想做到这一点，最好的方法就是使用常青藤的教育准则，用最精英的教育思维来培养我们的孩子。这样，即使你的孩子在现实中没有机会走进常青藤接受教育，而"常青藤素质"将一直陪伴他，同样可以使他在未来的生活中更优秀、更具有竞争力。

　　美国曾有一位著名的企业领袖说过："即使是让那些哈佛的新生不去上学，让他们随便干点什么，等20年后，他们还是比别人要成功。这个问题的关键不在于哈佛教给了他什么，而是在于哈佛选择了什么样的人。"所以，常青藤的教育并不是局限于狭隘的知识教育，选择或者塑造什么样的人，才是教育成功的关键。相信那些被常青藤选中的幸运儿，本身就已经具有一种"常青藤素质"，家长正是这种素质的第一教师，每一个家庭就是孩子人生中的第一所"常青藤"学校。

　　培养孩子的常青藤素质需要父母有意识地进行，而且是从孩子在妈妈肚子里时开始，到他出生、学会说话、上幼儿园、小学、初中、高中，直到他具备那些"常青藤素质"。这个过程中，父母会不断收获一些新的感悟，不断发现孩子身上可喜的变化。当孩子真正进入常青藤学校或者其他优秀学府的时候，也许那已经不是一个巨大的惊喜，而是一种必然。

　　在介绍常青藤教育法则方面，有一位重要的人物不得不提及，他就是著名的"反智书生"薛涌。薛先生用自己的亲身经历总结出了很多常青藤教育与传统教育的不同之处，为中国读者打开了一扇了解常青藤教育的窗口，他的著作《一岁就上常青藤》也是本书重要的参考资料，希望我们在介绍常青藤教育方面的共同努力，能够给更多的中国家庭带来科学、优质而又充满人情的教育方案。

　　正如薛涌所言，梦想，如果不以一种崭新的教育作为起点，那就终究是水中明月。而一种崭新的教育，不在学校的课文里，不在任何组织的文件里，只在每一位家长与孩子相处的细节里。当有一个家长懂得用常青藤的方法来教育孩子时，这个孩子是幸运的；当越来越多的人开始运用常青藤教育法则时，它会形成一股巨大的浪潮，那么我们这个国家和民族就是幸运的。可能有的人会想，运用常青藤法则教出来的孩子会不会没有"中国味"，没有中国传统文化理念。其实这是多虑的，一方面人才国际化是一种趋势，社会需要的是具有创造性的人才，所有各种教育方式最终都会殊途同归；另一方面，我们的传统文化中既有优秀的东西，也有需要改良的东西。从来没有无源之传统，既然传统本身是一个时代的风格的延续，那么尊重时代的风格，则自能成传统。

本书重点在于讨论实现精英教育的具体路径，参考了许多美国历史上有常青藤教育背景的人物成长经历，希望广大读者在阅读的过程中越来越了解常青藤教育，也越来越能自然而然地将它运用到自己的生活中去。

常青藤教育的目标是培养成功的人

如果说常青藤是精英教育的话，恐怕会有人提出异议：精英可不全是"常青藤出品"，例如培养出众多诺贝尔奖获得者的芝加哥大学、加州理工学院，科技人才荟萃的麻省理工和斯坦福，乃至英国古老的牛津大学和剑桥大学等。

其实，完全没有必要用门户之见来对待"精英教育"，如果要办一个精英擂台，阵容强大的常青藤联盟在当今美国的政治界、商界、科技界肯定是硕果累累的，这一点毋庸置疑。而且，常青藤教育的原则并不是彻底排他的，不是说一旦某一条原则属于常青藤，就像校徽一样只能专属，不能共存。不管是在常青藤学校，还是在其他大学，有一些原则是共通的、相似的、互补的。我们可以这样看：以哈佛大学为首的常青藤联盟，更全面、更系统地体现了世界精英教育的特点，介绍常青藤原则，也就是介绍了精英教育的本质。常青藤的培训目标是为世界培训未来的领导者，也就是要培养出成功的人。

哈佛大学在接受学生入学申请时除了考察成绩以外，还着重考察学生的综合素质。哈佛大学的"附加个性评价表"中涉及了 15 个方面的内容：

1. Intellectual curiosity 好奇心及求知欲

2. Intellectual creativity 创造能力

3. Academic achievement 学业成绩

4. Academic promise 学业前景

5. Leadership 领导能力

6. Sense of responsibility 责任感

7. Self—confidence 自信心

8. Warmth of personality 为人热忱

9. Sense of humor 幽默感

10. Concern for others 关心他人

11. Energy 活力

12. Maturity 成熟

13. Initiative 主动性

14. Reaction to setbacks 对挫折的反应

15. Respect accorded by faculty 受老师们的重视程度

哈佛大学"附加个性评价"所涉及的这 15 个方面，几乎也是美国常青藤学校都关注的。这些名校精心设计了申请程序，包括用表格考察的各个方面，用各种方法从各个角度来评价申请者：这个学生各方面的状况和发展潜力如何？在同校同届同地域的学生中有多突出？在优秀程度不相上下的竞争者中是否仍然占据优势？

不难看出，名校一直看中的那些方面，样样都直击人的素质，也就是前面所提到的"常青藤素质"。常青藤教育出来的绝不仅仅是研究型人才，"幽默感"、"关心他人"、"活力"等项的考察，其背后指向一个人的影响力、团队精神、协作能力等，只有具备这些品质，才能承担得起更大的成功和荣耀。如果说常青藤的教育目标可以分为两个部分，那就是品格和能力。所谓的品格，也是指一个人的价值观念，这是教育中最重要的一部分。把孩子培养成为一个好人，一个有道德的人，他会更容易理解别人，更加有兴趣来探索解决社会问题的路径，因而更有可能成为社会的领袖，也更容易得到较高的报酬，这样的孩子最容易成功，生活的幸福感也最强。至于能力，和智商无关，也完全仰仗于后天的培养。

家教比学校教育更重要

教师被誉为"人类灵魂的工程师",其实,父母更接近这个崇高的角色。在哈佛大学考察新生的 15 项中,好奇心及求知欲、创造能力、领导能力、责任感、自信心、为人热忱、幽默感、关心他人、活力、成熟、主动性、对挫折的反应这些都是在父母日积月累的影响下形成的品质。父母的教育比教师更能塑造人、影响人。

但我们常有"不识庐山真面目,只缘身在此山中"的感慨,天天肩负教育责任的父母,却往往把自己当成了"外行",误认为教育是学校的责任;也有一些重视家庭教育的父母,还在用上辈人教育我们的做法在教育今天的孩子。家庭还没有发挥出应有的教育作用,而这正是常青藤学生的家长们做得最好的地方。

父母身上有一个极容易被忽略的教育优势:在孩子成长的敏感期内与他(她)朝夕相处。在陪伴孩子成长的过程中,父母可以清楚地看到孩子变化的每一个细节。在日常的生活中,父母的言行举动都在潜移默化地影响着孩子,这些细节上的影响,会形成孩子日后待人处事的潜意识中的标准。可以说,父母的高度决定了孩子人生的宽度。

美国教育学家泰曼·约翰逊说:"成功的家教造就成功的孩子,失败的家教造就失败的孩子。"这句话说得不无道理。从这个意义上讲,家庭教育决定着孩子的命运,父母对于孩子的成长起着决定性的作用。

其实,常青藤的教育理念也可以很轻松地解释为什么说家庭是最好的教育场所。常青藤教育注重小规模授课,师生之间能够有更多机会进行面对面的互动讨论。常青藤视大学为一个学术共同体,把一个大学分割成几百人左右的一个个小学院,使学院内的师生能够基本上认识并叫得出名字来,一个学院就像是一个家庭。其实,家庭内部本身就是对话讨论式的,父母与孩子之间沟通的机会大大高于老师与学生之间。

在家庭教育中,当家长独自面对孩子,不正是"小班授课"的绝佳时机吗?况且,孩子人生观、价值观的形成,基本上也仰赖家庭教育的培养。如果父母中一方选择在家全职照看孩子,则是一种一对一的模式，就连常青藤学校也无法达到这样的"小班标准"了。

一岁到高中时期是孩子成长中的关键教育期，孩子的素质就在这个阶段形成，日后人生起飞点的高低也在这一时期见分晓。而孩子人生中的教师在不断变化，可能遇到一位良师益友，也可能没有那么幸运。但父母一直在他身边，父母一直在用自己的一言一行影响着孩子。好则好矣，差则晚矣。可以说常青藤学校最要感谢的就是那些培养了优秀孩子的家长们，正是他们做好了基础工作，教育才能以更加有效、更加无阻力地展开。常青藤不仅是属于学校的荣誉，也是属于家长们的荣誉。

当我们看清常青藤背后优秀的家庭教育时，我们也就更加理解何谓"常青藤"了。

给孩子营造一个常青藤教育环境

人是环境的产物，孩子是家庭的缩影。从孩子的身上可以看到一个家庭的氛围、素质和实力，要培养一个具有常青藤素质的孩子，首先就要为他创造一个"常青藤教育环境"。当然，这种环境不是指毗邻哈佛、耶鲁，如果我们研究美国总统奥巴马的家庭，就会知道它指的是什么。

奥巴马的童年比较特殊。他出生在夏威夷，父亲是肯尼亚一名黑人经济学家，母亲是美国一名白人女教师。两人的婚姻很短暂，奥巴马两岁的时候，他们分手了，父亲离开年轻的妻子和儿子前往哈佛继续读书。毕业后，他带着另一名美国女人回到了肯尼亚，后来在肯尼亚死于车祸，奥巴马与父亲的交集少得可怜。

父亲离开后，母亲再嫁，由于继父工作的关系，六岁的奥巴马和母亲一起去了印尼，并在印尼生活到他十岁。

在印尼，奥巴马是一个"异类"，他的长相和宗教信仰都与别的孩子不一样，因此吃了不少恶作剧的苦头。他被伙伴们一起扔进泥塘；由于初学印尼语，学校的课程对他来说绝非易事。那时他性格内向，容易害羞，总是坐在教室最后面。三年级时，奥巴马写了一篇作文，写出了自己长大后的梦想是要成为总统。

十岁时，母亲与继父离婚，并带着他同父异母的妹妹留在印尼，生活十分困难，母亲自己在攻读人类学博士学位，还要供奥巴马读书。后来，奥巴马回到了夏威夷，他和外祖父、外祖母挤在一个很小的公寓里。外祖父换过多份工作，做过家具推销员，还当过一名很失败的保险经纪人。外祖母在一家银行工作。

种种迹象表明，奥巴马的家庭条件很一般，但这只是指的物质条件。

奥巴马的母亲安是一位很了不起的人。

与老奥巴马离婚后，安一边带儿子一边求学，但从未向前夫提出过要赡养费，困难可以想见。不仅如此，安对孩子的父亲是非常理解的，她没有表现过对老奥巴马的愤怒，也从来没有在儿子面前说过他的坏话。每当和儿子谈起他的父亲，安说的都是优点。她对奥巴马说，他的父亲聪明，幽默，擅长乐器，有一副好嗓子……

奥巴马童年的每一个进步，母亲都自豪地归结为奥巴马继承了父亲的智慧，是奥巴马沿着他父亲成功的道路在走。这种鼓励给了孩子极大的信心。在夏威夷普纳后私立学校念书的时候，奥巴马总是跟同学吹嘘"生父是一个非洲王子"。童年的奥巴马把父亲想象成非洲王子，他为配得上这样的父亲而积极进取。这个信念是母亲给奥巴马最好的人生礼物，他的外祖父母也很好地保护了这份珍贵的礼物。奥巴马的外祖父母反对女儿与奥巴马父亲的婚姻，但他们并没有因此在奥巴马的面前诋毁他的父亲，相反，他们会向对父亲没有太深记忆的奥巴马谈谈他父亲的逸事。例如，谈起老奥巴马曾在国际音乐节上唱非洲歌曲时，他们说：你老爸唱得非常好，每个人都被他迷倒了。

奥巴马的亲人们都在努力为他创造一个更乐观、更幸福的成长环境。

安的教育智慧不止这些，她不仅让儿子以有这样一个黑人父亲自豪，还让儿子学会了作为一个黑人的自豪。她经常带民权运动的书籍、美国著名女黑人福音歌手马哈利娅·杰克逊的录音以及马丁·路德·金的讲稿回家，让奥巴马耳濡目染。这一切给奥巴马留下了深刻的印象。安相信，人们虽然拥有不同肤色，但本质是一样的，人人生来平等。

安是一个感情丰富的母亲，奥巴马回忆她在看到别的地方发生灾难、冲突的时候，会在电视机前流泪，她到印尼之后总是对上门乞讨的人施舍，后来他们家门口总是聚集着很多乞丐，安不得不有选择地施舍了。"她是一个感情真挚、有想法的人"，这是安得到的最多的评价。

1971年，安把10岁的奥巴马送回了夏威夷。小女儿玛雅回忆，那是母亲一生中最困难的决定，因为她在印尼生活，这会带来很多困难，但这时她的乐观天性发挥了作用。对此，玛雅说，妈妈曾教育她说："不要被恐惧或狭隘的定义所束缚，不要在自己周围筑起围墙，我们应当尽力在意想不到的地方找到亲情和美好的事物。"

显然，奥巴马也继承了母亲的这一天性。美国民主党内初选中，尽管一开始希拉里明显占据上风，并在后来也给奥巴马带来了巨大挑战，而且他也遭遇过"牧师门"等事件，但奥巴马和他的竞选阵营从未乱过阵脚，每次都能化险为夷。

提起母亲，奥巴马说"我身上最好的东西都要归功于她"，遗传自父亲的黑色皮肤在奥巴马的政治生涯中成为一面旗帜，而遗传自母亲的坚韧不拔与自信，以及受母亲影响形成的对社会、宗教和种族的看法，更使他成了今天的奥巴马。

奥巴马的家庭就是一个常青藤环境的范本——家人之间相爱、相互支持，父母能够在孩子面前起到正面的引导作用，鼓励孩子独立，启发孩子思考，让孩子从内心深处相信自己……我们可以提炼出很多东西来，它们的本质只有两点——家长注重身教言传，更看重孩子自身的学习力和思考力。这也是常青藤环境的精髓。

让孩子从小接受常青藤教育，其实也就是创造一种友爱、互动的氛围。父母要尽可能地把自己摆在和孩子平等的位置上，通过提问和讨论的方式来培养孩子的品格和社会能力。

我们为人父母，在教育孩子方面总是有些战战兢兢，总是希望能够找到最好的教育方法，把教育孩子当成是教育自己的过程。当有一天你发现自己培养了一个成功的孩子时，才明白原来开什么样的车子，住什么样的房子，赚多少钱都无关紧要了。

目 录

"智本"比智商和资本更关键

在如今的这个时代，家长留给孩子的最有益的资本绝对不是金钱，而是优秀的素质，综合的能力，我们把它称为"智本"。"智本"所界定的范围，当然比"智商"的概念要宽泛很多。在未来的"智本主义社会"，能力才是衡量一个人的根本性指标。

1994 年，一个名叫 Charles Murray 的学者发表了智商研究名著《钟曲线：在美国社会中的智力阶层》，当时轰动了美国的智商研究学者。这篇文章主要阐述的道理就是"智商决定论"。

在这篇文章中，作者明确地表态：如果是在过去的旧社会，你的社会地位是由家庭背景、经济条件等外在的因素决定的。而在当今的美国，一切都是由自己的智力来决定，智能最优异的进最好的大学，智能低下的则沉入社会下层。智商和犯罪率、失业率、福利、儿童教育、贫困等都有显而易见的统计学上的相关性，所以需要认真面对。

不仅如此，作者还将自己的研究观点推进了一步，得出亚裔的智商比白人略高，黑人的智商则明显偏低的结论。这个观点遭到了很多人的斥责，被认为有种族主义的倾向，当时无论作者走到哪里讲演，都会被抗议者包围，甚至有大动拳脚的场景出现。

许多心理学家、人类学家、社会学家和教育学家都对"智商决定论"的说法提出过批评，他们认为，智商除了遗传基因的生理层面以外，还有其他的社会层面，因为智商的高低很大程度上会受到后天环境的影响，况且智商本身并不能完全决定一个人的成功。

长期关注精英教育的民间学者薛涌先生在他的论著《一岁就上常青藤》中认为，一个人能够获得成功，不外乎三种途径。

第一种：出身好。在传统的贵族社会，血统是决定性的因素。你能够拥有多少财富和权力，首先要看你的家门、出身，而未必是你的个人能力。

第二种：资本多。在资本主义社会，一生的成败决定于你所掌握的资本，即你是否有钱。虽然能力可以产生金钱，但是一个能力平平的富家子弟，比起住在偏远农村但是个人素质优异的穷孩子来说，还是存在着相当大的优势。

第三种：智本高。现在，多数的西方国家都进入了一种"智本主义社会"的人才发展模式。在这样的社会里，能力平平的富家子弟很难比得过有着百里挑一素质的穷孩子。因为一个能力平平的人，即使是他掌握着万贯家财，但是却未必能守财，更不用说创造新的财富。他这一笔无法升值的财富很快就会变得微不足道。而一个没有任何资本却以智本取胜的穷孩子就不同了，虽然一贫如洗，不过这些都是暂时的，他具有的创造潜力，就如同市场上炒得炙手可热的期货。

卡耐基小的时候生活在一个非常穷困的人家，在他 7 岁的时候父母就双双失去了工作，使他家的生活雪上加霜，欠下的债也越来越多。家中极度的贫困，在卡耐基小小的心里留下了阴影，他常为自己衣服的粗陋破旧而难过。他曾对母亲说过：当他在数学课上，老师叫他到黑板前解答问题时，他的脑中一片空白，只是在想大家会笑他穿的衣服。

这个穷困的苏格兰儿童在登陆美国之后成为社会底层的移民童工，

背井离乡，没有钱，没有身份。当时他工作的酬劳，每个小时只有两分钱，他就是从这里开始起步，一点一点靠着自己的能力成为后来美国最富有的人。这些都体现出了"智本主义"的原则。

任何社会的发展都需要能人治世。所谓的"智本主义社会"，就是把能力作为唯一的指标来衡量一个人。直到20世纪的初、中期，能进常青藤学校读书的人一定是白人的社会精英，别的阶层根本无法与之进行公平竞争。而现在就不同了，如果你没有能力，无论是什么样的血统和财富都进不了常青藤；可是如果你有能力，哈佛会舍得一年花4万美元请你去读书。这种变化，无不说明社会在进步，懂得与社会同步的人才能搭上成功的阶梯。而这种变化本身也折射出了现代市场经济的基本逻辑：对高素质的人追加教育投资，会产生极大的经济回报。比如哈佛每年花4万元请比尔·盖茨读书，而以后他可以创造超出1千亿美元的财富，实在是极具盈利的前景。

如果说是智商决定了一切，或者说是出身决定了一切，不如说是素质决定了一切。这种素质所界定的范围，当然比智商要宽泛得多。一个人的素质，比如品格、动机、意志、价值观念等，这些要素更能决定人是否能够获得成功，往往比智商更关键。难怪现今有人又提出了"情商"的新概念，就是为了说明这个道理吧。

常青藤家训

在"智本主义社会"已经到来时，作为家长能给孩子遗留下来的最大财产不是资本，而是"智本"，可以把自己的孩子在一贫如洗的情况下推向教育的最高境界。

帮助孩子塑造"上等人行为"

> 行为举止是一面观察人的镜子，在它的面前，每个人都显露出了各自真实的面貌和品位。没有一个孩子生下来就是绅士，既然为人父母，就有责任给孩子创造一个好环境，为孩子的行为提出合理的训导意见，帮助孩子培养优雅的习惯。

自建国起，美国就一直致力于消除等级制度，但实际上美国的贫富分化远比想象中要严重得多。用政治经济学的观点来说，经济基础决定了上层建筑，经济差别也必然会带来文化差别，仅仅通过一些日常生活中的言行，就可以判断出他是富人还是穷人。不论你继承了多少遗产、工作是否可靠、居住条件如何，也不论你的客厅和书房的摆设，自制咖啡的浓度，日常阅读的品种……只要你一张口说话，你的社会地位就暴露无遗。英国十七世纪的剧作家本·琼生曾总结："一张口，我就能了解你。"

也许正是因为这样的文化环境，美国的父母非常重视规范孩子的行为举止，否则就会成为一个"不入流"的人。如何培养一个有好习惯、好品行的孩子，是所有父母们的必修课。在美国，父母培养孩子有好的行为，最通常的一个词就是 discipline，是"训导"的意思。训导不是惩罚，更多的是教育孩子认清什么是对，什么是错，什么行为可以接受，什么行为不可以接受，等等。在如何训导孩子的行为方面，有以下的 10 个原则：

（1）家长要给孩子树立好的榜样。

如果家长说脏话，不要指望孩子讲话能有礼貌；如果家长喜欢在背后议论别人，当面一套背后一套，孩子也不会免俗。因此家长要注意检查孩子是否在继承自己的陋习。

（2）给孩子创造一个充满爱和信任的环境。

在这种环境中长大的孩子更有安全感，更自信，也更容易听父母的话。如果父母与子女的关系处不好，会使孩子更加反叛，想让他听话没有那么容易。

（3）在教育孩子的态度方面，父母应保持一致。

不能贯彻规矩的害处在于会让孩子感到困惑，他不懂得为什么今天把饭扔在地上就会受罚，昨天却没有。这样就不能起到训导孩子的效果。给孩子定的规矩不要太多，要针对你认为最重要的事情来做，但是有了规矩必须强化执行。

（4）孩子的好习惯是从小养成的。

家长从孩子 15 个月到 18 个月大就可以开始订立规矩，以帮助孩子更好地成长。

（5）少对孩子说"不"。

孩子对一切充满着好奇，他们是通过自身的肢体、五官来感受这个世界的。如果我们经常说"不要碰这个，不许动那个"就会阻碍孩子的好奇心。建议家长采取积极的态度，正确引导孩子，比如孩子在沙发上乱蹦乱跳时，可以说"你可以在爸爸妈妈的床上跳"，而不是说"不许在沙发上乱跳"。

（6）对于孩子的好行为要及时表扬，强化好习惯。

表扬孩子也需要讲究方法，要说细节，"玛丽今天晚餐过后帮助妈妈擦抹桌子，真是个懂事的孩子"这样的表扬方式，让孩子知道自己为什么受到了表扬。当然，如果是当着爷爷奶奶的面提到这些，孩子会更加高兴。

（7）在孩子发脾气的时候不可以做出让步。

在公共场合，孩子可能会通过大哭大闹的方式让家长妥协。这时家长需要冷静，可以故意"忽略"孩子的存在。得不到父母的注意，孩子就会自己安静下来。

（8）体罚是家长无能的表现。

这个时候父母最好是先冷静下来，等情绪稳定之后再想想处理问题的方法，否则在气头上说的话很容易失了分寸而让孩子无法接受。

（9）分清贿赂和奖励的界限。

奖励是因为孩子的表现出色而给予的，而贿赂是为了让孩子做你想要他做的事而事先支付的。奖励是可取的，而贿赂是不可取的。否则，孩子会很快学会和父母讨价还价。

（10）与孩子沟通要讲究说话的技巧。

比如我们要多和孩子说选择句式，比如要说"我们该吃饭了"就不如"是用大碗吃饭还是小碗吃饭"的表达效果好。和孩子说话不可以用居高临下的态度，而是要尊重孩子，理解他们。

常 青 藤 家 训

孩子是站在自己的肩膀上的，自己有多高，孩子才能有多高；自己能走多远，孩子才能走多远。父母唯有不断进取，用自己的人格力量去获得孩子的钦佩和敬爱。

努力从孩子的角度看问题

精彩点击

"如果您可以细心地感受我的人生，不剥夺我自由呼吸的空间，那么我将长大、学习和改变。"作为家长，我们应该懂得用孩子的眼睛来看世界，努力让自己通过孩子的视角让他们掌握基本的做人原则，并鼓励他们用这样的原则来理解大人。

深冬的早晨，在一个犹太社区中心健身房外的走廊里，有个两岁的男孩突然大发脾气：他一下子趴在地上，又哭又叫，两脚乱踢，两手乱抓。而他的母亲却在他身旁一句话都不说，放下手里的包袱，先蹲下，再坐下，后来索性全身趴在地上，使她的头和儿子的头成了一个水平线，两个人的鼻子也碰在一起。走廊里来来往往的人很多，大家都小心地绕开她们，尽量不去注意她们；母子两个旁若无人地趴在那里好半天。最后，孩子脸上的愤怒慢慢消失，显露出平静，哭叫声变成了耳语，终于把哭红的小脸靠在地板上，他的妈妈也同样把脸靠在地板上。孩子看母亲，母亲就看孩子。最后孩子站起来，母亲也站起来。母亲拿起丢下的包袱，向孩子伸出手来，孩子抓住了母亲的手。两人一起走过了长长的走廊，到了停车场。母亲打开车门，把孩子放在儿童座上扣好，亲了一下他的额头。孩子的情绪已经变得非常安稳甜蜜。而在这整个过程中，当母亲的居然没有说一句话。在一旁一直跟踪观察她们的人，简直要情不自禁地为这位母亲鼓掌！

这是薛涌讲述的发生在美国街头的一幕场景，母亲专心致志地趴在地上，仿佛要尽自己最大的努力从孩子的角度来理解他发脾气的原因。正是由于这一点点虔诚的努力，两个人建立了默契的沟通，孩子平静了下来，而这位母亲自始至终没有说一句安慰孩子的话。也许你会感到很奇怪：既然母亲一句话都没有讲，是什么力量安抚了孩子原本不平静的心呢？

很多父母苦恼的是：孩子有秘密不会告诉你；孩子遇到了难过的事情不会找你诉说，甚至是孩子遇到了困难都不愿意找你来帮助。难道我们不爱自己的孩子吗？他们为什么对我们充满了敌意呢？你的至理名言，被孩子当成了耳旁风；你苦口婆心的唠叨，让孩子感到心烦意乱。作为家长，如果不懂得从孩子的角度来和他交流，那一定会使沟通出现重重的障碍。

与孩子交流，首先最重要的就是要懂得用孩子的眼睛来看世界。在日常的生活中，可能很多人都有这样的经验：当我们被人理解之后，内心就会感到温暖有助而心心相印，在这种情况下，人通常容易打开心扉畅所欲言。而当一个人感到自己不被人理解的时候，内心就会感到委屈孤独，什么都不愿意说，甚至是刻意疏远别人。成人都如此，更何况是孩子？我们在爱护孩子、教育孩子的时候，也应该设身处地地把自己放在孩子的角度考虑他是否可以接受。

有一位妈妈，对自己的孩子很是头痛，因为她的孩子深深迷恋于网络游戏不能自拔。爱子心切的母亲怀着恨铁不成钢的心情，每当看到孩子总会劈头盖脸地训斥一番，可是她不曾想过，孩子怎么会甘之如饴地接受她的责骂呢？虽然我们是出于对孩子的爱护，但是这种作法不可能收到良好的效果，反而会加重孩子的逆反心理。

但是另一位妈妈就很懂得教育的艺术，她在教育孩子之前用心体会了现阶段孩子的心理，虽然对孩子沉迷于网络游戏的状况感到担忧，但她却使用了让孩子可以亲近的方式来问孩子："你今天的手气怎么样？有没有破纪录？"通过这样的问法，我们可以轻松得知孩子现阶段对游戏的痴迷程度，而且不会让孩子有所警觉。结果，这个孩子兴致很高，说："我今天打到了10000分。"这位妈妈的问话传递出的信息并不是对游戏的厌恶，而是好奇，所以让孩子觉得家长对游戏也很感兴趣，因为对同样的事物感兴趣而愿意和你交流，只要愿意和你沟通，以后的说服就会变得容易很多。

在美国，你到处可以看到这样的教育：无论是家长还是老师，他们很少用训斥或者是命令的口气来和孩子交流，相反，他们采取的是俯身倾听。当我们试图努力让自己以孩子的角度来看问题的时候，他们才会逐渐意识到应该学着用家长、老师的眼光来理解世界。我们的价值观念也得以传递给孩子。

常青藤家训

　　家长作为教育者，在沟通上需要负主要的责任。只有当我们先做到用孩子的眼光来看问题的时候，才能够引导孩子用大人的眼光来看世界。如果我们从来没有顾及过孩子的视角，那么孩子拒绝我们的价值观念也不是没有道理。

教育孩子不能太功利

精彩点击

　　如果一个孩子成天到晚只是想着一己之私，那么他将永远不会成为对别人有用的人。而一个对别人没有用的人，将注定不会赢得别人的尊重，也不可能为社会作出贡献。要培养一流的孩子，就要让他树立一流的观念。

　　很多家长都有这样的理想，那就是希望自己的孩子考上一流的大学，大学毕业之后可以进入一流的工作单位任职。其实，只要是教育得当，这个愿望也并不是可望而不可即，只不过我们不要在孩子一出生的时候就用这种功利的"一流意识"来灌输孩子就好。孩子从小就被家长灌输实用哲学，以至于所有追求理想的空间都被封杀，一切都是为了实际而读书。这样的做法，不知会有多少天才被埋没。

　　美国的学校，尤其是小学特别强调个性、创造力和与人和谐相处的能力，因为他们认为这是决定孩子未来发展潜力的主要因素。所有的老师和家长都不认为学习成绩是教育最重要的衡量标准，老师在教学中始终不把孩子学习成绩的排名情况公布给家长和孩子，成绩只是老师自我检验教学成果的一种方式。同时，老师在准备测验的时候不要求学生在考前做任何准备，也不要求学生做课前预习或是课后的复习，一切都在课堂上完成。老师甚至不希望家长给孩子安排舞蹈、音乐之类的课外学习，他们认为孩子放学之后就应该出去玩或者是参加社区活动。如果要学习舞蹈或是音乐之类的课程，也完全是孩子凭自己的兴趣来做决定。学校规定家庭作业只是把课堂上没有完成的功课做完，一年级的家庭作业时间不超过半小时，以后各年级逐渐增加 10 分钟，但是最多也不能超过一小时。

教育的目的在于培养对社会有用的人。学生不仅要掌握知识，更重要的是要掌握获取知识的方法，发展自己独特的个性，开发创造力，培养积极融入社会的能力。学生最重要的也不是要掌握多少知识，而是要培养学习的能力以及对学习的兴趣，使孩子在今后成为终身学习者。最为关键的是，如果孩子缺乏参与社会活动的能力，发展成孤僻自闭的性格，不仅对自身发展不利，还可能对社会构成危害。

对于成功的理解，不同的人有不同的认知，但至少我们灌输给孩子的不是那样功利就好。一个人如果一天到晚只想着自己的那一点点个人需求，一定不可能成为对他人有利的人，也注定不会赢得别人的尊敬。那些只顾自己的人，又能体会多少人生的真义呢？

在美国，越是低层次的学校，实用的专业就越是风行。学习实用专业的孩子目的很明确：出来容易找工作赚钱。而在最好的大学中，这些很实用的专业基本上是不入流的。而学习这类专业的孩子，基本上都是普通劳动阶层的孩子，无论是经济水平或是受教育程度都要略低一等。

而在美国"常青藤"这样的精英学校，那些不实用的专业往往是最具有人气的，人文学科一直呈现出越来越热的趋势。例如在著名的耶鲁大学，在近 20 几年来，历史一直都是头号热门专业；而在哈佛大学，最热门的是政治学专业。

"一流的孩子需要一流的观念",确实如此,教育孩子不一定要有同样的一个模式,只要方法得当,相信孩子终归会成为"一流的人"。美国迪斯尼公司的前总裁迈克·埃斯纳,他在大学期间学习的是英语和戏剧,从来没有学过工商之类的实用课程,然而却一样可以做到总裁。他对于大学教育有自己独特的理解,他认为:"学习文学对人的帮助是难以置信的,因为人在做生意的时候总是免不了要处理人与人之间的关系。通过学习文学可以帮助你了解打动别人的语言艺术。"对大学教育比较理解的中高产阶层明白这个道理:来到大学学习是为了接受宏观而抽象的通才教育,拓宽对生活视野的认知,加深对人本情怀的理解,更好地从宏观上来把握世界。当受教育者有如此之高的着眼点,高度已经在众人之上,还怕将来不会成为成功的人么?还怕将来无法解决生活的实际问题么?这正恰恰和《中庸》当中的一句话不谋而合:取法乎上者,得乎其中;取法乎中者,得乎其下;取法乎下者,那就是了无所得了吧。

常青藤家训

一个具有大气魄的人,必然会具备"家事,国事,天下事,事事关心"这样的素质,将来不仅可以成功,甚至可以成为领袖。而那些期望孩子长大赚钱的家长,最后可能所获无几。

教育不是强制执行计划好的 "教学大纲"，
而要因变而变

再好的教育专家，也代替不了父母对孩子的教育作用。因为只有家长才可以对孩子进行一种持续、深度的观察，并且根据自己对孩子的认识来随时调整自己的教育方式。认识孩子是一个没有穷尽的过程，孩子在不断地成长，他们需要的爱和引导也在不断地变化，适应这种变化正是家长的智慧。

很多家长在教育孩子的过程中，存在着许多不尽正确的观念。每个孩子都有自己的特点和志向，所以我们要懂得量体裁衣，因材施教，才能收获到最好的效果。如果用一个固定的模子来塑造孩子，难免会出现 "水土不服" 的症状。其实，家长需要树立的一个观念就是：教育并不是按照自己的想法来引导孩子，而是要抱持和孩子一同成长的态度。

很多孩子的成长过程，也就是一个戴枷锁的过程。父母的权威，是一个无法逾越的 "框"，很多孩子的长大，是在一路的 "这不许" "那不能" 的呵斥中度过的。很多家长也习惯于让孩子服从自己为他们做出的选择，可是仔细想一想，一个不能脱离父母 "操控" 的孩子，怎么会超越父母呢？

派派是一个在美国出生的中国孩子，已经 7 岁的他是个人见人爱的孩子，长得胖乎乎，说话大嗓门。有一次，派派的父母帮他报名了一个数学补习班，谁知派派去了一次，就扬言再不会去第二次了。

为什么？

派派有他自己的观点："我永远都不想去了！永远永远！我很讨厌那个老师，她总是在叫喊，没有任何原因地冲着我叫喊。还弄出好多二年级、三年级的学生才会做的题目，显然是故意为难我们。她故意给我们做这么难的题目，总是不希望我们正确。"

于是，派派的父母安慰他道："这是老师的教育方法，你上了这个课之后，以后别人不会的题目你就都会了，那你多棒啊！"

谁知，派派却反驳道："我不想成为最好。我为什么一定要成为最好呢？这样不公平。不是每个人都上这个班，我想和我的同学一样。"

在父母对子女的教育方面，东西方的差异究竟能有多大呢？当我们的孩子"被教育"的时候，就是从"被认可"开始，尤其是被父母长辈认可。大多数的家长认为：被长辈们认可、赞扬的一定是听话的孩子，是按照父母、老师的意愿来做的孩子。因此，我们在教育孩子的时候不自觉地形成了一种规律：在教育孩子的时候往往把"服从自己"作为成功的标准，并不是把"服从道理"作为标准。

每个孩子都有自己独特的兴趣和爱好，有自己的学习习惯，而家长的任务是根据孩子的学习基础来因材施教、因势利导。家长对孩子的期望值高是可以理解的，但是期望与目标的确定应该考虑孩子的具体条件和意愿，因为不管我们怎样期望，孩子将来的生活终归还是由他自己去做主、去实现。因此，家长不可以把孩子的目标定得过于理想甚至不切实际，而是要根据孩子的能力、志向和兴趣，以帮助孩子建立自信心为出发点，使孩子处于一个宽松的心理状态，从而轻松愉快地学习。让孩子体验到学习的乐趣，拥有自我管理的能力，对他将来一生的发展都会有积极的帮助。

"常青藤"的原则是见机行事，无一定之规。我们不能无视孩子发展的现实状况而强行执行事先已经计划好的"教学大纲"，而是要根据孩子的具体特点，达到我们教育的目标。

把家庭教育变成最高级的小班授课

精彩点击

几十个人共享一个老师的授课，其效果怎么可以和一对一辅导相比？家长和孩子是一对一甚至是二对一的教学关系，孩子可以受到最多的关注。家庭在这一点上的优势要远远胜过学校，而很多家长都忽略了这点。

现在有很多父母愿意利用周末的时间给孩子报名上个"小班"，帮助孩子提高学习成绩。和传统的大课相比，这种"小班"有很多独特的优点：

首先，在小班上是允许学生随时发言的。我们记忆中的课堂，是老师站在高高的讲台上，下面是正襟危坐的学生。而小班化的教学可以把提问的权利还给学生，当遇到问题的时候，学生们随时都可以发问。

其次，小班授课允许学生质疑。当老师在讲授知识出现错误时，学生可以及时纠正补充，和老师平等地交换意见，甚至是"争论"。

不管怎样，小班授课的优势显而易见：孩子从老师那里得到更多的关注，并且很容易进行面对面的对话和互动，这样的教学自然会促进学生的健康成长。

芝加哥大学核心课程的具体教学方式和要求，基本上都是小班授课。也有上千人的大课，但是大课在讨论的时候也必须要分成很多小班，有很多博士生任助教。比如在 20 世纪 90 年代时的"财富、权利、美德"课，是由芝加哥大学的本科生院长亲自授课，选修的学生多达千人，需要将近 30 个博士生作为助教，每个助教带两个小班，每个小班 20 人左右。助教每周带领 2 个班分别讨论一次，而且所有的助教每周要和主讲教授再碰头开一次会，汇总各个小班的问题情况，并讨论下周的课程安排。这种小班授课，保证每个学生都受到关注，怎么可能不精英呢？

既然小班授课的优势这样明显，作为家长，我们也为孩子创造小班授课的环境吧！

我们不应该忘记的是：最小的小班授课，其实是在家庭中。是家长对孩子的一对一甚至是二对一的教育。可以说，利用好家庭教育，可以收到比学校教育更好的效果。

在进行"家庭小班授课"的过程中，父母一定要了解一些有用的关键词，它们分别是辅导、指导、引导、教导和主导，可以针对不同的情景把握好分寸利用这几种行动来教育孩子。

辅导：这个意思就好比是过河时主要倚靠孩子的脚和腿，而家长需要做的就是在关键或是危险的时刻"牵"他一下而已。孩子在用他自己的生活方式行走着，我们只要在他需要的时候才给予他帮助。但是，大多数的家长并不知道这一点，好像家长的给予是在满足家长想给的这个需要，而并不是针对孩子的真正需要。很多家长在无意识中自以为是地给予了很多，却在一厢情愿的爱护中伤到了孩子。

指导：在孩子成长的过程中，他们的意识里有一种需要，应该给予适度的满足，但如果指手画脚得太多，就会导致孩子的依赖性增强和自我能力的弱化。所以，家长在给予孩子指导的时候要掌握好分寸。

引导：引导好像是领着孩子走路的感觉。我们帮助孩子的引导应适可而止。孩子在他自身成长的"整体"中会有自己的"主见"和"能力"，这些已经形成的能力会指导他自己好好走路。人是有向上和向善本能的动物，就像植物向着阳光生长一样。我们又何必事事躬亲呢？

教导：教导实际上已经露出一点点暴力的味道了。在教导孩子的时候一定要考虑孩子内心的感受。

主导：主导似乎有"主宰"的意味。家长要知道，孩子绝对不是你能够随意掌控的东西，如果你想主导孩子的思想或者生活，那么你的孩子作为一个独立的个体将消失。

当我们了解了与孩子沟通的重要性之后，下一步，就是要懂得和孩子交流的艺术了。

招式一：主动交流。每天找一点时间，比如在茶余饭后，找机会和孩子聊一聊学校里的状况。每周可以定期把孩子叫过来和你们一起做一些事，比如做饭、逛街、打球、看电视等。一边做事情一边交流。

招式二：认真倾听。当孩子发表一些异议的时候，我们不要急于反驳，而是先平心静气地听他把想法表达清楚，然后再针对他的观点和他进行交流。

招式三：讨论问题。遇到某些事情可以和孩子进行讨论，听听他的建议并达成协议。比如我们不希望孩子沉迷于电脑游戏，就需要和孩子一起讨论如何能在玩电脑和学业上保持平衡，并达成协议。通过这样的方法，问题和分歧就很容易解决了。

常 青 藤 家 训

面对面地讨论不仅语言密集，并且让孩子通过表达自己的意见而更有效地吸收了知识，所以家庭的"小常青藤"就变得尤为重要了。如果家长放弃自己的责任，就很可能导致孩子的失败。

让孩子感受天伦之乐胜过 100 名早期教育专家

精彩点击

　　大部分的智商由基因所决定，但是教育也可以对提高智商起到一定的作用。合格的家长是肯花时间和自己的孩子进行创造性的玩耍、经常给孩子读书讲故事、就某件事情和孩子进行有趣的交流。孩子感受到的快乐越多，内心就越健全，将来就越是充满自信。

　　爱孩子是父母的本能，但爱不能只藏在心里，或者只存在于父母亲的主观认知中。相反，对孩子来说爱是实际的，既要能感觉得到，还要能摸得到。

　　所以，父母对孩子的每一次拥抱、每一次抚触、每一次亲吻，都能拉近彼此间的距离。对孩子来说，父母的爱就如同孕育地球上所有生命的太阳和水那样重要。所以，让孩子时时感受到父母的爱是非常重要的。

　　妈妈是和宝宝接触时间最长的交流对象，母子之间的目光互相注视就是交往的开端。母亲还可以利用一切机会与宝宝交流，比如在喂奶、换尿布或者是抱着宝宝的时候都会和他说话，并且展露出微笑的面容，说一些诸如"看着妈妈"，"宝宝真乖"这类的亲密话语。

　　交流的方式是可以多样化的，除了和宝宝"交谈"，还可以和宝宝逗乐，比如摸摸宝宝的头，或者轻轻地挠宝宝的小肚皮，通过这样的方式引起宝宝的注意，并逗引他微笑。当孩子在微笑的时候，要给予夸奖，妈妈那轻轻地一吻就是给宝宝的美好奖励。

　　在这个世界上，作为父母，能够给予孩子最有价值的礼物就是

"爱"——慷慨和无条件的爱。我们应尽可能多地让孩子感受到我们爱他。无论孩子犯了怎样严重的错误，父母都要对孩子有一颗宽容的心。

有一些不好的词语，在批评孩子时最好不要用，例如"你滚开，我再也不愿见到你"，"再不听话，我就不要你了"，"如果你不能做到，就别来见我"等。这些话只能将孩子与父母间的情感联系隔断，使我们失去教育引导孩子的机会，并导致孩子对父母的爱逐渐麻木。在这里我们可以用一个著名的"南风效应"理论来说明。

北风和南风打赌，看谁的力量会更大，它们决定比试一下看谁能让行人把大衣脱掉。可是北风无论怎样强烈，行人只会将衣服越裹越紧；而南风只要轻轻拂动，人们就热得敞开并进而脱掉了大衣。

南风效应告诉人们：宽容是一种强于惩戒的力量。在教育孩子上也是如此，那些一味批评自己孩子的父母，最终会发现孩子越来越不听他们的话了。每个孩子都有可能犯错误，父母要容忍孩子的缺点，客观理智地处理孩子在生活中出现的各种问题，在体谅孩子的同时，自己也要提高自我修养，这样才能更好地和孩子互动。

让孩子知道自己被爱、被认可，这是孩子与同伴、朋友交往时自信心的来源。父母的爱是孩子向外发展、探索外部复杂人际关系时的指路明灯。与此同时，和孩子一起交流一起游戏，还是操劳的父母们减压的好方式。

此外，父母如果经常和孩子一起相处玩耍，诸如：在一起玩拼图、烤饼干、画画，和孩子一起听音乐、唱歌、弹奏乐器，和孩子一起读书、讨论问题、编故事，和孩子一起看电影等，所有这些都很容易和孩子建立起亲密的感情。

观察美国的教育，需要提醒父母的是，在和孩子交流的时候应注意以下几点：

(1) 有耐心。

一般小孩的求知欲都比较强烈，喜欢追根问底，提出各种古怪的问题，父母对孩子的提问要耐心解答，不厌其烦。

（2）态度和蔼。

粗暴的态度会使孩子哭闹，更容易让孩子拒绝接受父母的教育，久而久之会让孩子在心理上有压力，对教育产生反感。让孩子感受到温暖，他才更愿意接受教育。

（3）善于启发。

在和孩子交流的时候要善于启发和诱导，鼓励孩子积极地思考，让孩子用自己的语言来表达思想，发挥想象力。

（4）切忌暴力。

不可以强迫孩子做他不喜欢做的事情，对孩子切忌使用欺骗、恐吓、体罚的手段，以免对他们的身心健康造成危害。

常青藤家训

只要用真诚、接纳和理解去认同、欣赏你的孩子，并使用恰当的表达和沟通法则，让孩子感受到父母的爱，就会看到孩子身上充满着令你欣慰的优点。

相信自己的孩子是天才

精彩点击

当一个孩子相信自己可以成为天才，他就会有更高的自我期望、更远大的理想和更充足的自信心，即使他不会像自己预想的那样成为天才，也一定可以在处理任何事情上彻底地发挥自己的潜能。家长如果教育孩子的方法得当，即使是再普通的孩子也会变得不平凡。

美国的罗杰·罗尔斯是纽约第 53 任州长，也是纽约历史上第一位黑人州长。他出生在纽约声名狼藉的大沙漠贫民窟，这里环境肮脏，充满暴力，是偷渡者和流浪汉的聚集地。在这儿出生的孩子从小耳濡目染逃学、打架、偷窃甚至吸毒，长大后很少有人会获得较体面的职业。然而，罗杰·罗尔斯是个例外，他不仅考入了大学，而且成了州长。

在就职的记者招待会上，到会的记者提了一个共同的话题：是什么把你推向州长宝座的？面对 300 多名记者，罗尔斯对自己的奋斗史只字未提，他仅说了一个非常陌生的名字：皮尔·保罗。后来人们才知道，皮尔·保罗是他小学的一位校长。

1961 年，皮尔·保罗被聘为诺必塔小学的董事兼校长。当是正值美国嬉皮士流行的时代，他走进诺必塔小学时，发现这儿的穷孩子比海明威等"迷惘的一代"还要无所事事，他们不与老师合作，旷课、斗殴，甚至砸烂教室的黑板。皮尔·保罗想了很多办法来引导他们，可是没有一个是有效的。后来他发现这些孩子都很迷信，于是在他上课的时候就多了一项内容——给学生看手相。他用这个办法来鼓励学生。

当罗尔斯从窗台上跳下，伸着小手走近讲台时，皮尔·保罗说："我一看你修长的小拇指就知道，将来你是纽约州的州长。"当时，罗尔斯大吃一惊，因为长这么大，只有他奶奶使他振奋过一次，说他可以成为五吨重的小船船长。这一次皮尔·保罗先生竟说他可以成为纽约州的州长，着实出乎他的预料。他记下了这句话，并且相信了它。从那天起，"纽约州州长"就像一面旗帜，罗尔斯的衣服不再沾满泥土，说话时也不再夹杂污言秽语。他开始挺直腰杆走路，表现出从未有过的自信。在以后的 40 多年间，他没有一天不按州长的身份要求自己。51 岁那年，他真的成了州长。

美国著名的教育专家卡尔·维特曾经说过"每个孩子都是天才"。当卡尔·维特的儿子还没有降生之前，他就坚信：对于孩子的培养，教育方法至关重要。只要教育方法正确，普通孩子也会成为不平凡的人。

心理学研究表明，在 0～4 岁的儿童中间，弱智儿童仅占 1.07％，而超常儿童则在 0.03％以上。也就是说，98％的孩子都不存在智力问题，而是爱学不爱学、会学不会学的问题。从这个角度来看，就可以得出每个孩子都是天才的结论。无论是父母还是孩子自身，我们都必须改变对天才的看法，也只有这样我们才能真正造就出天才。

正因为如此，父母在培养孩子的过程中应该注意的是，一定坚信自己的孩子是最优秀的，承认孩子的优点，对他的未来充满信心，给他积极的暗示。如果自己的孩子与别人的孩子在某一方面相比成绩平平，甚至远远不如别人的孩子，即使是在这个时候，我们也要坚信自己的孩子在另外一些方面也一定有他的过人之处，只是现在还没有表现的机会而已。作为家长我们可以仔细观察孩子闪光的一面，肯定孩子存在的优点。

任何成功孩子的家长都有一个共同的特点，那就是恰到好处地夸奖孩子。恰到好处的夸奖是指父母的夸奖不仅能够起到良好的激励作用，还能够起到警示的作用。小卡尔·维特在《卡尔·威特的教育》一书中认为家长教育孩子最重要的方法是"鼓励孩子去相信自己"，只有当孩子对自己充满了信心，父母才能够培养出优秀的人才。而孩子对于自己的信心来源于"父母有效的夸奖"，这种有效的夸奖就是恰到好处的夸奖，是能够给孩子带来自信但又不至于造成自傲的夸奖。

常 青 藤 家 训

积极正面的期待会使孩子感受到爱与支持，从而充满自信，生气蓬勃；相反的，负面的、消极的评价会使孩子失去信心与发展机会。

孩子的能力不可低估

精彩点击

　　孩子往往有自己的想法和见解，但是有的时候却表达不出来，甚至连自己都意识不到。作为家长要帮助孩子发现自己，多与孩子进行对话，多给孩子一些展示自己的机会，多观察孩子面对不同挑战时的反应，就会发现孩子并不是我们所想象的那样简单。

　　很多时候，我们都感叹现在的独生子女依赖性太强，自理能力又很差。其实只要我们细心观察就可以得知，多给孩子一些自主的空间，多给学生一些动手的机会，就可以发现原来孩子并不是我们所想象的那样，孩子的能力是不可低估的。

　　幼儿园里的《幼儿思维游戏》开课了，这未免叫家长有些担心。在家长看来，这些小不点儿认知能力很弱，况且有的连话还说不清，不哭不闹就不错了，怎么可以接受这些思维游戏的课程呢？有位家长带着好奇和怀疑，跟着孩子观摩了一节课。

　　这节课的名字是《小蚂蚁看世界》，小朋友们随着老师一起走进了故事中来认识世界，他们不仅认识了冬天，还知道了小熊和小松鼠喜欢吃什么，知道了小动物是怎么过冬的，知道了啄木鸟可以给树治病，等等。在上课的时候，孩子们通过操纵游戏材料，不停地在思考，整个课堂处于积极活跃的状态。这位家长经过亲眼目睹，证实了孩子的能力不能低估。只要家长给他们的思维发展创造条件，他们就可以创造出让家长意想不到的奇迹。

近几年，我们经常可以听到这样的声音：美国孩子是在无忧无虑中长大的。美国孩子小的时候功课很少，放学回家也主要是以玩为主。到了该上大学的时候，也不必像中国孩子那样必须走高考这条独木桥，美国孩子要想上大学只需凭学校的积点、老师的推荐以及社会活动的表现，就可以顺利地申请到大学。至于是否录取，那完全凭学校对人才的需要。孩子不用为了上大学而担心，因为即使是这所大学不录取，那所大学也能录取。

美国孩子的成长似乎看上去是顺利通达的，但事实上，美国父母在让孩子尽早具有独立性和智力潜质的开发方面独具匠心，下了很大的工夫。在美国无论走到哪里，都可以看到蹒跚学步的孩子，如果孩子跌倒了，父母一般不会跑上前主动扶起，而是在旁边鼓励，让孩子自己爬起来。父母在一点一滴的细节中训练孩子依靠自己的能力获得哪怕是很小的成功，也让孩子对自身树立信心。所以在美国，无论是在公园里，还是在街头上或是飞机的过道上，都可以看到小孩在前面摇摇晃晃地走，父母在后面跟着跑的惊险镜头。

一个孩子，他究竟有多少潜能还没有被开发出来，作为家长一般都是心中没数。孩子对于成人而言，永远是个谜。也许是因为他还小，纵然心中有无数奇妙的想法或是什么好的实施方案，也没有办法表达出来，甚至是他自己也没有意识到这一点！作为家长，我们应该经常有针对性地对孩子进行一些测试和观察，看他对不同的环境有着什么样的不同反应，才会明白他究竟在哪些方面有天赋可以供我们开发。

曾经有一个妈妈说，她和邻居站在院子里聊天，而自己的孩子却拿起了粉笔头在地上画出了一个萝卜，她当时就看呆了，觉得自己的孩子在绘画方面有天赋，就毅然决定带孩子去学习绘画了。

但是也有的家长不知道自己的孩子长项在那里，总是想当然地去培养孩子，效果也注定不会很理想。有位妈妈特别想让自己的孩子学习弹电子琴，可是特长班的老师婉言拒绝，因为这个孩子的手指不是很长，并不适合弹琴。但是这位母亲不死心，她觉得音乐是高雅的，所以执意要让孩子学习，最后反而把孩子弄得很痛苦。

最后还想说的是，教育孩子一定要以孩子为中心，如果我们形成了一套关于孩子的成见，教育就不再是以孩子为中心，而是以家长为中心了。那些越是觉得自己了解孩子的家长，反而会更容易做出错误的判断，因为他们低估了孩子的真实水平。

常 青 藤 家 训

每一个人都是天才，都具有一定的天赋。如果在小的时候能够被别人发现并培育，那么这个人就会取得非凡的成绩。相反，这个人就会默默无闻地度过一生，虽然他本身并不缺乏潜能。

努力发现自己孩子的潜能

精彩点击

我们不仅要相信自己的孩子是个天才，家长的职责还在于敏锐地发现孩子的才能究竟在哪里，尽管这是一个相当复杂艰难的过程。挖掘孩子是一项艺术，即使那些看上去有些愚钝的孩子也有别人所不及的潜力，关键在于家长是否热忱地将孩子的潜质打开。

格莱斯顿曾经说过，最有意义的事情莫过于把一个孩子内心潜藏的热忱激发出来。事实上确实如此，每一个孩子身上或多或少都有一些将来可以成就大器的潜质。不仅那些反应敏捷、聪明伶俐的孩子是这样，即使是那些相对木讷，甚至看起来有些愚钝的孩子也有这样的潜质。一旦有人将他们的潜质打开，凭借这种热忱的力量，原先人们在他们身上看到的那种"愚钝"也会慢慢消失。

诺贝尔奖获得者奥托·瓦拉赫在刚读中学时，父母建议他学习文学，可是老师认为他"过分拘泥，不可能在文学上有所发挥"；后来他又改学油画，老师认为他"素质一般，将来难有造诣"。面对如此"笨拙"的学生，化学老师却发现了他做事一丝不苟且耐心专一的特点，建议他学习化学。瓦拉赫改学化学之后，潜能被逐渐激活，并获得了诺贝尔奖。

成功学专家罗宾曾说："每个人身上都蕴藏着一份特殊的才能。那份才能犹如一位熟睡的巨人，等待着我们去唤醒他。"每个孩子都有自己的闪光点，作为家长，要认清自己的孩子，了解孩子的长处和短处，挖掘孩子的潜能，因材施教，扬长避短，使每个孩子都能成材。

但在这里，需要提醒各位家长要特别注意的是，儿童虽然具备潜在能力，但这种潜在能力并不是一成不变的，而是遵循一定的规则在变化。确切地说，儿童潜能是递减的，比如说生来具备100度潜在能力的儿童，如果从一生下来就对他进行理想的教育，那么就可能成为一个具备100度能力的成人。如果从5岁开始教育，即使是教育得非常出色，那也只能成为具备80度能力的成人。而如果从10岁开始教育的话，教育得再好，也只能达到具备60度能力的成人。这就是说，教育开始得越晚，儿童的能力实现就越少。这就是为后人熟知的著名的儿童潜能递减法则。

最著名的例子是英国司各特伯爵的儿子。司各特伯爵夫妇带着他们的新生婴儿出海旅行，行至非洲海岸时遇到大风暴，船被巨浪打翻，全船的人都遇难了，只有司各特伯爵夫妇带着儿子爬上了一个海岛。那是个无人的荒岛，岛上长满了热带丛林。司各特伯爵夫妇很快就被热带丛林里的各种疾病夺去了生命，只留下了孤零零的小司各特。后来一群大猩猩收养了只有几个月大的小司各特，他就跟着这群动物父母成长。二十多年后，一艘英国商船偶然在那里抛锚，人们在岛上发现了小司各特。他已经长成一位强壮的青年，跟一群大猩猩在一起，像大猩猩那样灵巧地攀爬跳跃，在树枝间荡来荡去，他不会用两条腿走路，也不会一句人类的语言。人们将他带回英国，在社会上引起了巨大的轰动，也引起了科学家们的极大兴趣。科学家们像教婴儿那样教导小司各特，力求他学会人的各种能力，以便他能够重归人类社会。他们花费了十年工夫，小司各特终于学会了穿衣服，用双腿行走，虽然他还是更喜欢爬行。但是，他始终也不能说出一个连贯的句子来，要表达什么的时候，他更习惯像大猩猩那样吼叫。

　　儿童潜能递减法则是实践经验的总结，所以教育孩子的第一要旨就是要在最大限度上减少这种递减。而且由于这种递减是因为未能给孩子提供发挥其潜能的机会致其枯死所造成的，因此，教育孩子的最重要一点就在于要不失时机地给孩子以发挥其能力的机会，也就是说要让孩子尽早发挥能力。

　　当我们明白了这个道理之后，相信很多父母决心要把经历放在开发孩子潜能方面。可是，如果培养方法不得当，那不是空忙一场吗？在发现孩子潜能这一方面，让我们领教一下美国著名心理教育学家霍华德·加德纳的理论。

　　霍华德·加德纳是世界著名教育心理学家，美国哈佛大学教育研究生院心理学、教育学教授，加德纳发现并提出的"多元智能教育"的创新理论与方法，引起世界各国的广泛关注，并得到了包括中国在内的教育界人士的高度评价。他被誉为"推动美国教育改革的首席者"，"当今最有影响力的发展心理学和教育家"，"突出地表现人类成功的不同智慧，是本时代最明亮的巨星之一"。

　　霍华德·加德纳认为：给自己足够的弹性，给孩子足够的信心，是很重要的教养态度。而多元智能的重要性就在于：它给了每个人不同的发挥与成功机会。一旦我们有多元智能的观念，便可以学会用较为宽广的角度来看待孩子的一举一动，来发觉孩子的不同潜能。如此一来，也就比较不会落入过去传统"只求考试成绩好"的桎梏中，而忽略孩子的其他能力；甚至也不会因此给自己和孩子过多的压力和期待。因为懂得适才适性，不仅让孩子能尽情探索和发挥，也让自己成为快活轻松的父母！

常 青 藤 家 训

家长要先把孩子当成天才，他才有可能是个天才。努力发现自己孩子与众不同之处，及早对孩子的综合智能进行正确的评估，及早开发，将对孩子的健康成长大有裨益。

避免孩子对父母产生"信任危机"

精彩点击

家长要相信自己不可能永远是正确的，也千万不要让孩子认为自己是唯一的"标准答案"。如果家长一味地要在孩子的心目当中把自己塑造成为无所不知的权威，那将是非常危险的。一旦孩子发现自己崇拜的父母有很多错误，就会产生幻灭感。

据了解，现在很多家长在不同程度上发觉，自己的语言在孩子心中已经不占分量，在孩子的眼里，父母显得实在是太"老土"了，什么都不懂。遇到这种情况的家长心里自然觉得很委屈，觉得孩子实在是不懂事，自己所做出的一切都是为了孩子，而他们却一点都不领情。但是孩子也有自己的一套理论，认为父母不理解他们，实在是无法沟通，干脆就谁也别理谁了。

真是可怜天下父母心。相信每个父母都是爱孩子的，至于对孩子的说教，出发点也都是为了孩子能够更好地成长。但是，如何才能让孩子对自己更加信服呢？这恐怕是很多家长都想要解决的问题吧。

我们都知道人无完人，但真正要在行为上接纳这一点其实是很困难的，比如我们常常认为自己对孩子的命令就是正确的。其实，每个人都是有缺陷的，看问题的视野也容易受到经验和学识的限制。既然如此，要孩子完全服从父母的要求，显然也并不是那么近情理。如果家长习惯在孩子面前将自己塑造成一个权威形象，当孩子长大懂事之后，发现原来自己的父母并没有想象中的完美，也会犯错误，这样的心理反差会摧毁以往他们对父母的信任。

美国人从小教育孩子平等，让孩子明白：父母并不是完全正确的，所以父母和孩子的地位是平等的，当遇到分歧的时候双方完全可以通过讲道理的方式来说服对方。曾经有位律师到美国朋友家去帮忙照看他们三岁的儿子，那次经历让这位律师一直记忆犹新："无论我要求他做什么事情，我自己一定要首先做到。不仅如此，我对他下的每一个命令，他都会问我'为什么'，而我一定要给出合理的解释才行。我给他制订了一些犯错误的惩罚规则，但是这个小家伙却说，如果我犯规了，也一定要接受惩罚。所以，当他不听话拒绝睡觉的时候，我就把他关进了厕所。当他睡醒发现我还在看书，就要求把我也关进厕所，我只好'接受处罚'，通过这样的行为体现我们在遵守规则。在美国的整个社会，家长和孩子之间的平等，老师和学生之间的平等，孩子们之间的平等，都是这样建立起来的。"

虽说美国和中国的国情不同，但是也反映出一个道理：不在孩子面前表现权威的父母才更容易获得孩子的信服。我们家长不愿意在孩子面前失去自己的威严，不想被孩子看扁，采取一些什么办法补救好呢？

首先，和孩子像朋友一样平等对话。

很多家长觉得孩子的阅历浅薄，就不愿意和他们谈论正经事，这是许多家长的"通病"。也正是因为这个原因，许多家长在孩子面前会摆出一副专制的面孔，认为孩子听自己的没错，没有什么好申辩的。很有可能是因为家长的专制，才让孩子越来越抵制交流，最后把自己封闭了起来，造成与家长无话可说的局面。我们应该给孩子机会让他充分发表自己的观点，不要害怕输给孩子，当你"服输"的时候，也让孩子看到了你谦虚、宽容、不失尊严的一面。

其次，让孩子了解到你的苦心。

有些家长错误地认为要让孩子信服自己，就应该要有能耐，所以就经常在孩子面前逞能，动不动就说"我吃的盐比你吃的米还多"，希望通过这种方式威慑孩子，让孩子信服自己。实际上，一味强调自己的强悍，只会让孩子觉得自己的父母是铁是钢，没有烦恼，日子过得非常安逸。在这种心态下长大的孩子会觉得父母给自己的一切都是理所当然的，不需要领情。如果有条件的话，家长可以带自己的孩子到工作单位去看一看，这样孩子不仅可以体会到家长工作的艰辛，当他看到自己的父母指挥若定，把复杂烦琐的事情轻松搞定时，心里还会油然而生一种自豪感，会为自己拥有这样的家长而骄傲。

第三，通过学习新的知识来提升自己。

孩子作为新生的一代，最容易接受新生事物，接受新知识。如果家长想与孩子进行更深的沟通，首先要尽量对他所接触的环境有一定的了解，这样才会有共同的话题。在这样的情况下，家长就有必要不断地补充新知识。如果作为家长对事物的认知总是停滞不前，生活在没有变化的环境里，久而久之，与子女的距离就会越来越大，产生所谓的"代沟"。长此下去，家长与孩子的交流只能是对牛弹琴了。

常青藤家训

"常青藤原则"并不是教孩子服从，作为家长也不可以让孩子按照自己并不能信服的道理来做事。要知道，即使是想让孩子听话，武断的命令方式并不一定可以达到目的。

多花一些时间陪孩子玩耍

　　每一个孩子都需要一种被爱的感觉，总是希望和爸爸妈妈在一起。而许多事业很成功的父母总是因为太忙而无法和孩子们在一起共度时光，于是就将孩子委托于他人照看，甚至是让电视机、电子游戏来帮自己"照看"孩子，久而久之使孩子丧失了思考能力，且情感脆弱。

　　也许有的家长会说："如果孩子太缠人，这个问题真是太好解决了，可以把孩子交给辅导班，或者让电视、电脑来帮助我们'照看'孩子。"如果问题真的有这么简单，我们就没有必要在这里讨论了。

　　如果让一个孩子长期看电视，必然会导致其智力下降；同样道理，经常玩电子游戏，智力也会下降。而最近的一些报道也证明：那些利用新技术开发出来的智力玩具，也会导致种种意想不到的后果，人们被"新技术开发"这些光环所迷惑，不晓得这些东西对儿童的成长究竟有着多么大的危害。

　　如果一个孩子仅仅需要的是去了解植物、动物的机会，那谁来带他去都可以，甚至找一个生物学家去是最合适的。但是对于孩子来说，他内心最需要的，其实是一种爱的感觉——和爸爸妈妈在一起，相互交流，在亲密地接触中感受到爱和温暖。这种被爱的感觉，是一个孩子日后乐观、自信、积极的动力，也是一个孩子安全感和归宿感的加强。即使在成年人中，也常常会有人希望听到一遍又一遍"我爱你"的表白来确定一种稳定的关系，孩子的心里更是渴望他们刚刚意识到的爱的关系被行动证明。而父母的陪伴，无疑是最好的证明方式。孩子对父母情感需求是有一个规律的，从寸步不离到不胜其烦，有自己的变化。一旦父母错过情感交流的最佳阶段，希望将来弥补，就没有现在这样自然而然的最佳效果了。反倒是给孩子的物质生活条件，可以慢慢地积累，不像孩子的成长那样无法挽回。

对于每一个孩子来说，当自己产生喜怒哀乐的情绪时，总想和人一起分享。我们成年人，有和人分享的心理需要，同样，孩子也需要有人与他分享生活中的喜怒哀乐。所以他们需要父母来倾听他们的心声。倾听并分享孩子的喜怒哀乐，有利于协调亲子之间的关系，让孩子感到父母在关心、爱护他，从而取得孩子的信任。在家庭教育中，父母的关心、信任可使孩子感到他与父母处于平等的地位，从而对父母更加尊重、敬爱和亲近，并乐于向父母倾吐心声。

由亲戚带大的孩子，或者是被电动玩具"陪"大的孩子，在他们的生活中，亲情很可能是一个陌生的概念，"世人皆有我独无"，尤其是当他看到别的孩子可以在父母的怀中撒娇，可以坐着爸爸的车上下学的时候，孤独感和失落感就会在孩子的心灵上留下阴影。大量事实表明，没有感受到太多爱的孩子更容易多疑、自卑、缺少主见，或是走向另一个极端——自大、个人主义、不能听取别人的建议。这些都不利于孩子将来的社交和生活，这种影响是持续的，不会因为孩子长大而消失。当孩子自己成为父亲或是母亲时，缺失父爱的经历会让他们期望将自己失去的爱补偿到孩子身上，慢慢就变成一种高压和束缚，让孩子不堪重负。虽然并不是所有的孩子都会如此，但是这样的情况应该引起家长的警觉！

常青藤家训

孩子真正在乎的，是家长能花多少时间来照顾他，来和他玩。无论让孩子接触多少智力开发的产品，也比不上父母和孩子之间哪怕是任意的玩耍，它赋予孩子智力和感情上的良性刺激会丰富很多。

孩子要宠之有度

　　天下父母莫不宠爱自己的孩子，但是如果宠过了头，那将对孩子的成长带来一系列的不利影响。所谓的宠，应该是满足孩子在成长过程中的感情需求，这样宠出来的孩子在日后的成长过程中会更加自信，但是在宠的过程中千万不要因为溺爱而放任孩子。

　　在美国，无论家长是高官还是富豪，从来都不给子女零花钱。而子女的零花钱大多是通过课余或假期的打工中"按劳取酬"获得的。不仅如此，当子女成长到 18 岁时，他们就再也不会在经济方面依赖自己的父母，而是必须要自食其力。而这些美国孩子也把长大了还向父母伸手要钱视为一种耻辱，自觉地凭劳动和智慧来挣钱料理自己的生活。

　　天下没有一个父母不宠爱自己的孩子，这是孩子的福分。但是，并不是所有的父母都懂得掌握宠爱孩子的尺度，这是孩子的不幸。对孩子的宠爱，应该有度，如果宠爱过度，就会变成了溺爱。溺爱会给孩子带来一系列的不利影响：助长了孩子的任性和娇气；弱化了孩子与外界交流的能力，埋没了孩子做任何事情的潜能。

　　有一些家长，从来不让自己的孩子做任何家务，对孩子的各种要求几乎是"有求必应"，当孩子遇到各种困难自己都先迎难而上。一句话概括就是，父母在极力创造一个让孩子感觉舒适的环境。这样做的后果，孩子无疑是得到了安逸，万事不求人，但是这样做的同时，也把孩子应该具备的社会适应能力和免疫力破坏掉了。

家长对孩子过度地宠爱还会使孩子在潜意识中形成"唯我独尊"的错误意识，他们成了家里的上帝，他们的喜怒哀乐左右了家庭的气氛。在学校中，有不少孩子是任性不羁的霸王，没有任何人能和他沟通，没有任何规则能够约束他。

家长对孩子的过度宠爱，大致有以下几个方面原因：

（1）家长小的时候自己受苦太多，曾经感受过贫苦生活给自己带来的折磨，现在自己事业有成了，总觉得不能让孩子再像自己从前那样受苦，所以千方百计给孩子最好的生活条件。

（2）有的家长自己从小生活优越，并且现在的条件要比过去好很多，所以就觉得孩子一定要过得比自己更舒服才算是跟上了时代的步伐，才算是不委屈孩子。

（3）有的家长由于不经常在家，长期在外拼搏，无暇照顾孩子平时的生活，总觉得自己对孩子有亏欠，所以就容易在物质方面尽量满足孩子，甚至可以容忍孩子挥霍金钱。

任何东西如果给得太多了，人的感觉就会钝化，爱也是如此。无论是什么原因导致溺爱心理的产生，最终都会导致孩子心理发展出现障碍。

过度宠爱孩子会有以下的危害：

（1）被过度宠爱的孩子容易变得无情，只喜欢一味地索取，不懂得付出。

（2）被过度宠爱的孩子容易变得无能。如果父母帮助他做了很多本该属于他应做的事情，过度的照顾让孩子的品德、智力甚至是身体发育停滞不前。家长可以给予孩子生命，但却无法担负孩子的一生，孩子迟早要独自面对生活的。

（3）被过度宠爱的孩子基本上缺乏自强的精神，缺乏自立的能力，承受不了任何风雨，心理的抗挫能力极差。有些孩子会在日常生活中有一些具体表现，比如缺乏自我控制能力，行为怪异；不能控制饮食；在活动中不守秩序，如果别人不按照自己希望的方式去做就会大吵大闹；很少为别人考虑；不能与别人一起分享成果等。

（4）被过度宠爱的孩子会表现得很难适应社会，因为过分娇宠的孩子容易形成自私、任性、放肆、骄傲、易发脾气、不遵守规则、等不良品德。这样的孩子一旦走上社会，往往高不成低不就，大事做不来，小事不肯做，注定要失败。

常 青 藤 家 训

父母爱孩子，这是人之常情，但是千万不要"过度"。爱孩子不能只用感情，爱孩子需要用智慧，教育孩子时坚持原则才是最好的方法。

父母不吵架，孩子最有安全感

精彩点击

孩子心目当中唯一温暖的庇护所就是家庭，他们希望家庭中始终充满爱。当孩子一旦发现父母开始吵架的时候，就会觉得这个家庭不再温暖，这个庇护所要被毁灭掉，就会失去基本的安全感。

说到夫妻之间，可能没有不吵架的，无论是原则问题，还是家庭琐事。一般说来，夫妻吵架，亦是在不断地磨合，不断地增进夫妻双方的感情。不过，当夫妻作了父母之后，吵架就不只是两个人的事情了，因为在我们的身边多了一个"第三者"——孩子。

一对小夫妻吵架了，声音都不大，但是家里的气氛很不好。这时，他们一岁半的小儿子慢慢地走了过来，抱抱爸爸的腿，又抱抱妈妈的腿，眼里含着眼泪，脸上全是恐惧的表情。这个时候夫妻二人意识到原来吵架对孩子的心灵产生如此大的影响，而此时父母的心情和表情足以让一个孩子幼小的心灵感到不安和恐惧。

一位儿童教育专家曾对小学和幼儿园的孩子做了"你最喜欢什么样的家"的调查。结果发现，孩子们对父母和家庭的要求放在首位的并非是经济、物质条件，他们对吃的、穿的、用的和玩的东西似乎都不大在意，相反，却很关注自己家庭的精神生活。最喜欢的家有五种，而排在第一位的是和睦、团结、友爱的家。孩子们最喜欢爸爸妈妈不吵架、不斗嘴，全家老少和睦相处，让家里始终充满爱。

还有一位英国学者曾经访问了20多个国家，对1万多名肤色不同、经济条件各异的学龄儿童进行调查，发现孩子们对家庭的精神生活及家庭气氛十分重视。这位学者总结出各国儿童对父母和家庭最重要的10条要求，而"孩子在场，父母不要吵架"高居榜首。

根据调查显示，有85％的宝宝最怕的就是父母吵架。如果一个孩子长期生活在充满矛盾的家庭中，容易变得退缩、自卑，与人交往时往往不自信、不主动，不能很好地与他人建立信任关系，容易出现人际交往障碍。

几乎所有的孩子都渴望自己的爸爸、妈妈能够相亲相爱，希望自己的家有一个和睦、友爱、温暖的气氛，而许多父母却往往忽略孩子的这个心理需求。

现在，请检讨一下自己，看一看自己是不是也有过这样的行为：与伴侣意见分歧时，总是毫无顾忌地大吵大闹；有时候，在孩子面前也忘记了父母的榜样作用，说脏话，不顾及家长的形象。

良好的家庭气氛是孩子成长的重要依托，家庭气氛是两种环境关系的产物，它包括家庭物质环境和家庭心理环境。家庭的物质环境依每个家庭富有程度的不同而不同，每个父母都会尽最大的努力来满足孩子在学习上的物质需要。而家庭心理环境,有些家长往往不太重视,以致给孩子带来不好的影响。

如果父母真的在孩子面前吵起嘴来,事后该怎样来弥补呢?

首先要安抚受惊的孩子。

鼓励孩子把当时的感受说出来,弄清楚孩子害怕的是什么,是父母吵架时的腔调和表情,还是怕父母分开之后不要自己了。作为家长可以适时使用肢体语言,比如拥抱或者亲吻来传达对孩子的关爱,同时向他保证父母不会不要他,让孩子安心。

其次,父母双方最好当着孩子的面和好。

可以向孩子说明,吵架的事情已经过去了,爸爸妈妈以后不再吵了。然后要向孩子解释清楚,你们当时是因为一时冲动,没有控制住自己的情绪才吵架的。尽管孩子对这些解释并不完全懂,但是当他看到爸爸妈妈在一起和往常一样心平气和地讲话,自然就会平静很多。时间久了,只要你们不再吵架,孩子就会渐渐淡忘掉。

第三,让宝宝了解父母吵架和他无关。

父母在吵架之后应该告诉孩子,大人吵架的事情和他无关,不要让孩子认为是自己不好才导致父母吵架的,避免孩子产生自责心理。并且要让孩子知道,不论你们之间是否在争吵,都会非常爱他。

父母的恩爱、家庭的和睦能够为孩子的身心成长注入生机与活力,增加孩子对生活的信心与勇气,使你的孩子健康、茁壮地成长。如果孩子在一个紧张压抑的家庭氛围中成长,会逐渐变得忧心忡忡、缺乏热情、性格内向,严重的还会形成心理障碍。

常 青 藤 家 训

父母不应该当着孩子面吵架,这是在任何情况下都应该避免的。对孩子的这种感情和心理的安全需要,任何家长都不可以掉以轻心。

避免将自己的孩子和其他的孩子相比

精彩点击

任何一个孩子都是独立的个体，都有权力设计自己独特的人生。作为家长如果总是习惯地将自己的孩子和其他同龄的人相比较，不仅会让孩子失去自信心，而且还会导致他们在长大之后不敢对自己所做的决定有足够的自信，甚至不能与人自信地沟通。

时下，"中国妈妈"在美国学生的口中俨然已经成为了一个讽刺语，这令不少华裔学生感到很烦恼。在美国学生的眼中，"中国妈妈"特别喜欢和别人攀比：人家的孩子去学钢琴，自己的孩子也一定要学钢琴；人家的孩子考上了哈佛，自己的孩子也一定要朝着这个目标努力才行。总之，在对孩子的教育上，"中国妈妈"永远是以别人为标杆，然后让子女去达成妈妈心中的梦想。一些华裔高中生与母亲产生矛盾，原因很简单，为什么妈妈总是和别人比这比那的？别人是别人，我是我，为什么我不能按照自己的情况来设计人生呢？

家长总是习惯给孩子树立个榜样，这样的家教模式在目前相当普遍。其实这是家长的一种盲目心态，一般来讲家长会有以下这些不正确的认知：

（1）不了解孩子的发展动力。

在孩子的成长过程中，作用于孩子心理的有外驱力和内驱力两种，外驱力来自环境，内驱力来自孩子内心深处的需求。孩子在成长的过程中固然有自己的价值观和追求目标，然而外在的压力剥夺了孩子自身的能动性，使孩子无法为自己的人生做主。

（2）家长往往忽略了孩子成长过程中的个性因素。

每个人都是独立的个体，和其他的人没有什么太多的可比性。

（3）还有一点是家长一定不会意识到的——不同的家庭教养方式会培养出不同的孩子。

父母喜欢给孩子树立榜样的这种教育方法极容易使孩子产生挫败感，不利于培养孩子的自信心。没有一个孩子愿意承认自己比别人差，他们希望能得到成人的肯定，他们对自己的认识也往往来自于成人的评价，而这种肯定式的评价对孩子自信心的培养也是尤为重要的。父母总是强调孩子比别人差会使孩子在潜意识中自我否定，当孩子遇到困难就会恐慌、退缩，所以父母不正确的做法会对孩子的心理造成伤害。

也许是因为很多父母望子成龙的心太过迫切，他们似乎容忍不了孩子暂时的落后与中等的成绩，往往把自己急躁的心情压迫在孩子身上，但是这种做法常常会适得其反。父母应该坚信自己的孩子永远是最好的、最优秀的。学会多想想孩子的优点，感谢孩子给你们的生活带来的幸福和快乐，不要总是想着孩子这也不好那也不好，如果总是抱怨，对孩子和对家长而言，生活又有什么乐趣呢？调整好自己的心态，少责骂批评孩子，多给予他们一些赏识与鼓励，他们才会有信心继续向前走，最终获得精彩的人生。

有一位专家曾经谈到过这样一个奇怪的现象：有一次，几十个中国孩子与外国孩子一起进行某项测验，并且把自己的分数拿回家给父母看，结果中国的父母看了孩子的成绩之后，有80％表示"不满意"；而外国父母则有80％表示"很满意"。而实际上，外国孩子的成绩远不如中国孩子的成绩好。后来这位专家说，中国的父母习惯用挑剔的眼光来看待孩子，并且用同样的眼光来看待周围的世界，而外国的父母则习惯用欣赏的眼光看待自己、孩子和世界。

家长要学会欣赏自己的孩子，不要总是将自家的孩子与别人比较，孩子之间是无法比较的。每个孩子都是自然界最伟大的奇迹，以前既没有像他们一样的人，以后也不会有。由此，我们要让孩子保持自己的本色！不论好坏，你都要鼓励孩子在生命的交响乐中演奏属于自己的乐章。这是最大化挖掘孩子潜能的重要通道，也是最大化树立孩子自信的源泉，更是实现人生价值的必由之路。

做你自己！这是美国作曲家欧文·柏林给后期的作曲家乔治·格希文的忠告。

柏林与格希文第一次会面时，已经是声誉卓越，而当时的格希文却只是个默默无名的年轻作曲家。柏林很欣赏格希文的才华，说自己愿意以格希文所能赚的三倍薪水请他做音乐秘书。可是柏林也劝告格希文："不要接受这份工作，如果你接受了，最多只能成为欧文·柏林第二。要是你能坚持下去，有一天，你会成为第一流的格希文。"格希文接受了忠告，并渐渐成为当代极有贡献的美国作曲家，具有自信的成功资本。

故事的寓意再明白不过，每一个人都无权轻视自己，自信是天赋的使命。当孩子陷入自卑和悲观之中时，家长一定要鼓励孩子坚信自己的价值，活出自己最佳的状态。保持本色是自信的源泉，帮助孩子认识"生命的价值"，也是帮助孩子建立起充分的自信。

常 青 藤 家 训

家长要学会欣赏孩子，不要将自家孩子的不足与别人的长处相比，因为这种教育方法容易使孩子产生挫败感，不利于培养孩子的自信心。

教育，讲究的是说理

懂得教育艺术的父母，在教育孩子的过程中，更加倾向于通过阐述道理来使孩子心悦诚服。对孩子进行说服教育而非压服教育是美国中产阶级父母的教育信条。而美国劳动阶级的家教更偏向于权威式的，认为教育就是命令和要求。

家长可以责备孩子，但是这种责备在更多情况下应该是心平气和地讲道理，而并非絮叨，更不是暴跳如雷，否则就很有可能在孩子心中形成逆反心理。

美国的儿童心理学家基诺特曾经列举过一些父母不适宜的责备孩子的态度，供家长借鉴：

恶言恶语——你这个没用的家伙！你是个傻瓜！你一定在说谎！

侮辱的话——你简直就是个废物！你个畜生！

责备怪罪——你总是改不过来，真是无药可救！

压制的话——你快给我闭嘴，少说废话！

强制的话——听我的！我说不行就不行！

强势哀求——我求你了，千万别这么干。

抱怨的话——居然做出这种事来，把我的心伤透了。

讽刺的话——你可真能干啊！以前没有看出来你。

卡特的妈妈是一个慈善活动家，她关照社区的男孩和老人的生活，并且常常带着卡特参加各种活动。妈妈常常给卡特讲教义，告诫他要做一个诚实、勇敢、富有同情心的人。虽然妈妈的要求都是正确的，但妈妈因为事务繁忙，常常以命令的语气与卡特交流，她不能容忍男孩有一点点异议，否则就会歇斯底里地痛哭，在男孩面前表现出受伤者的样子。

妈妈的反应让卡特不敢有一点反抗意识，他也不愿意和父亲交流。卡特的同学们常常取笑他是一个古板的基督徒，毫无生趣。卡特甚至连看自己喜欢的女孩的勇气都没有。

父母教育男孩时，不要一味使用命令的方式，而应以友善的态度启迪孩子，把道理给孩子讲清楚。如果父母在教育方式上不肯用心，只凭一时的喜怒赞扬或批评孩子，或只是发号施令甚至是训斥，孩子一时会被父母的威风吓住，作听话状，但他再稍大一些，则不会买父母的账了。我们不要苛求孩子立刻听从父母所说的每一句话，而是把道理讲清楚，给他们适当留有思考及情绪准备的时间，当他们感觉到父母所说的是对的，会更加尊敬父母，同时也可以有效地防止孩子的"逆反心理"和对抗情绪。

在教育孩子的过程中，父母不能一味地使用命令的语气。那么，如何跟孩子进行成功的沟通呢？教育专家给我们的建议如下：

第一，成功的家庭沟通，应该注意以下因素：理解、关怀、接纳、依赖和尊重。理解要求父母及孩子双方能够设身处地地为他人着想；关怀不但存在于内心，更要切实付诸行动；接纳要求考虑到每个人的个性，懂得欣赏人们身上的优点；依赖是要做到既信任别人也信任自己；而尊重是指尊重他人特别是孩子的权利，尊重他们的意见和选择。

第二，要建立一种积极健康的家庭沟通关系。父母在家庭教育中应该懂得进行角色交换，每一个家庭成员都可以对他表述的愿望予以积极地辩解。当孩子能够参与讨论家里的通常是成年人的问题时，他们方才能够更好地理解父母。

综上，父母通过与孩子沟通，针对孩子的疑惑进行耐心地解释，最后让孩子明白的是"理解、信任、承诺、准时"等观念的重要。

常 青 藤 家 训

家长"直言不讳"地批评往往会给孩子咄咄逼人的感觉，使他难以接受而引发对立情绪。相反，如果掌握说服的技巧，就能够让孩子心悦诚服地接受家长的观点，达到事半功倍的教育效果。

和孩子开展平等的对话

精彩点击

教育孩子最关键的目标是将孩子培养成为和所有人都平等的、能够对自己负责的成人。如果家长总是以过来人自居，主观地为孩子的一生画下清晰的路线；如果一个孩子习惯了不平等的教育方式，他将永远处在不平等的位置上，也不会懂得平等的生活。

常言道，"孩子是母亲身上掉下的一块肉"，因此，大多数父母都把孩子看做是自己的一部分，甚至视为自己的化身。中国的文化传统是讲人情，重血缘。在很多父母的潜意识里，孩子是自己的骨肉，把孩子养育大，就可以把孩子当成自己的"私有财产"，因此父母当然有权力处置。至少，不少父母都不自觉地把孩子看做"我的孩子"，认为孩子是属于自己的，没有意识到孩子其实是一个独立的人。而社会也大多认同和支持这种观念。我们常常看见有的父母将孩子的过失或成绩，都一股脑儿地和自己混为一谈——孩子取得成绩时则说"你给爸爸长脸了"；

孩子在外表现不佳时又说"你可把我的脸给丢尽了"。

人生何其短暂，从幼年直至老年，每个年龄段都有自身的特性和幸福、快乐。有的家长不顾孩子的天性和意愿，以过来人自居，越俎代庖地为孩子一生画下明确的路线，让孩子按照自己制订的目标和路线去努力。而有些家长让孩子完全脱离集体这个大环境，在与世隔绝的状态下按自己的方式教育孩子，给孩子的心理造成难以消除的阴影、性格扭曲，孩子成了满足自己心理愿望的工具。这样的做法看起来似乎是为了孩子的将来，实则极为自私和残酷。

西奥多·罗斯福有句名言："在儿子面前，我不是总统只是父亲。"在日常的生活中，他更喜欢和孩子们进行平等的交流，而不是命令的口吻。作为家长应该主动理解孩子，相信孩子，做孩子的知心朋友。如果将自己放在了高高在上的位置，拉远了与孩子的距离，甚至是产生了隔阂及逆反心理，那将不利于家庭教育的实施。家长的所作所为是无声的语言教养，良好的亲子沟通是培养孩子优秀内在品质的关键所在。

我国翻译学家傅雷先生堪称是教育孩子的楷模，他特别注重与孩子的思想交流，教孩子仪表、修养、礼节及做人的道理，与孩子交朋友，孩子一直受到他的教诲和指导。他的优秀育儿方法是值得广大家长朋友学习的。

傅聪曾回忆说："我父亲留学法国，深受法国的人文主义影响，因此对我们子女也是民主式教育，在家里他不仅仅是父亲，还是我们的知心朋友。在艺术上表现得尤为突出。除了文学音乐，我父亲也很喜欢美术，记得家里有很多美术作品。长期受这种文化熏陶，我也很自然地喜欢美术音乐。我们经常交流对音乐绘画的看法，从父亲那里学到了很多，让我受益匪浅。我是12岁才开始学钢琴，学了两年又放下了，直到17岁，又开始学。这期间都是我的意愿，父亲没有非让我学钢琴或绘画。父亲总能像朋友一样，尊重我的兴趣和爱好。"

现在有很多父母由于受到了传统尊卑观念的影响，很难把自己放在和孩子一样的高度，也很难与自己的孩子成为无所不谈的朋友。事实上，只要做父母的放下自己的架子，多与孩子沟通，了解孩子的想法，真正地走进孩子的世界，做孩子的知心朋友是很容易实现的。

如果想和孩子平等地交流，下面有两个挺好的建议：

（1）不要总是盯着孩子的缺点。

家庭教育中常见的问题是，父母对孩子寄予厚望，为了达到自己设定的目标，在孩子耳边不停地叮嘱、提醒。但这种做法往往收效甚微，甚至适得其反，使孩子产生厌烦情绪，还容易挫伤他们的自信心和自尊心。有些家长眼睛总是盯着孩子的缺点，翻来覆去地只讲缺点，不提进步。其实，绝大多数孩子已能分辨是非善恶，只是缺乏改正缺点的自觉和毅力。如果父母总是喋喋不休地数落孩子的缺点，反反复复地教训孩子，"我讲话你就是不听"、"怎么说你才能改呢"，他们会将此视为不信任，甚至产生逆反心理。这样一来别说做知心朋友了，连正常的亲子关系也会被破坏。

（2）注重和孩子的情感交流。

注重与孩子的情感交流是与孩子成为知心朋友的前提。与孩子交流的时间最好选在吃饭前或睡觉前，因为这是孩子情绪最为平稳的时候。一个母亲，她从孩子很小时，就注意和孩子进行情感交流。每天在孩子上床时都要问问他："今天过得开心吗？"孩子长大后，就形成了在睡前和父母沟通的习惯，有什么不顺心的事就像朋友一样告诉父母。有了这样的感情基础，孩子就容易接受父母的建议和忠告，很容易跟父母建立起朋友的关系。

常青藤家训

孩子不是私有财产，家长应该尽教育的责任和义务，但没有权力决定孩子的一切。只有理解孩子、支持孩子、相信孩子，才能将家庭教育顺利地实施下去。

训练孩子"不唯父母是听"

精彩点击

如果一个孩子从来不与人争辩，看上去总是一副与世无争的样子，那么这个孩子的勇气、进取心和正义感就很值得怀疑了。父母在教育孩子的时候，更要注重孩子是否以自己的观点来和父母进行争辩讨论，这样有利于判断孩子的独立思考、辩论的能力。

随着孩子年龄的增长，到了 3～4 岁时，其独立欲望明显增强。他们开始意识到自己的存在，不愿处处被人压制，不满足于模仿成人，而是要求独立思考，独立行动。如果父母对孩子照顾过多，干涉过多，就会使他们特别反感。其突出表现是不听指挥，自行其是，经常跟父母顶嘴，令父母头疼。大概到了 7～8 岁，孩子和爸爸妈妈顶嘴的事就多了起来，到了11～12岁时，孩子几乎会天天和妈妈顶嘴。所以，如果不能够从一开始就很好地解决孩子顶嘴的问题，以后做父母的就会更加头疼了。

现在的孩子接受教育较早，看书看报多，接受知识多，他们的知识面比父母当年要宽得多，这直接的结果是判断是非的能力强了，要求独立的心理强了。还应该看到，顶嘴也是他们表达自己判断的一种特定方式。孩子追求独立性，要加强自己判断是非的能力，这与孩子的"不良品行"是不能相提并论的。孩子表达自己的判断，不可能像大人那样圆滑和委婉。所以对孩子的顶嘴，家长不要一概斥之为不礼貌，不尊敬长辈，而要区别对待。

心理学家认为："能够同父母进行争辩的孩子，以后会比较自信，有创造力，也会更合群。"事实表明：争辩有利于思想的沟通。因此，孩子与父母争辩，不要怕丢了父母的面子，不要担心孩子不听话，不尊重你，与你为难。孩子也是讲道理的，你与孩子争辩，孩子觉得你讲道理，会打心眼里更加爱你、尊重你、信赖你。你要孩子做的事，他通过争辩弄明白了，更会心悦诚服地去做。

如果一个孩子从不与人争辩，总是与世无争，那么他的勇气、进取心、正义感就值得怀疑了。

然而，中国的家庭教育却更多的是"听话"教育，"听话"是中国的父母对子女教育的口头禅。听话的孩子就是好孩子，这是中国传统教育下人们的一种共识，"听话"成了中国家长对孩子使用频率最高的两个字。

孩子小的时候，自理能力差，让孩子按大人的意愿去活动，避免出现危险，无疑是对的。但是，孩子逐渐长大，自我意识逐渐加强，就不能总用"听话"两个字去进行教育。

总是用"听话"两个字去教育孩子，势必在孩子的幼小心灵里灌输一种观念：大人的话、父母的话、老师的话都是对的，这在相当程度上限制了儿童质疑精神的发展，会使孩子形成唯唯诺诺的性格。

试想，如果一个孩子事事、处处都按父母的话去做，按照老师的话去做，而没有自己提问题的心理空间，这样培养出来的孩子能有创新意识吗？能有创新能力吗？

但是，如果孩子顶嘴习惯成自然，也不利于他的学习和成长，甚至会影响长大成人后的人际关系。对于孩子的顶嘴，专家开出如下"药方"，"药方"的主旨是要从父母自身做起。

(1) 建立和谐的家庭氛围。

如果家庭成员彼此间缺乏尊重，动辄脏话满嘴，或者互相说些"抬杠"的话，孩子一旦具备了一定理智水平，就会从心底里不尊敬父母，顶嘴便成了家常便饭。家庭成员之间要相亲相爱，互相关怀，即使存在分歧，也尽量不在孩子面前争吵，而是通过协商解决。

（2）尊重孩子要求独立的愿望。

放手让孩子自己去想去做，父母尽可能为孩子提供活动机会，创造活动环境，不一味地要求孩子按照成人的模式行动。当孩子有了一个与众不同的设想，做了一件从未做过的事，父母应积极支持，及时赞许。

（3）引导孩子说理，为自己申辩。

固执地要求孩子按照自己的要求去做而不顾及孩子的感受，会使孩子感到委屈。发扬家庭民主，给孩子更多的发言权，首先要允许孩子申辩，鼓励孩子申辩。既然你批评孩子，就应允许孩子有这种权力。这样的好处是让孩子感到无论做什么，有理才能站稳脚跟，对发展孩子个性很有利。

（4）培养孩子良好性格品质。

父母要教育孩子尊重长辈，启发孩子对别人的意见要多动脑筋，认真考虑后再讲话，以培养稳重、忠实，善于克制自己的良好的性格品质。

（5）注重与孩子的精神交流。

每个孩子都渴望得到成人的理解，父母应学会经常听听孩子的意见，努力理解他们的感受，并用"我想……"来表达自己的意见和评价，使孩子感到父母的温存、抚爱，从而乐于接受父母的意见。

（6）父母的教育方式不能简单粗暴。

父母教育孩子时，不要用命令的方式，而应以友善的态度启迪孩子，避免枯燥的说教。

（7）批评教育孩子切忌唠叨。

父母对孩子的不当言行，有责任作必要的提醒、忠告，乃至严肃地批评，但必须言简意赅，切忌一味重复。有的父母说话抓不住重点，反反复复唠唠叨叨，让孩子十分厌烦，这也是引起孩子顶嘴的原因之一。

　　父母与孩子争辩，能活跃家庭气氛，在交流中，表现出一种亲情和友爱，拌嘴、争辩是重视对方的一种方式。所以，应该允许争辩，不要介意孩子顶嘴。

不可以武断地否定孩子的梦想

精彩点击

　　家长最不应该做的事情，就是对孩子的梦想武断地说"不"。事实上，当家长鼓励孩子追求自己梦想的时候，在孩子的内心将会产生强劲的内驱力。让孩子追逐自己的兴趣，可以使孩子在这个追逐的过程中迸发出最大的能量，并且获得愉快的自信体验。

　　梦想对于孩子来说，有着无穷的魅力，对孩子的成长产生巨大的牵引和激励作用。有人认为，梦想是孩子自我形象的理想化。所以，当我们鼓励孩子追求自己的梦想的时候，孩子就会产生强劲的内驱力，面对各种困难也会主动想办法去克服。梦想能使孩子在学习、工作的过程中创造不辍，并获得愉悦的情感体验。曾经有人对爱迪生、毕加索、达尔文等成就卓著的人进行研究分析发现，他们在童年时期，都有一个绚丽多彩的梦，而他们一生为之奋斗的目标就是实现早年的梦想。因此可以说，没有梦想的孩子是没有未来的，也是不可能有所作为的。

　　当父母对孩子的梦想坚信不疑，孩子就会从父母那里获得力量，获得勇气并树立信心。为了使孩子的梦想能够成为现实，在孩子追梦的过程中，父母还应该给予多方面的关注，为孩子的圆梦计划提供建议和支持，或者在孩子志向动摇的时候给予鼓励。

卡耐基在年轻时曾经推销过汽车。有一次，他遇到了一位打算买车的老人，在向老人推销汽车的过程中，他居然和老人聊起了天，他们的话题从汽车很快转移到了生活。卡耐基向老人坦言了自己的烦恼："记得有一天凌晨，在一盏孤灯下，我对自己说'我在做什么？我的梦想是什么？如果我想成为一名作家，那为什么不从事写作呢？'您怎么看？"

"好孩子，非常棒。"老人鼓励他说，"为什么你要为一个你不关心且工资不高的公司卖命呢？你不是想试试自己的能力吗？去写作吧！在今天写作也是个好行当。"

"不，放弃工作是不可能的，事情没有这么简单。我有什么能力让自己满意地赚钱和生活呢？"卡耐基有点犹豫了。

"你的职业应该是能使你感兴趣，并可以使你发挥才能的。既然写作适合你，为什么不试一试呢？"老人坚持鼓励他写作。

埋藏在胸中奔涌已久的写作激情，被老人的话激活了。"也许我真的更适合做这个。"卡耐基这样想。从那天起，他决定换一种生活方式，要成为一位受人尊敬、爱戴的作家。

"每天暂停十分钟，听听小儿心底梦。"这是早些年在香港电视台经常会见到的一则公益广告，它通俗地劝告家长要善于倾听孩子的梦想，用心去栽培孩子的愿望。随着孩子一天天的长大，头脑中的问号也一天天多了起来，对世界多了一份属于他们的独特的思考和理解。当他们有了自己的新发现的时候，一定急于要表达出来，这种正常的现象，却往往被家长们所忽视，认为这是小孩子的异想天开而加以制止甚至是呵斥。这种做法不仅伤害了孩子思考问题的积极性，还会给孩子的心灵蒙上一层阴影。

　　当一个孩子有了自己的梦想，父母正确的态度应该是为他有了一个"理想的我"而感到欣慰和自豪，并且一定要给予肯定，哪怕那个梦想有些不可思议。

优秀的家长有勇气承认自己的缺点

精彩点击

　　很多父母担心如果暴露自己的无知，会在孩子的面前威严扫地。而实际上，当父母在孩子面前真实地说出自己不知道的时候，孩子与父母的距离反而会拉得更近。父母应该认识到世界上没有谁是全知全能的，自己本身就是有缺点的人，不可能永远都正确。

　　游戏使孩子的综合能力大大增强，对新事物的好奇心也会被激发，尤其是到了快要入学的年龄时，孩子会变成"十万个为什么"，遇到任何事情都喜欢问问"为什么"，"为什么有的豆子是青色的，有的却是黄色的？""为什么我早上刷牙在吃饭前，晚上刷牙在吃饭后？""为什么妈妈穿裙子，爸爸从来不穿？""为什么别人在看漫画，我却要在家里画画？"……一般的家长都会不胜其烦，就算有耐心的家长，也未必有能力一一解答孩子的问题。当孩子提出你也不知道的疑问时，怎么办？

　　我们总认为父母是神圣伟大的职位，如果在孩子面前暴露出无知，就会威严扫地，因此即使父母不知道问题的答案，也会编出一套说法，或者说"你以后就会明白了"，敷衍了事。

　　父母这样的心理可以理解，但是不能提倡。其实，父母在孩子心中的威严并不完全建立在"博闻多识"这一条上，对事情的态度、对孩子的信任和尊重、在工作上取得的成绩、夫妻之间的评价都会影响到孩子对父母的认识。如果一位爸爸在平时的生活中很积极，面对家庭的困难也毫不气馁，对妈妈和孩子都呵护备至，常常得到邻居的称赞，那他在孩子心目中就会有很好的形象，即使遇到问题不会回答，孩子也不会因此改变对爸爸的崇拜。

　　另外，承认错误是一种勇气，承认自己的无知更需要勇气。当你在孩子面前真实地说出自己也不知道的时候，孩子与你的距离就会更近。让孩子明白世界上没有全知全能的人，即使是成年人也有很多不明白的事情，这样也可以避免孩子从小过于崇拜父母、长大后对父母失望的落差心理。

　　当然，承认自己不知道还只是回答问题的第一步，如果就说一句"我也不知道"然后就走人了事，确实会让孩子感到失望。怎样弥补无语的状态呢？当孩子的提问兴头在没有回答的情况下大减时，父亲不妨说一句"虽然我现在不知道答案，但是我知道在哪里可以找到答案。让我们去图书馆寻求神秘的答案吧！"听到爸爸的这番话，孩子马上兴奋起来，想去图书馆探个究竟。

　　陪孩子发现问题、探讨问题，答案是什么并不是最重要的，关键是让孩子训练独立思考、判断的能力，学会运用资源去解决问题，享受明白事理的喜悦。

　　美国一位科学教育学者罗维在 11 岁时，跟着科学班去参观普林斯顿大学，他在喷水池前碰到当代第一物理学家爱因斯坦。

　　爱因斯坦伸出手指上下晃动，有好几分钟，然后转过头来问罗维："你能这样做吗？能看出一滴滴的水珠吗？"罗维模仿爱因斯坦，伸出手指上下晃动。忽然间，喷水池的水柱似乎凝住了，成为一滴滴的小水珠。两个人站在那儿有好一会儿，练习频闪观察术。爱因斯坦要离开时说："千万别忘记，科学只不过是跟这差不多的探索和乐趣！"

随后将近半个世纪，罗维致力于把爱因斯坦这句话转告给全世界的大人和儿童："儿童本来是天生的科学家，直觉渴望研究周围的世界。你不需要许多科学术语或昂贵的实验仪器，只需跟他们一起寻根究底就行了。"

家长总认为孩子什么都不懂，其实，孩子的心灵深处绝对不是一片空白，尽可能地将你知道的道理用简短的话解释给孩子，就能激发他心中的思维系统。当他有疑惑的时候，你可以告诉他："为什么不听听老师的说法"，"你尽量去理解，也不用着急，以后会有很多机会来学习的。"这绝不是逃避责任，而是在为孩子缓解无知的焦虑。

独立解决问题的能力是拉开人与人之间的差距的重要指标，当孩子向你提出难以回答的问题时，不要回避或假装知道，尽管把真实的情况告诉他，让他学会独立去解决问题，这样的孩子才能成长得更扎实、更健康。

常 青 藤 家 训

没有谁是绝对的权威，家长也有可能犯错，所以，我们不可以不容孩子怀疑我们的权威，更要鼓励孩子表达他自己的意见。

错怪了孩子要及时道歉

人总是在不断改正错误的过程中进步的，即使是家长也免不了会犯错误。当家长郑重地向孩子承认自己的过失时，会让孩子觉得坦诚地承认错误并不是可耻的事情。这样还可以使孩子提高分辨是非的能力，品尝到宽容别人的快乐。

不少父母认为自己是"一家之主"，需要保持自己的"形象"与"威信"，因此不愿意在孩子面前承认自己的缺点和错误。比如：有些父母明明知道自己做错了事，冤枉了孩子，或误导了孩子，还给自己护短，不当回事儿，这就违背了做人的基本原则，也是家庭教育之大忌，次数多了，父母就会在孩子心目中失去威信，更不用说教育了。

实际上，父母如果从不向孩子承认自己的缺点、过失，孩子就会产生"父母说的永远正确，但实际上老是出错"的观念，久而久之，对父母正确的教诲也会置之脑后。父母如果在做错事后总能郑重地向孩子认错、道歉，孩子就会懂得承认错误并不是一件可耻的事，就会提高分辨是非的能力，品尝到原谅别人的快乐。比如当孩子"闯祸"后一些父母由于一时冲动，往往会对孩子进行不恰当的、过重地批评或惩罚，事后又往往会后悔。这时，倘若父母能真诚地向孩子道歉，补救自己的"过失"，就能引导孩子更好地发展。

被称为"西班牙王国上空的一颗光辉灿烂的巨星"的拉蒙·依·卡哈的成长，就说明了这一点。

卡哈小时候调皮得很，13岁时用所学的知识造了门"真"的大炮，把邻居家的孩子打伤了，闯了大祸，被罚款和拘留。当他从拘留所出来后，身为大学教授的父亲把这个"顽童"着实训斥了一顿，并责令他停止学业，学补鞋子。后来，父亲越来越觉得这样的处罚过于严厉，孩子闯了祸是要管教，但不能因噎废食。一年后，父亲上补鞋铺接回了卡哈，搂着孩子深情地说："爸爸做得不对，向你道歉。我不该因为你闯了一次祸就中断你的学业。从现在起，你就在我身边学习吧，你会有出息的！"从此卡哈潜心学习骨骼学，终于成为举世瞩目的神经组织学家，并荣获了诺贝尔奖。

有一次，著名的民主战士闻一多因心烦出手打了还不懂事的小女儿，恰好被次子立雕看见了。立雕挺身而出，批评父亲不该打小妹，并且"大义凛然"地说："你自己是搞民主运动的，天天讲民主，在家里怎么就动手打人呢?"闻一多一愣，沉思片刻后走到立雕面前，十分严肃地说："我错了，不该打小妹，小时候父母就是这样管教我的，所以我也用这样的办法来对待你们。我现在知道这种方法是不对的，希望你们将来不要用这样的方法对待你们自己的孩子。"这样的道歉，无疑使父亲在孩子们心目中的形象显得更加高大。

实际上，人类就是在不断地犯错误并且不断地改正错误的过程中取得进步的，所以，作为父母不妨坦陈自己的缺点或错误。记得有一位母亲在教育孩子时，曾经多次将自己在成长过程中犯过的错误告诉孩子，并详细地分析主客观原因，尤其是分析自己的一些缺点在产生这种错误中所起的作用，其目的就是让孩子在今后的人生道路上不再和她一样，以类似的个人"缺点"犯同样的"错误"。

父母应该意识到：当自己向孩子道歉时，就等于在教孩子相信他自己的洞察力。如果父母不停地批评孩子、辱骂孩子，孩子就会形成一种对生活本质和对世界的负面看法。父母应该让孩子懂得，任何人都会犯错误，父母也一样，每个人都要对自己的错误负责。通过道歉，家长塑造了自己关爱他人的行为模式。每位家长身上都蕴含着改变孩子命运的神奇力量。当你自己从内疚、自责和愤怒中解脱出来的时候，你也解救了你的孩子；当你终止了旧的家庭模式给你的束缚时，你就等于给自己、也给了孩子一份厚礼。他会记住自己的父母是如何勇敢地对待自身的缺点，这种勇气与坦率会鼓励孩子做终生的探索与自我培养，而不至于迷失方向。

常青藤家训

发现自己处理问题失当时，要真心诚意地向孩子道歉。要想让别人喜欢，让孩子们敬慕，则应该及时向孩子坦诚，包括道歉。

不可以让孩子一味地服从

精彩点击

过于听话的孩子，未来不一定就会有很好的发展。家长应该着力培养一个既听话又有主见的孩子，可以放心地让孩子来自主地为自己的事情做决定，而不是一味地服从父母。因为每个孩子在长大成人之后应该是个独立的人，日后能够为自己的生活做出判断。

通常，我们家长都喜欢听话的孩子，因为听话的孩子乖，听话的孩子懂事，不让父母操心。相比之下，淘气又叛逆的孩子就不那么容易得到长辈们的喜欢了。而事实上，不管是什么样的孩子，他们通过自身的表现都传达出了各自的信息，作为家长有没有用心体会呢？

一个叛逆的孩子一定是个有着感情饥渴的孩子，他通过淘气希望得到大人更多的关注，比如希望被理解、被欣赏等。为了让家长注意到自己，他就很有可能通过比较叛逆的方式来表现自己。而一个过于听话的孩子很有可能是一个长期被"压抑"的孩子，他认为不听话是危险的，因为父母都喜欢听话的孩子，只有自己听话才能得到父母的爱。

如果一个孩子过于听话，对于未来的成长发展多少会有些不好的影响：比如孩子的自主性得不到太好的发展，喜欢俯仰随人，不能独立；但是如果一个孩子太任性、太叛逆的话，将来走入社会之后恐怕也是困难重重，这两者都是很让人担心的。所以，作为一个家长，我们应该努力培养一个既听话又有主见的孩子，究竟应该如何能做到鱼和熊掌同时得到两不耽误呢？

如果想做到这些，首先我们应该想到的是：我们到底想让孩子成为什么样的人？我们到底要做什么样的父母？

比如，我们想让孩子"听话"，那我们的着眼点就是做一个"孩子愿意听我说话"的父母。接下来就要努力让孩子愿意听自己说话才行。

（1）言出必行。

父母对于孩子，不可以轻易地许诺，如果一旦作出许诺，就一定要予以兑现，如果由于某种原因兑现不了的话，要向孩子真诚地道歉，就像对待我们的朋友一样怀有歉意。

（2）让孩子感受到我们在为他着想。

很多父母用心良苦为了孩子不惜代价，而孩子却不理解父母，这很有可能是因为父母想给孩子的未必是孩子想要的。比如，孩子就是想和妈妈一起玩，而妈妈却给孩子花了很大价钱报名补习班。孩子感受不到妈妈对他的爱，反而会感到内心压抑，就会反叛甚至疏离。

（3）争取让孩子信服。

如果孩子遇到了做不到、不知道、不懂的事情，我们能在孩子需要的时候教给他、帮助他，他就会信服我们，反之，孩子就会不信服我们。还有就是我们对于自己一定要说到做到，比如我们说要努力进取，可是自己每天都是得过且过，孩子都看在眼里，内心就会起冲突和怀疑。

做到了这三点之后，相信孩子可以感到我们是说话算话的，又很为他着想，那孩子有什么理由不听我们的话呢？实际上，每个孩子都很依赖、也很看重父母，往往是因为我们的话不是那么让孩子爱听罢了。

但是任何事都讲究"过犹不及"，如果孩子过于听话以至于到了没有自己主见的地步，我们应该怎么办呢？这个时候，我们怎样让孩子有主见，怎样让自己成为一个"让孩子有主见的父母"呢？

（1）允许孩子做他自己。

尽管孩子是我们自己生下来的，但是也一样有很多不同于我们的地方，包括他的性格、喜好、习惯等。随着孩子的长大，他会越来越有自己的见解，而因为亲子之间在成长背景、成长经历、价值归属等诸多方面的巨大差异，孩子的见解很有可能和我们的不同。如果我们能够尊重孩子和我们的不同，亲子之间就可以互相接纳；如果我们能够欣赏到孩子的不同，我们和孩子就可以互相滋养。

（2）相信孩子一定能够做好自己。

任何人都喜欢自由自主，而依赖性则完全是后天培养的。我们家长对孩子的好心往往成就了孩子的依赖性。比如：

"你一定要多吃一点，否则的话肯定会饿。"

"你一定要多穿衣服，小心感冒。"

"这个你肯定做不了，还是我弄吧。"

难道我们的孩子连吃不饱穿不暖也不懂么？父母对他的督促多一次，孩子对自己的督促就少一次，而这种自主性就会被破坏一次。家长应该相信的是：任何一个孩子天生都有自主独立的愿望，也都能够胜任他的那个年龄可以做的事，他会自觉地通过犯过的错误来纠正自己的做法。

如果父母真的可以做到这些，根据孩子的自主要求给予必要的支持、建议和帮助，而不是将自己的理解强加给孩子，那么相信孩子就不会是那样被动地服从父母了。

建议父母一开始就这样告诉孩子：这是你的事情，你需要自己决定和负责，你所面临任何困难我都愿意帮助你，但由你来决定要不要我帮。

让孩子服从你，不如让他理解你

精彩点击

家长最好是先让孩子从内心理解自己，在这一方面的沟通很重要。当孩子对父母付出的辛劳越是了解，就越是会从内心里理解和尊重自己的父母，也才能真正心服口服地听从父母的劝告。否则，孩子会觉得自己所获得的一切是理所应当的。

最近，文文对新热播的电视连续剧很是着迷，为了让看电视和完成作业两不耽误，文文决定一边看电视一边做作业，结果她的作业本上到处可见醒目的叉叉。

"文文，不可以再看电视了，回屋里去写作业。"妈妈不得不对文文下"最后通牒"。

文文听了妈妈的话，心中很是不爽，唉声叹气地抱怨说："我真是一个倒霉的孩子。"妈妈听了之后，诧异地推推眼镜仔细地看着自己的孩子，不知道她为什么要这样讲。

"实在是不公平，为什么你们大人就没有家庭作业？为什么你们白天在外面忙碌一天之后晚上回到家可以休息，我怎么就不行？"文文实在是想不明白，"做学生是最辛苦的，我也想和你们一样上班，这样的话我晚上就可以休息了。"

对于文文的话，妈妈一时不知道如何向她解释，因为工作并不是像她想象中的那样简单，也是需要承担责任和风险的。可是，文文从来都没有体谅到自己的父母，反而觉得自己是最辛苦的。

其实现在有很多孩子和文文一样，不知道自己的父母每天都在忙些什么，不知道他们吃的、穿的、用的东西是从哪里来的，反而觉得他们吃好、穿好、用好是天经地义的。甚至有一些不懂事的孩子认为父母不需要去尊重。

《新文化报》的记者曾经在一地区的三所省重点中学发了280份问卷调查，结果令人震动。

问题一：你的袜子谁来洗？

95％父母或其他长辈洗；5％自己洗

问题二：你认为父母辛苦吗？

22％一般；59％很辛苦；19％不辛苦

问题三：你常与父母沟通吗？

22％经常；26％偶尔；52％几乎从不

问题四：你给父母做过饭吗？

20．5％没有；66％有过一两次；13．5％经常给父母做饭

问题五：你常对父母说感激的话吗？

39％是；20％只是偶尔；41％几乎从不

问题六：父母不高兴时，你安慰过他们吗？

62．2％有；5．4％没有；32．4％有一两次

问题七：你为父母洗过脚吗？

17％洗过几次；20％只洗过一次；63％从来没洗过

问题八：你觉得应该回报帮助过你的人吗？

20％没考虑过；62％应该；18％不用

问题九：遇见教过你并常批评你的老师，你会说话吗？

86％不理她（他），假装没看见；14％会主动上前打招呼留言

在这份问卷调查中，有52％的孩子表示自己几乎从来不和家长沟通。对于"你认为父母是否辛苦"的这个问题，有19％的孩子觉得父母不辛苦。"我一点也看不出父母辛苦。他们每天早上起来给我做早饭，然后送我上学，晚上再来接我回家，天天如此，从来没有听他们说过自己很辛苦啊。"父母只是没有把生活的辛苦和沧桑挂在脸上，孩子们就以为自己的父母一点都不辛苦。而在对"你常对父母说感激的话吗?"这个问题上，41％的孩子选择从来没有，并且认为"他们是我的爸爸妈妈，对我好是自然的。别人的爸爸妈妈也对自己的孩子很好啊，我又有什么特别吗？"

其实，在常青藤教育中有一项重要的原则来根治这个问题——尊重和平等。当父母与孩子之间是相互尊重、平等的时候，孩子有相当的自觉来感受到父母对自己的爱，父母为自己做出的牺牲；当孩子完全从属于父母的时候，他们就会无视别人为自己做的一切了。确切地说是他们没有自己。

如果你的孩子也是这样，那就应该想办法引导自己的孩子认真考虑一下：父母每天不仅要做好自己的工作，还要费尽心思照顾全家人的生活，即使面临着工作和家庭的经济压力，也很少跟孩子提起，实在是很不容易。当父母空闲的时候，可以给孩子讲一讲他们工作的情况，让孩子了解父母工作的艰辛，做到心中有数。无论父母从事什么职业，都是靠自己的双手在劳动，都是凭自己的本领在吃饭，都值得孩子敬重。当孩子对父母付出的辛劳越了解，才越会从心里相信和敬重父母，才会真正心服口服地服从父母。

或者，父母还可以试试以下的一些方法：

（1）教育孩子学会理解，凡事除了从自身的角度考虑之外，还要推己及人，以他人的观点观察一下，这样才能不失偏颇。

（2）和孩子建立亲密的沟通，让孩子了解父母的烦恼和辛苦。可以在晚饭前后和孩子多聊聊天，让孩子也能了解父母在工作中遇到的

问题。

（3）教育孩子珍惜父母的劳动，让孩子也参加到一些简单的家务劳动中来，在劳动的过程中让他体会到做任何事情都必须付出努力，并让孩子理解父母对他的期望以及为此所做的一切。

常青藤家训

当孩子不能理解父母的苦心时，父母应该静下心来与孩子进行交流，告诉他你的困难、辛苦以及工作的状况，让孩子去理解你、关心你，营造和谐的家庭氛围。

孩子是不可以随意打的

精彩点击

相信一个有水平的家长，即使是不通过打孩子的方式照样可以教出一流的好孩子。打孩子本身就是建立在大人和孩子体力不对等的基础之上，如果家长习惯于用打的方式来教育孩子，也就是向孩子宣示了以强凌弱的合理性，所以这种方式应该抛弃。

究竟打孩子是合理的呢还是不合理的呢？现在人们还没有达成一个共识，但是，在美国的大部分州是禁止打孩子的，只有少数的一些州承认打孩子的合理性。

打孩子的害处是显而易见的，最实际的害处就是严重打击孩子的自信心，他会认为大个子欺负小个子理所应当，以至于以后在外面碰到了大个子的人，就会产生恐惧感，甚至觉得别人可以合理地欺负自己。除此之外，对于亲子之间来说，孩子被打之后很容易造成以下不良影响。

（1）父母是孩子生活当中最值得信赖的人，是孩子最重要的避风港。假如孩子在父母这里得不到保护，父母在孩子心中的形象会不会受到影响呢？当孩子怀疑父母，甚至与父母对抗的时候，这时的家庭教育就很难再进行下去了。

（2）父母打了孩子之后，孩子便会在意识中认为打人是正确的，慢慢就容易有暴力倾向，当和其他的小朋友一起玩的时候也很可能打别人。有时我们会看到一些人因为一点鸡毛蒜皮的小事而大打出手，为什么会这样呢？这些人肯定是挨过许多打的，他们认为暴力是解决问题最好的方法。

（3）孩子做错了事情，适当的惩罚是可以的。可当孩子不知道为什么而受惩罚时，那对他所使用的惩罚不但不会起到教育的作用，反而会起到反作用。

（4）经常被打的孩子，自尊心、自信心比较难培养。就拿成人来说吧，我们跟亲人、朋友、同事之间不论发生什么问题，一般是不会打人的。为什么呢？因为我们都把对方看做是跟我们一样的人，我们尊重对方。而对于孩子，父母并没有把他们当做跟我们一样应该受到尊重的人，做父母的也没有把孩子当成一个完整的人，因此就没有充分地尊重他，久而久之，孩子对自己的认识也会相应地改变。

不过，中国传统的教育观念是"棍棒底下出孝子"，就连孔夫子也对他的学生曾子说"小杖则受，大杖则走"。没有人希望自己被打，孩子也是一样，虽然说作为家长，我们可以有"教育"这面大旗对孩子行使打的权力，但是也要有原则，才能让孩子真正做到心服口服，才能起到正面的教育效果。

家长需要懂得，在以下的 6 种情况下不可以打孩子。

（1）孩子所犯的错误，父母事先并没有告诉孩子不能这样做，是属于"无心非"的过错，不可以打。

（2）孩子所犯的过错，父母也同样在犯。自己都没有以身作则，怎么有理由打孩子呢？

（3）父母在盛怒之下会失去理智，这个时候切忌打孩子，惩罚往往会有失分寸。

（4）情况特殊的孩子不可以打。比如行为亢奋有精神障碍的孩子，敏感性很强的孩子，曾经受过情感伤害的孩子。

（5）不到3岁的孩子不可以打。这时候的孩子生理、心理发育尚不完善。

（6）当孩子长到6岁以后要尽量少打，因为他们已经开始意识到自己长大了，12岁以后的孩子就不能再打了，这时的孩子已经进入青春期，强烈地感到自己是个独立的个体。

对于打孩子这种教育方式，尽量不用，不得已要少用，因为我们相信一个有水平的家长不用通过打骂的方式照样可以教出一流的好孩子。

在以下4种情况下，可以打孩子。

（1）如果孩子喜欢触摸一些危险物品，喜欢到一些不安全的场所，但是由于孩子年龄尚小不能理解自己的所作所为的严重性，家长又无法保证能看住他，在这个时候，可以采用一些打的方式加以制止，防止发生不堪设想的后果。

（2）孩子的某些习惯作风违反了道德标准时，家长应该好好教训他。比如有的孩子从家里偷钱去买自己喜欢的东西，还有的孩子喜欢欺负比他弱小的孩子并以此为乐。

（3）过于自私、自我中心倾向严重的孩子，心中没有他人的位置，不懂得关心别人。父母要及时帮助他们纠正。

（4）当孩子明知故犯，并且毫不悔改时，可以用打孩子的方式作为惩罚。

常 青 藤 家 训

> 暴力方式如果使用不好，很有可能使家长和孩子之间的信任和感情纽带被破坏，等孩子长大需要家长的指教和帮助时，他们很可能就不愿意找家长了，所以要慎重。

鼓励孩子发出自己的声音

精彩点击

> 家长要尊重孩子的独立性，允许孩子有不同的观点和看法。要知道培养一个会说话的孩子比培养一个会听话的孩子更重要，因为孩子在表达自己认识的同时就是在加深对周围事物的认识。这是一个说服的时代，而并非是个顺从的时代。

争辩是两个意见分歧的人试图说服对方的一种行为，这种行为的前提是，两个人地位平等，精神上相互尊重。由于我们已经习惯将孩子视为父母的所有物，父母与孩子之间就不存在争论了，而是命令和要求。

然而作为家长应该明白，孩子的精神与父母一样是独立的。孩子在生理上健全，在心理上也有自己的思想和观念。他们有朝一日也会成为父亲或是母亲，他们也会生儿育女，他们也要工作养家。孩子的灵魂不能在一夜之间长大，需要慢慢地经历和成熟，在这个过程中和父母进行一些争辩就是必不可少的途径。

在"争论教育"上，我们可以弄到很多成功的实例，几乎所有巧舌如簧的人，在年幼时一定会和他人争论，摆出自己的道理并试图说服别人，其中自然也包括与自己朝夕相处的父母。撒切尔夫人的政治家气质，正是年幼时在和父亲的辩论中日渐培养的；同样，丰子恺鼓励孩子在同大人交谈的过程中尽量发表自己的见解，锻炼他们的思辨能力。

父母常常希望自己的孩子在将来的生活中可以自己做主，但是如果孩子连表达自己意见的能力都没有，又怎么能在社会生活中表达意愿、实现愿望呢？

一位心理学家经过多年的研究得出确切的结论：争辩是孩子走向成熟之路的重要一步。能够同父母进行真正争辩的孩子，在以后会比较自信，更富有创意和领袖气质。

孩子争辩的时候，表明他在组织语言表达自己的观点，并要分析对方的观点，找到破绽加以辩驳。这至少有两点好处：一是促进大脑发育，二是增加家庭互动氛围，更利于孩子各方面的成长。

有一个刚上初一的男孩，课余喜欢踢足球，他的父亲对他的期望很高，时时敦促他好好学习。有一天，男孩儿和几个伙伴玩球稍微有点晚了，他害怕挨骂，就拉着朋友一起回家。爸爸看到他的第一句话就是"成绩不怎么行，玩起来倒是很有劲。看你将来怎么考大学。"

爸爸的这番话让孩子觉得很没有面子，他争辩到："爸爸，我今天的作业都完成了。我们很久没有痛快踢球了，今天破例晚一点，您也不用这么生气吧。"

"今天破例明天破例，以后就不用学习了！我生气还不是为你好。你还敢在外人面前跟我顶嘴，翘膀硬了是不是？"爸爸的一番话让男孩闭口不言了，伙伴也无趣地回家去了。

男孩子喜欢踢球，是再正常不过的事情，但是家长却认为这是不务正业，必定玩物丧志。这个时候，孩子表明自己还是以学业为重，先完成了作业才去踢球的，本来是值得表扬的事情，但是父亲却因为反感"顶嘴"，完全不考虑孩子的说法就断定他是在动摇自己的家长权威，是丢脸的事情。这样的事情在我们的生活中并不少见，孩子们除了按照父母的意思去做，其他一切异议都是"顶嘴"，很多孩子因此干脆放弃去思考是不是应该去做，一味地唯父母之命是从，这样成长的孩子，我们又去责怪他没有责任心和独立意识，孩子们实在有些无辜。

孩子争辩并不是不尊重父母的表现，既然真理只会越辩越明，父母又何需担心自己的威严会在争辩中消失呢？但是提倡争辩，并不是说让孩子胡搅蛮缠、随心所欲、口不择言。争辩是在讲明自己的道理，一旦孩子违背了这个原则，父母就应该制止。另外，争辩也不是凡事都要争论，那只会让生活陷入混乱。让孩子争论，是在给他发表有价值的观点的机会，而对于生活中应有的基本原则，是不提倡争辩的。

常 青 藤 家 训

如果家长对孩子的指令比较多，允许他可以干这个，不可以干那个，这样教育出来的孩子一般都很懂礼貌，但是习惯于服从，不善争辩。

帮助孩子培养特立独行的自我意识

精彩点击

"天生我才必有用。"当一个孩子感受到了自己生命的独特性，他就能够很好地去判断什么是对、什么是错，什么是应该做的、什么是不应该做的，从而有意识成为一个有责任感的人。家长也要多多关注自己的孩子能否正确地认识自己、评估自己。

所谓的从众心理，说白了就是随大流。指的就是个体在社会群体的压力下自觉或不自觉地放弃自己原本的意见转而采取与大多数人保持一致的一种心理。而我们的孩子年龄尚小，知识和经验都相对不足，自制力也比较差，从众心里就表现得尤为明显了。这种盲从的从众心理会抑制孩子个性的发展，束缚思维，扼杀创造力，使人变得缺乏主见，不利于他们的身心发展。

如果孩子感到自己的生命是独一无二的，甚至是特殊的，就很可能有一种"生命的觉醒"，这种优越感让孩子觉得此生不可虚度，要给世界留下点东西，进而有利于他变成一个有责任感的人。

美国人都特别注意培养孩子的独立性。他们认为，要使孩子学会独立，首先必须得培养孩子的独立思考能力。有个由黑人笑星比尔·考斯彼主持的《孩子说的出人意料的东西》节目，这个节目在让我们捧腹的同时，也使我们深思。

有一次，比尔问一个七八岁的女孩："你长大以后想当什么？"女孩很自信地答道："总统。"全场观众哗然。比尔做了一个滑稽的吃惊状，然后问："那你说说看，为什么美国至今没有女总统？"女孩想都不用想就回答："因为男人不投她的票。"全场一片笑声。比尔说："你肯定是因为男人不投她的票吗？"女孩不屑地说："当然肯定。"比尔意味深长地笑笑，对全场观众说："请投她票的男人举手！"伴随着笑声，有不少男人举手。比尔得意地说："你看，有不少男人投你的票呀。"女孩不为所动，淡淡地说："还不到三分之一。"比尔作出不相信又不高兴的样子，对观众说道："请在场的男人把手举起来！"在哄堂大笑中，男人们的手一片林立。比尔得意洋洋地说道："怎么样？'总统女士'，这回可是有三分之二的男人投你的票啦。"沸腾的场面突然静了下来，人们要看这个女孩还能说什么。女孩露出了一丝与童稚不太相称的轻蔑的笑意："他们不诚实，他们心里并不愿投我的票。"许多人目瞪口呆。然后是一片掌声，一片惊叹……

这就是典型的美式独立性。一个没有独立性的孩子，相信他也不能很好地去判断什么是对，什么是错，什么应该做，什么不应该做。

社会在长期的发展过程中，总会形成一些大家共同遵守的规范。因此，按照规范行事，成了一种心理准则和定式。但是有些时候它也会对孩子产生不利的影响，比如"少数服从多数"的规范往往使学生倾向于从众而避免枪打出头鸟，以至于产生盲从心理。

我们应该怎样帮助孩子克服盲从心理，有自己的想法甚至是"特立独行"呢？

首先，我们要帮助孩子们养成独立思考的好习惯。

在现实的生活中，很多孩子的盲从是在无法拿定主意的情况下开始的，这就说明了他还缺少独立思考和分析问题的能力。所以我们要鼓励孩子大胆探索，勇于质疑，并且要多和孩子沟通，给他们发表自己见解的机会，逐步培养孩子的自主意识，做到不盲从、不迷信、善鉴别、有主见。这样一方面可以克服孩子的盲从心理，另一方面有助于养成他们独立自主的习惯。

其次，要鼓励孩子扩大视野，丰富知识。让孩子产生盲从心理的一个重要原因是缺乏知识，缺乏阅历。所以在日常的生活中我们要鼓励孩子多学习，不断地提出自己的见解和判断，从而远离盲从。

常 青 藤 家 训

做人要独立。这里所指的独立，并不是说像孤立于海岛上的鲁宾孙一样，离群索居地去做孤家寡人，而是在群体社会中保持自己的独立性，即保持独立的人格。

是聪明还是笨，都要勤奋

任何目标都需要认真的付出才能够实现，勤奋努力的习惯最好是从小就培养，越小越好。父母在夸奖孩子勤奋努力的同时，也就是在鼓励他继续努力去挑战更高的目标，通过这样的方式启发孩子认识到对自己的责任，开拓人生。

美国近期的一项研究得出结论：如果一个孩子总是自认为很聪明，很有可能在面对挑战的时候想回避。在一项实验中，老师让幼儿园的孩子们回答问题，她对其中一部分孩子说："你们答对了8道题，你们很聪明。"而对另一部分孩子换了种说法："你们答对了8道题，你们确实付出了巨大的努力。"接下来，这个老师分别给两个部分的孩子布置新任务让他们自己选择，一种是他们在完成的时候也许会出现一些差错但是最终可以学到一些东西，另一种是他们有把握一定可以做得好。结果那些被夸奖为"聪明"的孩子大多都选择了后者，而那些被夸奖为"努力"的孩子则大多数选择了前者。

夸奖自己的孩子聪明，会有一个缺陷：孩子在潜意识中认为是由于自己聪明才会一帆风顺，逐渐对自己的感觉良好，想着自己的将来一定是只会成功，不会失败，时间长了，就容易对自己的评价不那么客观了。如果他把事情做得很好，他就会认为只是他聪明罢了，一旦他受到了挫折，他的第一反应很可能就是"我并不聪明"，随之对一切都失去了兴趣。这样的孩子将来走上社会之后就会感觉自己有点输不起，甚至会导致终生一蹶不振。

所以，我们最好是赞美自己的孩子"勤奋"，当我们在夸奖他勤奋的时候，其实就是在鼓励他继续努力去寻求更多的挑战，这样可以帮助孩子在遇到挫折时不气馁，他会始终认为自己不懈努力去做的事情是一件值得的事。

尼克松的家境并不富裕，一家人只能靠种地糊口。父亲在自己的菜园里辛勤劳作，供养着一家人。母亲则是一个有着文化修养的伟大母亲，更多地承担了教育子女的责任。自尼克松出生后，她就用自己的智慧和耐心教育他。在尼克松6岁上学之时，母亲早就教会他读一些书籍了。

尼克松9岁时，父亲卖掉了房子和菜园、果园，把家搬到了惠特尔。父亲十分勤劳，靠自己的双手辛勤耕耘，努力改变全家人的命运。终于，他有了属于自己的加油站，后来又办起了杂货店，并专门出售自家制的馅饼和蛋糕，将尼克松母亲的手艺绝活推向了市场。

父母的勤劳对尼克松产生了很大影响。他很早就帮忙操持家务，做些力所能及的事，父母经常拿《圣经》中的"你必须汗流满面，才得糊口"这句话来教育他。尼克松把这句话牢牢记在心底。尼克松很快就成了家里的得力帮手。在父亲和母亲辛勤劳动的带动下，尼克松充分认识到只有劳动才能创造一切，才能满足自己的需求。给家人帮忙让尼克松深深体会到了劳动的快乐和成果。尼克松回忆到，他每天早晨4点钟就起床，5点赶到洛杉矶第七街菜市场。他自己挑选水果和蔬菜，把价钱还到最低，选购好的货物用马车送回家，待把这些货物洗净、分级，放到店铺后，接着在8点钟去上学。尽管很辛苦，但每次劳动后尼克松都感到一种轻松和快乐。因为他靠自己的努力，得到了收获。

童年的经历使他一生都保持勤劳，尼克松终生都谨记父母教给他的那句话，靠自己的付出来实现人生的目标。

尼克松的父母告诉他说：人生的目标要靠自己的付出才能实现。在父母的带动下，尼克松也养成了勤奋用功的习惯，这为他日后的成功打下了坚实的基础。在人生的旅途中，有许多聪明的人常常在最后变笨了，而原本被认为是笨的人，却常常在最后变得聪明了。勤奋的人不一定会成功，但是如果你要取得成功，就永远离不开勤奋。

在一个学校或者是在一个班级中，通常有两类学生是容易受到老师喜爱的：一种是非常聪明又非常勤奋的，另一种是不算聪明却非常勤奋的。可见，勤奋的孩子，走到哪里都会招人喜欢。

作为父母，我们不应该为孩子的低智商而气馁，也不要为孩子的高智商而沾沾自喜，而是应该将视角转移、重视自己的孩子是否努力勤奋，把这种理念传递给孩子，让他们感受到只有努力才能获得父母的认可和夸奖。

常 青 藤 家 训

懒惰者永远不会在事业上有所建树，永远不会使自己变得聪明起来。唯有勤奋者，才能在无垠的知识海洋里猎取到真知实才，使自己变得聪明起来。

永远珍惜眼下的时光

精彩点击

良好的时间观念是做事成功的基本前提，成功与失败的重要分歧在于如何分配和安排时间。教你的孩子学会将时间利用到极致，那将是一笔珍贵的财富。如果一个孩子懂得珍惜时间、利用时间，应得的回报早晚会如期而至。

在美国现代企业界里，与人接洽生意能以最少时间产生最大效益的人，非金融大王摩根莫属。为了珍惜时间，他招致了许多怨恨，但其实人人都应该把摩根作为这一方面的典范，因为人人都应具有这种珍惜时间的美德。

摩根每天上午9点30分准时进入办公室，下午五点回家。有人对摩根的资本进行了计算后说，他每分钟的收入是20美元，但摩根说好像不止这些。所以，除了与生意上有特别关系的人商谈外，他与人谈话绝不在五分钟以上。

通常，摩根总是在一间很大的办公室里，与许多员工一起工作。摩根会随时指挥他手下的员工，按照他的计划去行事。如果你走进他那间大办公室，是很容易见到他的；但如果你没有重要的事情，他是绝对不会欢迎你的。

摩根有极其卓越的判断力，他能够轻易地判断出一个人来洽谈的到底是什么事。当你对他说话时，一切转弯抹角的方法都会失去效力，他能够立刻判断出你的真实意图。这样卓越的判断力使摩根节省了许多宝贵的时间。有些人本来就没有什么重要事情需要洽谈，只是想找个人来聊天，而耗费了工作繁忙的人许多重要的时间，摩根对这种人简直是"恨之入骨"。

苹果电脑公司的创始人史蒂夫·乔布斯在斯坦福大学曾对新生做了如下的演讲，他说在他17岁的时候，曾经读到一句格言——"如果你把每一天都当成生命里的最后一天，你将在某一天发现原来一切皆在掌握之中"，这句话对他日后产生了深远的影响。对于每个人来说，时间都是平等的，谁更能够抓住时间，谁就可以得到时间老人的奖赏。但是孩子们由于年龄尚小，还不知道人生的目标和使命，往往缺少时间的紧迫感，也不懂得如何科学地来利用时间。对于孩子来说，时间是财富、是资本、是命运，是千金难买的无价之宝。教会孩子合理、充分地分配利用时间，是父母的一项重要任务。所以，作为家长，我们应该重视培养孩子安排时间、运用时间的能力。

建议一：培养孩子良好的时间观念。

养成良好的时间观念是一个人做事成功的基本前提，但并不是意味着全部。父母在与孩子朝夕相处的岁月中，应时时向孩子渗透时间可贵的概念。父母有意无意在孩子面前所表现出的一举一动，都会对孩子行为习惯的形成起着至关重要的作用。

建议二：应该教育孩子尽量提高效率。

为了提高效率，要强调科学用脑。用脑的时间过长，大脑就会变得迟钝，这时要适当地休息。此外，大脑的不同区域所具有的功能是不一样的，比如左脑主要负责抽象思维，而右脑则负责形象思维。因此，我们可以指导孩子交替学习不同的内容，使大脑得到充分的休息。

建议三：教孩子善用整块时间干件大事。

有些事情需要用比较集中的时间来完成，如果用零碎的时间，就容易造成时间的浪费。

建议四：杜绝孩子"磨蹭"的坏习惯。

孩子只有在体会到磨蹭会给自己带来损失之后，才会自觉地快起来。因此，让孩子为自己的磨蹭付出代价，也可以说是改掉孩子磨蹭毛病的好方法。

建议五：教孩子用"倒计时"的方法来安排时间。

有的事情是硬任务，必须在某个时间内完成，这就需要父母教会孩子用"倒计时"的方法来安排时间了。比如一件事情在 10 天之内必须要完成，这就需要规划一天应该完成多少，如果当天没有完成的话，就应该及时补上，保证按时完成。

建议六：增加孩子的紧迫感。

缺乏适当的紧迫感是许多孩子做事磨蹭的主要原因。所以，家长可以在孩子的生活中"制造"点紧张气氛，让孩子的神经紧绷些，使孩子的生活节奏加快。

放弃时间的人，时间也会放弃他。善于利用时间的人，永远找得到充分的时间。时间是最宝贵的东西，因为有了时间，我们就有了一切。

学外语，越早越好

精彩点击

人的大脑在儿童期的成长速度最快，如果家长在这一"得天独厚"的优越时期合理开发孩子的语言才华，可以使孩子轻松地掌握一门语言，而且可以使大脑这一智商"硬件"得到充分地开发利用。

语言是高级的精神活动。人的语言是独有的，人的语言系统与动物的语言系统有着本质的区别。许多动物也是有语言的，而且有些动物的语言还较为丰富，比如鹦鹉。根据美国一位生物学教授艾琳·裴博格通过 29 年的潜心研究发现，鹦鹉的智力可以达到 5 岁儿童的水平，但是语言能力却只能是 2 岁儿童的水平，其他动物的语言水平就更不值得一提了。这就说明了人与动物的语言差距之大。人只要是进入了相应的年龄期，就能够获得语言天赋。

每个儿童都是语言学习的天才，如果在幼年时期得到合理开发，即使是在不努力的情况下，也会至少掌握一门语言。如果有足够好的语言环境，儿童还能不费力气地学习两种、三种甚至是更多的语言，这着实让我们成年人望尘莫及。因为人到成年时，就永远地失去了这个能力。

儿童的语言学习不是通过刻苦努力获得的，也不是通过大人的谆谆教诲。他们以一种特殊的方式来学习语言，只要环境里有的语言他们都可以学会。这个原理可以解释为什么许多的混血儿可以同时说母语和一种外语。

《时代》杂志曾经有一篇报道，马里兰大学的教授德凯泽通过研究认为：人只要超过了6岁，掌握语言的能力就开始下降了，而其中的原因尚不清楚。但有一些研究人类大脑的专家说，随着年龄的增长，大脑中的神经纤维覆盖了一层由脂肪和蛋白质构成的保护膜，这种保护膜一方面加快了信号经过大脑的速度，同时也限制了产生新链接的能力。

语言不是天生的，但是学习语言的能力应该是天生的。儿童为什么能有如此强大的学习语言的能力？美国著名的心理医生皮亚杰说过"这个问题只能问上帝"。对于孩子来说，及早学习外语，是有一定优势的。

（1）心理障碍小。

大人学外语时，一般都会介意自己的文法和意思是否正确，总会在意如果自己说错了会没有面子，而小孩子的这种好面子的心理尚未形成，而且也不太能分辨清哪一个是自己的母语，哪一个不是自己的母语，自然就不会抗拒学外语了。

（2）发音尚未定型。

人的发音器官，和身体其他器官的发育一样，在青春期前皆处于发育状态，具有相当大的弹性。一旦过了青春期，发育便会渐趋稳定，弹性也逐渐减小了。因此，就语言发音而言，若是一个孩子从小接触数种语言，有充分的机会使用这些语言，他的发音器官自然会配合这些语言发音系统调整形状，发出这些语言需要的各种声音，而过了青春期再学习另外的语言，由于发音上会有一些限制，于是产生了所谓的腔调问题。

（3）模仿能力强。

小孩子的模仿能力一般来讲都相当强。孩子从出生之后，就能够从各种情境中不断吸收、记忆所有听到的声音、看到的影像，以及触摸到的东西，渐渐地组成了有意义的概念，到了一两岁的时候，孩子就能够模仿大人的发音、姿态、手势、自然的动作语言。

（4）增加积累。

语言的学习，需要靠时间来积累词汇量，而语法的掌握，也必须在时间和经验中修正改进，这样一来，词汇量越丰富，孩子就越能将意思表达清楚，而掌握语法的能力越好，孩子越能流畅地说英语。

（5）加强细胞刺激。

人的大脑中有几亿个细胞，连成了庞杂的网络，而这些脑神经细胞在幼年时期的发育达到高峰，如果在儿童早年的时候没有给予大量的刺激，部分脑神经细胞会因为无用而萎缩。

常 青 藤 家 训

在 6 岁之前给孩子适量的语言刺激，可以激发脑细胞成长，为日后的学习、发展储备能力。只要孩子对外语学习有兴趣，越早接触越能够正确地发音与使用。

教育不仅仅局限于课堂之内

精彩点击

孩子最终将以一个社会人的角色迈入真实的生活，如果把孩子培养成读书的机器将注定失败。教育不仅仅是通过书本和课堂来完成，家长更要想办法使孩子的心灵进入一个更大的世界中，培养其出色的生活实践能力和良好的道德品性。

美国的教育体系可以说灵活到了近似于散漫的地步，在美国，没有两个州在教育政策、教材等诸多方面是完全相同的。如果想了解美国的教育体制究竟是怎样的，答案就是"个性"。

耐莫的班级组织大家参观农场，该农场坐落在波士顿一个新居民区的角落里。美国学校有这种野外旅行的传统，主要目的是为了让学生接触大自然，接触人类文明的精华，开阔学生的心灵世界。

跟随着大部队，耐莫先去看了火鸡和奶牛，然后进入了一个养鸡场，农场主示范给大家如何捡鸡蛋。接下来，孩子们又去参观蔬菜园，农场主人向大家介绍吃有机蔬菜有益于身体的健康。

接下来，大家来到了一片森林保护区，老师引导孩子们观察不同的鸟类并记录在本子上。大家还可以在河边捕鱼，每个小组可以得到三个渔网和一个水桶，分头去捞鱼，并且最好能够辨认出来自己捕的是什么鱼。

著名的教育家杜威说过：教育就是生活，生活就是教育。在瞬息万变的社会中，作为一个社会人，首先要学会的是在社会中生存和发展，所以我们培养一个孩子，不能把他培养成一个读书机器，不能让他成为脱离社会的人。我们应当注重的是培养孩子的生活实践能力和良好的生活品性。而在培养孩子实践能力方面，家长应该注意以下几个关键词：

（1）配合。

传统的教育观念是重视分数，而现在教育的王牌早就已经变成素质了。家长除了要注重书面形式的作业，同时对实践性的作业更应重视，积极配合孩子完成。

（2）放心。

现在的孩子处处都在父母的关心和保护之下，孩子的唯一任务就是读书。殊不知，孩子终究是要长大，要离开父母走向社会，作为父母我们应该放手让孩子参与社会实践活动，凡是孩子能做的事尽量让孩子来做，以免在孩子长大之后无所适从。

（3）诚心。

面对孩子的实践需求，父母应该真心实意地支持。比如孩子需要搜集一些家庭信息，像父母、爷爷、奶奶的年龄，生活用水量、用电量等，家长应该如实相告，给孩子创设一个实践的空间。

（4）宽容。

孩子在实践活动的过程中可能会产生一些垃圾、影响室内环境、破坏一些物品等，家长应该宽容孩子的过失，不宜训斥。切记，宽容是民主的体现，训斥只能加剧孩子的逆反心理，抹杀孩子探索、实践的愿望。

（5）热心。

当孩子萌发探索、实践的愿望时，家长应该积极引导鼓励；当孩子在生活实践中遇到了挫折，家长应给予关怀、帮助。历史的经验告诉我们，不少发明家从小就有爱动脑筋、爱动手的良好习惯，这些与家长的关心支持是分不开的。

常 青 藤 家 训

培养具有创新精神和实践能力的孩子，要尊重孩子的个性，满足孩子的需求，鼓励孩子探索学习，为他们创造宽松自主的生长空间。

分数不是教育的中心

精彩点击

分数只是测量学习的一种手段，而并非是唯一的标准，它并不能证明孩子真正学到多少知识，也不能证明一个孩子的品德到底如何。美国的教育不是唯分数论，而是更注重考察学生的社会表现。分数只是反馈老师授课水平的工具。

做学生的，都知道流传甚久的一句话："分，分，学生的命根。"在学校里，老师看重的是分数；回到家里，父母问得最多的也是分数；亲朋好友来了，问的还是分数。"最近考试了没有？得了多少分？""这次考试在班上第几名啊？"成绩好的孩子，倒觉得没什么，成绩差一点的，简直就无处藏身。

实际上，现在中国家庭父母对子女的教育，大都仍处于分数教育。孩子考了高分，父母荣耀。考试分数不仅成为孩子的命根儿，而且也成为父母的命根儿。

其实，根据教育专家的理论，对于中小学生而言，两个方面的教育很重要：一个是培养孩子学习的兴趣，一个是教孩子掌握良好的学习方法。做到这两点，孩子的学习成绩自然会好起来。

分数不是衡量孩子能力的唯一标准。考试是检验孩子学习情况的一种手段，它是一项比较单一的检测。这基本上是对孩子学到的书本知识的抽查。

分数永远只是个形式和手段。它不能证明孩子真正学到了多少知识，也不能证明一个孩子的品格与才能如何。它不是衡量孩子聪明与否的唯一标准。

分数也并不能完全真实地反映一个孩子的能力。有很多孩子平时学习特别好，各方面能力也不错，但是一考试就考砸了。还有一些孩子，平时小测验没问题，但是到了升学考试这样的关键时刻，就发挥失常。这就是一个心理素质问题，考试怯场，就无法发挥自己的正常水平。

现在社会上，有很多人并没有很高的文凭，但是他们一样有所成就。不是说文化知识不重要，而是说，我们不能忽略了孩子的全面发展。除了分数，孩子的品德修养、性情习惯以及解决问题的能力，都会影响孩子的一生。

家庭教育最重要的任务是建筑人格长城，可生活中看人常常是一俊遮百丑。有了高分数、好成绩就被看做是好孩子。事实上，影响终身发展的因素中，分数并不是最重要的，起着制约作用的是品德、品格，是做人的快乐，而不是知识学问。

点点滴滴的影响，将会对人格的健全发展奠定厚实的基础。不少父母过多关心孩子学习，只要考出好成绩，什么要求都答应，什么愿望都满足，品德低下却不被关注，这样的教育理念、方式令人忧虑。

作为家长，引导与帮助孩子提高学习成绩，是应尽的义务。家长重视孩子的考试分数是可以理解的，因为分数毕竟是学习状况的一种重要反映。但是，分数只是一个现象，家长应该动脑筋分析分数背后的诸多原因。

第一，分析孩子的学习水平。

任何一门功课都有三个层面的水平——基础知识、基本概念（词语、定义、定理、公式、基本观点等）掌握的水平；基本技能水平（运用基础知识、基本概念解决基本问题的能力）；综合技能水平（解决比较复杂问题的综合能力）。通过考试卷子和平常的作业，可以分析出这三个层面水平的情况。哪方面差就重点解决哪方面的问题。

第二，分析孩子的非智力因素。

学习成绩与非智力因素关系密切，一些孩子学习成绩上不去，有的是学习兴趣问题，有的是学习习惯问题，有的是意志品质问题，有的是情绪问题，有的是责任心问题。应该具体情况具体分析，找准原因。

第三，分析孩子的学习方法。

有的孩子，成绩总在某一水平上，难以突破，学习态度、习惯也较好，这往往是学习方法问题。应该一科一科地分析学习方法存在什么问题，采取改进措施。

第四，分析孩子的智力因素。

成绩上不去，也有智力方面的原因。我们在本书中对智力的几个基本因素——观察力、记忆力、思维力、想象力——进行了介绍，而每个孩子这四方面的能力往往发展不平衡。有的记忆力强而思维力弱，有的观察力强而记忆力弱。这就需要从孩子实际出发仔细分析，哪方面能力弱，应优先训练哪方面的能力，促进孩子智力的全面发展。

常 青 藤 家 训

分数永远只是个形式，是一个非常抽象的东西，它并不能证明孩子真正掌握了多少知识，更不能证明一个孩子的品格与所有才能如何。

教育不可以急于求成

精彩点击

教育的成果不是一朝一夕所能够显现出来的。在对孩子的早期教育中，父母千万不要急于求成，无论孩子学的快一点或是慢一点都无关紧要。在这个时候父母最应该重视的是孩子的心理体验，帮助孩子形成健康向上的自我认同，为日后的成功打下良好的心理基础。

　　几乎所有的家长都会特别关注孩子的学习成绩，认为学习成绩的好坏就是成功与否的标志，只要孩子学习好，其他的缺点就忽略了。这是不正确的，家长应该把眼光放得更长远一些，重视孩子学习能力的培养，而不要老盯着眼下的考试成绩。一个学习成绩好的孩子不一定有很好的学习能力，但一个有很好学习能力的孩子将来迟早会有所成就，而且可以为他的长期发展打下良好基础。

　　人生是一条漫长的学习之路。根据专家的分析：在农业时代，一个人只要 7 至 14 岁接受教育，就足以应付往后 40 年生活之需；在工业时代，求学时间延伸为 5 至 22 岁；而在目前的知识经济时代，由于科技急速发展，每个人必须随时接受最新的教育。要在这个社会中成功，不只靠一张名牌大学的文凭，而取决于不断持续的终身学习能力。

　　有报道说，在英国大约有 65％的毕业生毕业后从事的职业与他们在学校所学的专业无关，这种现象在我国也许更为突出。这是为什么？原因就在于当今世界信息和知识飞速增长，使灌输知识为主的教育已无法面面俱到。针对世界发展变化的重大趋势，著名的未来学家托夫勒在二十世纪九十年代早期预言："未来的文盲不再是不识字的人，而是没有学会学习的人。"1999 年，美国教育部组织了 16 位著名的心理学、认知学专家，对近三十年来学习科学领域大量涌现的研究成果，进行了两年的研究分析，他们得出的结论是："二十世纪九十年代以来，学习理论和教育研究发生了人类有史以来最本质与革命的变化。"并指出：新世纪的教育的目的要从传统的灌输知识为主的模式，转变为"帮助学生发展必要的认知（智力）工具和学习策略，使他们能够获得创造性地思考有关历史、科学技术、社会现象、数学和艺术时所需的知识，使他们成为自我维持的终身学习者。"

　　有位社会学家曾经调查了几十位诺贝尔奖获得者，发现这些获奖者大多认为，学生学习时期，并不一定是班上学习成绩最好的，而是掌握了学习的方法，这是学生获得学习能力的重要环节。伟大的科学家爱因斯坦回顾自身的教育经历，在一篇《论教育》为题的讲话中曾深刻指出："发展独立思考和独立判断的一般能力，应当始终放在首位，而不应当把获得专业知识放在首位。如果一个人掌握了他的学科基础理论，并且学会了独立地思考和工作，他定会找到他自己的道路。"

事实证明，学习能力是决定孩子能否成为优秀人才的决定因素。学习型组织的倡导者、《第五项修炼》的作者彼德·圣吉说过："因为未来唯一持久的优势，是有能力比你的竞争对手学习得更快。"为了让我们的孩子在未来社会立于一席之地，家长有责任培养孩子一生受用的学习能力，并对着力培养孩子学习的浓厚兴趣。教育应该从教孩子接受知识，转向教导孩子全方位地学习，以满足终生学习和成长的需要。在注重孩子学业成绩的同时，家长更应关注全面培养孩子的学习能力，让孩子享受学习的快乐，拥有成功的学习经验。

心理学家研究发现，学习能力应该是学习时的注意力、写作业的速度和正确率、听课能力、计算能力、书写能力、语言表达能力，还有情绪的稳定性等。这些能力又是相互影响的，上课注意力与前庭平衡能力、大脑对身体的控制能力、智商、情绪等因素都有关。写作业速度与智力、注意力、手眼协调性、情绪因素有关。听课能力与脑—耳协调训练有关。计算和书写能力与脑—手—眼协调训练有关。语言能力与本体感训练有关。情绪稳定性与触觉训练有关。也就是说，孩子的学习能力都是可以通过专门的训练提高的，因此我们家长千万不要因为孩子的成绩不好而不分青红皂白地批评他，如果盲目地以分数为标准来判断孩子的学习，那很容易让孩子的着眼点放在应付考试上，最终将影响孩子的求知欲和学习兴趣。

常 青 藤 家 训

父母不要用催促的态度让孩子提高成绩，这会让孩子很反感，此时他不喜欢父母干涉他的生活，凡事喜欢按照自己的计划进行。

死记硬背是最不可取的学习方法

记忆和理解从来都是相辅相成的，如果没有深刻的理解，死记硬背将是异常艰苦的一件任务，不仅不会使孩子增长知识，还会导致思维僵化。死记硬背的教育不仅会扼杀孩子们的学习兴趣，而且对孩子的智能发展也非常有害。

"死记硬背"的学习方法就如同是过街的老鼠，人人喊打，是传统僵化的"填鸭式"教学模式的产物。在教学当中，死记硬背不仅让学生感受不到学习的乐趣，而且还与素质教育目标背道而驰。

翻看美国小学的各种课本，从来都没有要求要背的内容。即使是老师在课上讲英语，也从来不要求背诵，甚至连单词都不用背。使用的记忆方法则是：给图画，选单词；给单词，选图画；给句子，选词填空。对于小孩子来说，如此的形式多次反复训练，怎么会有记不下来的道理呢？

在美国的校园，十几个孩子同声朗读一个东西的情景很少见，甚至可以说是没有。美国的学校也十分强调阅读，但并不是大声朗读，更多的是默读。最开始阅读的书也不过就十来个词，而后再逐渐发展为几句话、短故事，一直到最后的章节小说。

在美国，从学前班开始就已经有科学课了，先是认一片叶子，然后是各种动植物，而后逐渐复杂起来。学前班的时候孩子们就开始记日记，都在课上完成，从最初画一个东西，到后来开始写一个单词一句话，慢慢学着写短文章。到了三年级的时候，学生们就可以写短小的论文了。

我们所反对的死记硬背，是指那些单纯为了应付考试、在所学知识不求甚解或一知半解情况下强行的、生硬的记忆。这些硬背下来的东西虽然一时进入了大脑，但在考试过后可能会忘到九霄云外去，它不仅对学生们知识的增长没有任何帮助，更会导致学生思维方式的僵化、刻板，进而影响创新人才的培养。

实际上，记忆力与理解力二者之间的关系是相辅相成的，有的时候很难把二者的关系剥离开。记忆是理解的基础，而深刻的理解又是培养能力的关键。所以，如果头脑中没有关于某个事物所谓的"死知识"，绝不可能形成对这一事物的认识和理解。对于这个问题，有些人动辄就喜欢引用爱因斯坦没有背出音速是多少来说明"死知识"是不必要的，但是我们必须正视的是，爱因斯坦的头脑中，一定储藏了研究领域所必需的知识，或者说是提问者所不可能提及的知识吧。这就好像金字塔没有地基，就不会有顶尖一样，处于顶尖的人有时可能会忘记当初的地基是什么样子。

有没有一种学习方式，不需要死记硬背而记住呢？

通过细心观察我们会发现，聪明人在学习上与大多数人看起来不一样，当多数人将同一种知识反复回顾了几十次的时候，聪明人仅仅需要回顾一次或两次就足够了。其实他们并不是单纯地倚靠记忆来学习，而是在头脑中建立不同的系统，将所有的知识串联起来，使每个知识都在一个链条上有固定的位置，所以就记得比较牢靠，也不容易忘记。是这个原因使一些人看起来一直在轻松自如地学习，但实际上这归功于学习的策略。当大多数人都在努力记忆的时候，聪明人想着如何在知识间建立联系，这些联系让知识变得容易记忆，所以不需要太多的记忆活动。

如何做到创建知识网脉络呢？

（1）发现事物之间的关联之处。

我们可以将要记忆的知识与已经记住的知识关联起来，使所有的知识都链接在一起。比如，可以将复杂的物理方程与现实生活中的例子相关联，将导数作为车上的车速计。

（2）通过图解来理解。

可以画一张表示知识之间的图解关系图。将知识转化为图例，是基于时间和地点，作者或是其他不同知识间相类似的地方。

（3）"好像……不过……"句式联想法。

将一个知识与另外一个知识相关联起来，记录它们之间的不同点，使用这样的模式去理解。比如：孔子与苏格拉底同时诞生，但孔子生活在古代的中国；分期付款好像是支付贷款资产的一个版本，除了它不需要支付利息。

（4）通过形象思维。

试着将抽象的知识想象成为一种可以看得见的形式。比如在做电脑编程，可以将一个变量想象成一个罐头，将一个函数想象成一个卷笔刀。

（5）将要记忆的知识尽量简化。

可以试着将非常难理解的知识与那些明白易懂的知识相关联，将难以理解记住的知识尽量简化。如果仅仅在抽象的层面上耍弄知识，那将只能构建很少的知识联结。

如果是用这样的方法来学习，就可以更早地构建知识的链接点，这样就可以减少记忆量，帮助孩子更快地学习了。

常 青 藤 家 训

知识并不是无意义的，否则你根本就不需要学习。如果用对了记忆的方式，将可以大大保留知识在头脑里保存的方式。

生活和课堂是融为一体的

　　教育可以是生活化的，常青藤式的教育就是一种能够在生活中落实的教育。这种教育可以使孩子成为教育活动中的主体，给孩子充分的关注，给他们一个舞台尽情地表演。这种将课堂与生活融为一体的教育方法更能够激发孩子的上进心和责任感。

　　孩子的世界是精彩的，也是纯真的。在我们的日常生活中，有着许多机会可以让我们的孩子学习、锻炼。在生活中挖掘一些教学的内容，可以让孩子们感受学习的快乐，并且在生活中得到发展。

　　老师在阅读活动中，教小朋友认识红、黄、蓝三种颜色。活动开始时，孩子们看图的兴趣比较高，能够跟着老师进行阅读，不过能坚持到最后的小朋友就很少了。在和孩子进行分析颜色的时候，只有少部分的孩子能够根据分析说出颜色，大部分的孩子对于突如其来的三种颜色感到不知所措。当天，老师和孩子们一起在院子里玩滑梯的时候，老师指着滑梯说道："看，红色。"接着，有个小朋友就跟着喊："红色，这是老师说的红色。"通过这样的方法，让那些原本分不清颜色的小朋友认识了红色。老师则是利用了一个很好的观察机会，将教学转移到课堂之外，利用孩子在生活中的常识与兴趣，又对孩子们进行了颜色的巩固。后者可以这样对孩子们说：请穿红色衣服的小朋友先玩滑梯吧，其他的小朋友排在后面。

　　对于孩子来说，只有他自己的生活才是对他有意义的、真正的生活。所以在生活教育的过程中，不应该让孩子成为别人生活的旁观者、评论者和模仿者，而应该成为他自己生活的实践者、观察者、体验者和反思者。在日常生活中到处都有学习的机会，生活中随处都有最好的教具，家长应该随时把教学与实际生活联系起来。只要把学习渗入到日常生活中，不论多少都会有效果。通过这些无意识之中提供的学习机会，无论多么讨厌学习的孩子，也一定会逐渐对学习产生兴趣的。

在生活中可以对孩子进行技能教育。比如，妈妈和孩子计划组织一次家庭旅行，引导孩子对地理产生兴趣。为了完成出游的计划，就需要翻地图、查找参考书，将这些事情交给孩子来做，可以让孩子在不知不觉中学习了地理知识，并且很有可能通过这次实践让孩子爱上了地理科目。这就是教育的一种很好的方式。

在生活中可以对孩子进行爱国主义教育。

有一位日本老师为了对学生进行民族自豪感的教育，把学生带到了一个大型的停车场，让学生数一数在这么多的汽车中，有多少辆是日本制造的，占汽车总数的百分之几。学生通过计算，统计出 70% 的汽车都是由日本制造的。在停车场里的这一幕，不知道胜过多少爱国主义教育的课程，强有力地增加了学生的民族自豪感。这也是在生活中进行教育的极好范例。

在生活中可以对孩子进行社会教育。

在学习《保护人类的家园》这堂课时，一位老师带领着学生走进了垃圾填埋场，在距离垃圾场很远的地方，大家就闻到了一股臭气，学生们纷纷捂住鼻子。这样的教育多么直接和生动，不需要老师再多说什么，大家就都明白了保护环境是多么的重要。有哪个人愿意生活在这样的环境中呢？

在生活中可以对孩子进行爱心教育。

有一次，在学到《同情和帮助残疾人》这节课，为了让大家都能体会到残疾人的痛苦，老师把学生分成为好几组：第一组同学只能用一只手写字；第二组同学只可以在轮椅上活动；第三组同学被蒙住眼睛在教室里走上两圈。这些真实的体验，让孩子们亲身体验到残疾人生活的艰难，也就很容易对残疾人产生同情和敬佩之情，进而向他们伸出援助之手。

总之，如果在教育中忽视了让孩子获得真实感受这一根本环节，那么孩子们将很难达到"知与行"的统一。有了心灵的自由，思维的骏马才能够驰骋；有了行动的自由，思维的风筝才能放飞。让孩子们在生活中找到感受生活、表现自己的平台吧，那样将会使教育成为轻松的事情。

常 青 藤 家 训

放开自己的耳目，在每一天里，随处都可以吸收各种知识，然后，在空闲时间里，把吸收来的知识反复思考、反复咀嚼，就可以将那些零碎的知识整合成为更精湛、更有意义的学问。

注重寓教于乐

精彩点击

培养孩子的方法有很多种，开放派认为在教育时要注重孩子独特的天性，主张趣味教学，保证孩子玩耍的时间。美国人的教育就是依照这种观点，首先强调把孩子当成是孩子，注重寓教于乐，让孩子们在学习的过程中健康地成长。

　　如何改进儿童教育，让孩子们在学习的过程中健康快乐地成长，一直是父母们关心的问题。而美国的教育十分注重寓教于乐，带有鲜明的色彩。

　　美国小学教育的目标是以儿童的身体与心理健康发展为重，在教育的过程中注重挖掘个人的潜能。在学校中，教学方式活泼多样，学校强调互相尊重和彼此接纳，鼓励每个学生表达自己的观点看法。

　　在美国的小学，老师们通常不要求学生们背诵文章或者公式，而是努力发掘他们的学习兴趣，充分激发孩子的想象力和创造力。老师也很少会留抄写的作业，取而代之的是需要观察、操作、探索的作业。

　　在美国的学校，基本上每天都会给孩子们安排体育课，大约有三分之一的时间都是在户外活动，篮球、排球和橄榄球等各项活动既让孩子们锻炼了身体，也让他们体会到了竞技体育的魅力。所以，美国孩子所受的教育，并不是仅仅局限在课堂上的。

　　除此之外，学校还会经常组织各种各样的课外活动，比如商店实习游戏、各种交易买卖会、各种拍卖会等，保证任何一个学生可以在游戏和互动中检验学到的知识，同时增强了他们的交流沟通能力。美国的老师们也非常注重保护孩子的自尊心，在课堂上以表扬学生为主，尽量地激励他们，给孩子们信心。

　　由此可见，美国对孩子的教育是一种寓教于乐的快乐教育。传授知识，如果只是死死板板地教，孩子就不容易记住。用比较活泼的形式教，孩子就喜欢听，并且容易记住。一般来讲，教育孩子运用讲故事的方法是最有效的。因为故事可以锻炼孩子的记忆力，启发孩子的想象力并扩展他的知识。故事形象易懂、切合实际，也便于小孩子记忆。同时，父母也可以通过给孩子讲故事，再让孩子自己叙述这一方式，锻炼孩子的语言叙述能力，提高他们的记忆能力。

在小维尼夫雷特还不会说话时，妈妈就给她讲希腊、罗马、北欧各国的神话。等她会说话以后，母女两人就表演这些神话。她还向女儿讲述圣经故事，有的还用戏剧的形式演出。斯特娜夫人选讲的故事都是非常具有目的性，对女儿讲神话是为了使她对天文学产生兴趣，让她看雕刻艺术是为了使她能够理解雕刻作品的内容。

还有一种方法父母可以采用，就是起初先给孩子们讲故事，而后把它们编成纸牌，采用游戏的方式教。这样孩子们就能从游戏中读到一本有趣的书，并写出要点。比如为了让孩子牢记神话和圣经中的故事，我们可以把有关内容编写在纸牌上。在和孩子一同学习各国的历史时，也可以采用同样的方法。

维尼夫雷特很小时就把各种事情写成韵文来记忆，因为韵文比散文容易记住。她写的韵文很多，其中有部分曾以《叙事诗》的名义出版过。

学校教的历史课，完全是照搬年代表，毫无趣味，学生厌恶它也是理所当然的。对历史事件的教育，可以和孩子在一起互动，在孩子读过之后再用戏剧形式演出，这样就容易记住。

在维尼夫雷特8岁时，她父亲就曾用骸骨教她生理学。一次，她趁父亲外出旅行之机，就用韵文写下了已记住的骨、筋肉和内脏的名称。父亲回来时，大为惊奇。在学习生理学的同时维尼还学习卫生学，从而懂得了有关食物和疾病的种种道理。

还有一点，父母需要非常注意，那就是在向孩子灌输各种知识时，这些知识一定是孩子将来用得着的。世间有些人，虽然读书破万卷，知道许多事情，但是仅仅是"知道"而已，这些知识对自己、对社会却都没有任何用。

常 青 藤 家 训

　　教学的目的是培养学生自我学习和交流的能力，培养他们的想象力和创造力等。当然，仅仅快乐对孩子的全面成长还不够，所以寓教于乐也要把握分寸。

支持孩子做自己喜欢做的事

精彩点击

　　每个孩子自身都有着巨大的潜能，有时家长未必感受得到。所以一定要让孩子做自己最喜欢做的事情，当孩子按照自己的意愿去尝试着做一件事情的时候，他会尽力做到最好最出色，也最容易真切地体现自己的才干。

　　要不要把孩子培养成为我的接班人？

　　我只希望我的孩子快乐，发挥他的潜力，做出更大的成绩！

　　每个人都是不尽相同的，唯有找到自己的兴趣，发挥自己的潜力，才能做出最好的成就。不要相信一个孩子成才是通过某种公式复制出来的，每个孩子独特的优点就是成功的源泉。

　　一个人的快乐和他是否能做他感兴趣的事情是有相当大的关系的。美国曾经对 1500 名商学院的学生进行了长达 20 年的追踪研究，得出结论：追随自己的兴趣并不断地挖掘自身潜力，这样的人不但更容易快乐，而且更容易得到财富和名利的眷顾。因为他们所做的事正是自己真正喜欢的事情，他们会更加有动力、有激情将事情做到完美的状态。即使是他们不能从这件事情中获取财富和名利，也会从中获得终生的幸福和快乐。

皮克是一名计算机工程师，但是他从来不要求自己的孩子学好计算机，而是鼓励孩子花更多的时间用在自己感兴趣的事情上。皮克的大女儿喜欢看小说，于是皮克每周都会到书店挑选有意思但是也很有教育意义的书给她看，现在他的大女儿已经看了上千本书，而且语文成绩总是满分。皮克的小女儿喜欢画画，于是皮克就手把手教她如何用电脑绘图上色，并且把画出来的作品印成彩色的明信片，作为礼物送给亲友。

也许有一些家长很想让自己的孩子去学学钢琴或是跳跳舞蹈。诚然，帮助孩子发展一项爱好是很好的，但是一定要考虑到孩子的感受，如果他并不愿意去学，那么这些课程对他来讲就是很折磨人的一件事情了。作为父母，如果我们不了解孩子的兴趣点究竟在哪方面，可以让孩子先针对一项课程尽力学三个月，然后再让他自己决定是否愿意去学。作为家长，这时我们要给孩子自主选择的权利，然后帮助他们朝着兴趣方向去发展。

不仅在家庭教育中重视孩子兴趣的培养，美国的学校通常是采取灵活多样、生动活泼的教学方式来促进学生的全面发展。在小学，老师有根据学生学习兴趣进行自主教学的权利，学生也可以根据自己的兴趣爱好在老师的指导下进行学习。美国学生的学习明显体现出了追求兴趣性、综合性、专题性、探索性和创造性的特点。

小学生克拉伊在准备他的作业——统计本班学生眼睛的颜色，他要统计出人数并制作成柱形图，还要写 M 统计报告，表述计算的方式。他在学校选的是数学课，但是却涉及了语文、美术、历史、地理等知识。这种学习方法在中国叫做"学科联动"，而在美国是非常普及的教学方式。同学科的两位老师可以共同为孩子上课，不同学科的老师可以在一起做研究。教师之间经常在教学上相互联系、资源结合，自主地确定选题，彻底地实现了学科之间的全部整合。

在美国的中学，课程的设置也完全以学生的学习兴趣和能力培养为出发点。在纽约有一所著名的高中，学生的第一节课是在乐队老师的带领下学习管乐、舞蹈、戏剧、绘画。学生一天的生活相当紧张，他们每天上十节课，下课铃声响后，匆匆而行的学生穿梭于学校的各个楼层，到自己的选修教室来上课，是一种走班制的教学形式。许多学校中都开设了 AP 课程，大学的课程在中学期间就可以选修学习。

每个孩子身上都具有巨大的潜能，当孩子按照自己的意愿尝试着做一件事情的时候，总会想着尽力去做好、做成功。孩子在自主奋斗的过程中，才华和潜能可以得到淋漓尽致地发挥。相信每一个孩子都能成功，关键在于我们要帮助孩子找到自己的最佳才能区。只有找到了最佳才能区，孩子的潜能才可以发挥到最大。作为家长，我们不可以对孩子的兴趣横加干涉，即使在平凡的服务行业中照样也能培养出身手不凡的能工巧匠，如饮食行业中的名厨、美容美发行业中的名师、服装行业中的设计师等，他们都以自身成才的成长经历表明：发展自己的兴趣，早晚有一天会成为同行业的佼佼者，成为一个对社会有用的人。

常 青 藤 家 训

成功是让孩子做他喜欢的事情，而不是做你喜欢的事情。每个人的路都只能是自己去走，谁也代替不了，父母也不例外。

引导孩子用"活方式"吸收"死知识"

　　孩子总是会通过自己的认知来理解世界，所以孩子的教育应和孩子成长的过程相呼应。最成功的教育是让孩子从游戏中得到启发，如果学习的内容过于抽象难以理解，就容易让孩子产生厌学情绪，甚至会形成强烈的挫折感。

　　如果深入地观察美国的中小学课堂，可以发现美国的教师非常注重教学的方法策略，在他们眼中，教学不再是将知识加以转述的过程，而是成为一种极具智慧的创造性活动。他们会在教学中运用很多精心设计的课堂活动和教学游戏，令人耳目一新。这些活动或者是游戏，有的是为了帮助学生调动学习兴趣，有的是为了帮助学生集中听课注意力，有的仅是为了培养某种品格，有的是为了让学生练习某种技能，有的是为了掌握和巩固某些知识。通过课上的这些实践性极强的活动，学生们既掌握了知识，又提高了动手能力，学生在活动中成长，在快乐中学习。

　　麦诺老师在上课的过程中介绍了一个叫做"软球"的游戏，要求全体学生参加。他让学生们坐在课桌上，相互传一个球，在游戏进行过程中如果有人发出了声音或者是没有接住球就要坐回原位，退出比赛，最终麦诺老师奖励了那些坚持到最后的同学每人一粒口香糖。活动结束之后，老师拿着垃圾篓，让获胜的学生把嚼剩下的口香糖用纸包好丢进纸篓中。随后，麦诺老师解释了这个游戏的目的，不仅仅是为了活跃气氛，而且要让学生们在无形中学会不要乱丢垃圾，养成保护环境的好习惯。

不仅如此，为了让孩子们了解食物链，麦诺老师会带领学生一起参观海洋馆。麦诺老师先让学生们站成一排，然后把画有太阳、草以及各种海洋生物的图片发给学生，让他们每个人扮演不同的角色，最后麦诺老师拿出一根绳子，要求大家按照自然界中谁吃谁、谁被谁吃的关系相互联系起来，通过这样的方式非常轻松地讲述了食物链和食物网的知识。

在美国的学生心目中没有固定的班级概念，大家都习惯按照自己所选修的课程去上课。下课后，学生在各个教室之间匆忙奔走。美国中小学课堂教学的密度要小很多，能够满足每个孩子的需要。各年级的教室，大体上都是花花绿绿的一大片，尤其以低年级的教室最为花哨，墙上会标有字母表、地图、学生的绘画等，很难找到空余的地方。这种看似乱糟糟的环境，却对孩子们很有用，没有哪一个孩子不喜欢这样的环境。在传授知识的过程中，教师更加关注的是学生对知识的感受和内心体验。例如讲某个历史事件的前因后果，老师便会想方设法营造类似的情境，以便让学生想象和体会在特定环境下自己的反应，进而理解历史事件发生时的情形。所有的课堂活动都尽可能让学生参与其中，动手又动脑，重过程、重体验、重感悟。在课上，老师并不强求学生坐成什么样子，只要注意听老师讲，趴在地上也没有关系。老师鼓励孩子多玩、会玩，同时向孩子们灌输一个概念："分享"。鼓励孩子们把自己好玩的东西带到课堂上，同大家一起交流。

有一次丽莎在自家的院子里抓到了一只毛毛虫，装进了一个大玻璃瓶子里。丽莎的妈妈对她说道："丽莎，你应该把它带到学校，让更多的伙伴看看。"于是丽莎就把这条毛毛虫带到了学校。出人意料的是，老师对此大加赞赏，而且就这条毛毛虫为孩子们讲解了蝴蝶成长的全过程，并且为孩子介绍了一家正在举办蝴蝶展览的书店。在那堂课上，丽莎知道原来从毛毛虫变成蝴蝶需要两周的时间。下课之后，老师和同学都对丽莎表示感谢，因为她带来的小动物为大家带来了惊喜。

可以想象，这种活泼的教学方式，很难让学生不喜欢它。在美国的学校中，老师们通过这样的教学方式，从任何一个情景都能即兴发挥，进而对学生进行教育，教会了孩子们的不仅是知识，还有技能。

千万不要以为如此随便的课堂，教出来的学生容易散漫，事实却恰恰相反。在课堂上，老师常常"蹲下来"和学生进行交流，努力使自己和学生保持在一条水平线上，表示对学生的尊重。如果老师和学生在楼道里碰到，老师一定会侧身给学生让路，而学生一般都会轻声地致谢，或者是主动地为过往的老师开门。即使是在那些生源不太好的学校里，学生们依然是彬彬有礼。

常 青 藤 家 训

通过最简单的方式帮助孩子领会最复杂的知识，帮助孩子表达自己，是"常青藤"的一大精神。这种教学颇有一些"放养"的味道，但是却让孩子们爱上了学习。

把"破坏力"变成创造力

精彩点击

爱搞破坏的孩子看上去似乎有点不可救药，而实际上这是创造力萌发的一种体现。面对孩子的破坏活动，看似失去了可以估量的价值，但换回来的是孩子一生都受用不尽的财富——思考力和创造力，从而培养出来浓厚的求知欲望。

行为出格、爱搞小"破坏"、爱顶嘴的孩子，常被视为另类，作为捣蛋鬼、坏孩子，遭人白眼，没人理睬。而那些温顺、老实、听话、顺从的孩子，大多被认为是好孩子。

其实，孩子爱搞"破坏"属于天性使然，是其创造力萌芽的一种体现。他们对社会中各类陌生事物充满新鲜、好奇，并且身体力行，欲用自己的双手来探索这未知世界。家长如果理解孩子的这种天性，加以引导、鼓励，使孩子的创造萌芽得到进一步深化，则有利于孩子的大脑发展及处理问题能力的提高，更重要的是能让孩子从小培养出一种浓厚的求知欲望，形成勇于创造的好习惯，为今后的事业道路奠定基础。

而那些被视为老实、文静、听话的乖孩子，家庭中虽少了"破坏"气氛，大人安心，但孩子的天性被抹杀了，长大后只会循规蹈矩，缺乏思考，依赖性强，缺少创新精神，这实在不利于孩子的成长。

温帆是武汉科技大学电信系的大学生。在学校期间，他有四项发明获得了国家专利，"带打气筒的自行车"、"可以转换多种锤头的锤子"等都是他的发明。这与他的父母从小就很注重培养他的创造能力有关。

在温帆很小的时候，父母花了两个月的工资买了一台收音机。一天妈妈下班回家，发现儿子把收音机拆了，于是便问："你怎么把收音机拆了？"温帆说："阿姨在里面唱歌，我想看看阿姨在里面是怎么唱的。"妈妈一听，不仅没有生气，反而很高兴地对儿子说："这个想法真不错！阿姨在很远很远的地方唱歌，不管在屋里、商店，还是在幼儿园，你都能听得见。这是为什么呢？得好好用你的小脑袋想想哦！"

温帆的想象力和好奇心就这样在母亲的鼓励下一点点培养起来，他对无线电、电子、电波越来越感兴趣，上大学的时候就报考了电子信息专业，想要探寻更加高深的知识。

创新活动早就不仅仅是一些科学家、发明家的事，它已经深入普通人的生活中。每一个孩子都可能进行创新性的活动，在他们学习、生活的各个方面也都可能迸发出创新的火花。

美国的家长尤其重视鼓励自己孩子的创造力，对于孩子一些"出格"的行为并不予以约束，反而支持孩子进行一些开阔思维的活动。

美国孩子特别喜欢在卧室的墙上为自己开辟一片领地：在墙上挂一个小画板；贴一些飞机、星球的图片；用艺术字写座右铭。这个天地完全由孩子进行布置设计，家长也鼓励孩子在这个天地里挂上他的想象画。

美国的孩子尤其喜欢表演，有时他们会根据一些文学作品的片段自编自演哑剧、小品和滑稽剧等。大家可以假扮饭店、机场或是公园里的各种人物，比比看谁演得像。有的时候孩子们还会搞一些抽签演小品的创造性娱乐活动。

美国的爸爸妈妈经常为孩子讲故事，不过方式方法也暗合了培养创造力的玄机：他们常常讲一段故事，然后就让孩子为所讲的故事起名字，所起的名字越多、越切题、越新颖、越奇特、越有趣越好。家长们认为，这些是训练孩子创造力的一种有效手段。

美国孩子在需要送别人礼物的时候，家长通常会鼓励孩子自己亲手制作，比如新年贺卡、祝贺节日和生日的小工艺品等。在日常的生活中，家长更是支持孩子做小实验、搞小制作、种花、植树、饲养小动物，甚至为孩子准备他自己专用的"家庭工具箱"。

美国的《教育文摘》曾就儿童创造力教育的问题，提出了以下8条对策：

（1）用儿童的读物和玩具创造一种环境，使儿童易于表达自己的思想，提出问题并可以自己找到答案。

（2）鼓励儿童自己去探索、去行动，从而树立起自己对自己负责的信心。

（3）对儿童提出的问题，即使是很荒唐的问题，也应该给予重视和鼓励。

（4）允许儿童对自己所做的事情表示后悔，鼓励他嘲笑自己所犯的错误，引导他从中吸取教训。

（5）给儿童布置一定的任务，并提出具体的要求。但完成任务的时间不能过长，应让儿童用大部分时间干自己喜欢的事情。

（6）给儿童定位高于同龄孩子所能达到的目标。

（7）面对同一个问题，可以提供多种答案，让孩子自由地挑选。

（8）对于儿童的任何想象力都要给予鼓励。

要想培养孩子的创造力，家长们首先应该做的就是保护好孩子的好奇心。面对孩子天真幼稚的行为，不能用成人的标准来判定，应发自内心地赞美孩子的创造力："儿子真棒，我小时候可不如你。"温帆就曾经很有体会地说："当我对一件事情感到好奇的时候，父母就让我多动手做实验，多观察别人的做法。看得多了，在做同样事情的时候，我就能从多方面切入，思考能不能做得更好，把它提高一个档次。于是，在发明创造时，我便不断有新想法冒出来。"随着孩子年龄的增长，在他探索这个世界上一切微小事物的时候，父母对他的鼓励应多于批评，孩子创造求新的脚步才会越走越快。

常 青 藤 家 训

创新有时并不是人们想象的那么难，它往往来自于孩子小时候对最简单、最容易被忽略的事件的观察和理解。

尽量为孩子创造多彩的学习环境

精彩点击

　　给孩子创造一个丰富多彩的教育环境，有利于孩子们体会到学习的乐趣。家长可以结合孩子要掌握的知识，帮助孩子创造一个可以供他进行实践活动的学习环境，从而有助于孩子生动地理解所学的知识，这是帮助他们开发潜能的最好方式。

　　"有益地玩就是学，有趣地学就是玩。"这句话说的是让孩子在乐趣中学习。可以想象，如果一个孩子，他的童年没有丝毫的快乐，为了成绩而读书学习是他唯一可以做的事，那样的孩子岂不是太可怜了？家长可以为孩子做一些有益的改变，引导孩子在学习中体会到生活的乐趣，在生活中体会到学习的可贵。

　　一天，父亲给塞德兹带回了几块眼镜片，有近视镜片，也有老花镜片。塞德兹对新奇的事物一向感兴趣，他把镜片架在自己的眼睛上玩，没过一会儿就大叫眼花，只好把镜片举到离眼睛较远的地方才能看清楚镜片后的东西。父亲任他玩耍，不去管他。当他一只手拿着近视镜片，一只手拿着老花镜片，一前一后地向远处看时，他看到了什么呢？远处的尖塔突然来到了他眼前。

　　从此，他懂得了望远镜的原理并亲手制作了他的第一架望远镜。就这样，通过不断地游戏和动手玩耍，赛德兹的潜能得到了很好的开发。

　　与此同时，在开发塞德兹的想象力和创造力上，父亲也设计了各种各样的游戏。例如送给塞德兹一个小玩具，用橡皮筋作动力使玩具飞入空中。塞德兹非常喜欢，马上就联想到它与飞机的相似之处。他照着这个玩具仿制了几个，都能成功地飞起来。塞德兹正是在这个玩具的启发下，明白了飞机飞上天的原理，并开始制作航空模型。

教育孩子，不一定要给他们灌输公式，最好的方法是诱导他们开发潜能。教育的方式应该是活泼的，而不应该是死板的。孩子在玩耍中能学到多少知识，发挥出多少能力，怎么想象都不过分。所以，父母要想的就是：如果让孩子在乐趣中学习，既学得开心，又能激起他的求知欲。

美国中小学的教育可以说是名副其实的素质教育。在美国的学校，绝对看不到硝烟弥漫的"题海战术"，也看不到"奥林匹克"那种天才才能解答出来的题目。在美国的学校，为了适应素质教育，硬件设施配套齐全，学校里不仅有宽敞明亮的教室，还有音乐厅、大型体育馆、电脑房、机器人和木工制作车间、植物培养室等，真是叫人眼花缭乱。学校里的每一个孩子都有轻松的笑容和尽情挥洒的热情。学校对这些孩子的教育并不是单纯以分数为唯一的标准，除了文化知识的学习之外，还会涉及一些关于爱国主义、集体主义、道德修养、社会责任、奉献精神、交际能力和自立能力等诸多方面品质的培养。美国的课本多年不变，或者说是没有改革的必要，因为基本上没有老师会照着教科书上的内容来讲。

在语文课上，老师通常会给学生发一些临时的印刷单，让学生们阅读。这样学生们就可以阅读到最新的内容，包括报纸上的重要新闻，国内外发生的重大事故。在课上，老师可以结合"9·11事件"，讲述消防人员舍己救人的英雄事迹；也会结合美国独立纪念日，讲述美国的历史，对学生进行爱国教育；讲到感恩节，老师会给孩子们讲到印第安人对美洲的贡献，从而进行民族团结的教育。

在生物课上，老师会特别注意培养学生的实际操作能力，让学生们每个人用花盆种一棵豆子，并及时浇水、施肥，随时记录植物生根、发芽、长叶、爬蔓、出蕾、开花、结子的全过程，在这样一个动手的过程中，学生们可以深刻地记住植物生长的基本条件和各个部位的名称及作用。

不仅如此，学校每年还会组织学生到工厂参观学习，大家在参观电影制片厂之后，回到学校开始集体制作幻灯片，大家一起试着编故事、分镜头、绘画、拍照、剪辑制作，通过这种方式锻炼学生的动手能力和思维能力。

在每年的万圣节前夕，学校要组织全体学生联欢。为了培养学生们的节约意识，学校会要求学生自己动手制作演出的服装和道具，比如用废纸做成鹿角帽和马甲，或者用废旧的棉花制作成圣诞老人的大胡子等。因为是自己制作的，所以看上去都很特别，也很有趣。

寒暑假到了，老师们也会为学生留一些作业，大多是要求学生们阅读课外读物，并且根据故事的情节，制作出一个模型，比如农舍的模型、牛栏的模型、粮仓的模型等。或者让学生介绍一处美国的中小城市，包括这个城市的历史现状、主要特点，还要做一个可以反映这个城市特色的花车，甚至可以自己想一想如果搬到那里去住，选择什么样的地段比较好。这样一来，学生们整个假期就不愁没有事情做了。

常 青 藤 家 训

作为学习过程中的主动参与者，孩子不仅乐于学习，而且也渴望学习。关键在于家长，如何为你的孩子创造一个好的环境来帮助他学习。

挑选专业以兴趣为主

　　兴趣是一个孩子爱学习的最基本动力，如果能够在大学期间选择自己的兴趣作为专业，一般表现会好得多，成绩也最容易出众。况且现在的大学教育已经逐渐靠近基本的素质教育，而不是具体的技能，所以兴趣更能促进孩子以优异的成绩完成学业。

　　如果有一天，我们的孩子要去读大学了，作为父母我们要如何帮助他挑选专业？对于孩子的兴趣问题，父母们也许会说：

　　"孩子的兴趣无关紧要，一定要让孩子往有前途的方向发展。"

　　"对啊，孩子知道什么？不能由着他们的性子来。"

　　那么兴趣对于孩子来说到底意味着什么？

　　兴趣是孩子学习的动力，从一定意义上说，动机是一种内驱力，信念是一种支撑力，兴趣是一种牵引力。兴趣和热情对人具有巨大的作用，我们所说的天才，其实就是对某件事具有强烈的兴趣和强烈的热情的人。发现了孩子的兴趣，就要因势利导，这样才能更好地完成对孩子的教育，而不仅仅是对技能的培养。

　　莱特兄弟是"飞机之父"。在孩提时代，他们就对宇宙空间产生了浓厚的兴趣。每当看到空中高悬的圆月，他们就想用手去摸一摸，于是，他们常常爬到树枝上，踮起脚尖去摸月亮，结果，好几次从树上摔下来，他们有点灰心了。

　　但是父亲知道这件事后，就鼓励他们说："孩子，骑一只大鸟，去摸摸月亮吧！"父亲的话给了他们莫大的鼓舞，他们对太空的探索欲望和兴趣更加浓厚了。"腾空摘月"的理想自此在他们幼小的心灵里萌发了。他们渴望着有一天能制造出一种可凌空搏击的神鸟，骑着它去摘那又大又圆的月亮。

　　正是父亲的鼓励和自己的浓厚兴趣，引导着他们走向了航空科学的道路。1903 年，在他们的刻苦钻研下，闻名于世的首架飞机研制成功了，他们真的驾着自己制造的"大鸟"翱翔于万里碧空了。

　　从上面的故事中我们可以看出，每个孩子都有自己的特长。但是人的智力发展是不均衡的，每个人都有自己智慧的强项和弱项，于是才有了"钢琴前的笨蛋也许是画布前的天才"这一说法。孩子广泛的兴趣爱好发展到不同阶段，受到来自外界的刺激，就会对某件事情特别热衷，充满了求知欲望。如果能够发现孩子的兴趣，再加以正确引导，在成长的道路上它就会像一粒随风飘落的种子，只要有了风雨的滋润和阳光的眷顾，就会努力生根发芽，伸开自己的小手，用枝干宣告坚强，以绿叶展示蓬勃，再把积蓄的全部激情释放，成功的花朵便在天地间怒放。

　　而现在的大学教育，基本上是素质教育，所以，通过上大学，最重要的是成就一个人的基本素质，而不是基本技能。如果在大学期间选择的是自己比较感兴趣的专业，那么一般就会表现好很多，更容易被认为是一个有能力的人。

　　所以，我们家长必须明白：让孩子自然发展的同时并非无需管教，而是把有效的生活知识传递给他们后，引导他们在正确的轨道上发挥自己的创造力和想象力，而不是把他们限制在某一点上。所以，父母可以从以下几方面注意：

　　首先，不要把自己的喜好强加于孩子。

　　孩子不是你的私有财产，他们有自己的思想，知道真正适合自己的是什么，他们完全能够明确自己将来的方向。例如孩子如果对医学感兴趣，就不要逼他学文学；孩子如果以后想成为实践性强的技术人才，就不要非让他埋头苦学书本知识，让他完成你的大学梦。

其次，每个孩子都有巨大的潜能。

当孩子按照自己的意愿尝试干一件事时，他会尽力去做好、做成功。每一个孩子都能成功，关键在于父母要帮助孩子找到他的最佳才能区。当找准了最佳才能区之后，孩子才能发挥最大潜能。求学的道路越来越多，千军万马走独木桥已逐渐成为历史。

第三，给孩子一定的空间，不要用自己的喜好扼杀孩子的新思想。

孩子兴趣的萌发，往往开始只是一种不太明显的想法，这个时候如果父母不加以引导培养，反而阻挠孩子朝着自己喜爱的方向发展，就容易扼杀孩子的思想。

总之，兴趣会使学习变得不那么枯燥。学习是艰苦的脑力劳动，但兴趣能使艰苦的劳动变成愉快的经历，从而大幅度地提高学习、工作的效率，使人的心情舒畅。家长培养孩子的学习兴趣应该坚持一个原则，即顺其自然，切忌主观武断，也不要强制孩子照自己的意愿去"爱好"，否则只会适得其反。

常 青 藤 家 训

事实上，让孩子追逐他的兴趣和激情，可以塑造奠定他一生成功的重要品性。家长最不该做的事，就是不分青红皂白地打击孩子追求理想的热情。

教育不能抢跑

精彩点击

　　望子成龙是美好的愿望，也是家长最容易犯的错误。有些家长总是希望孩子学会一些超出自己年龄能力的东西来增加优越感。而孩子很有可能在学习了这些难度过大的内容之后，心理压力过大，最后干脆得出"我很差劲"的结论。

　　在很多人看来，美国的初等教育实在是不值得一提，甚至可以说是一塌糊涂，很多在美国的华人孩子甚至觉得在学校里没有书可以念。

　　似乎美国的初等教育不可救药，这种建立在"摇摇欲坠"基础之上的美国教育，究竟还有什么地方值得我们效仿呢？如果单纯以初等教育来衡量一个国家的教育水平，那么中国毋庸置疑地会成为世界上数一数二的教育强国。可是令人费解的是，美国的高等教育尤其是名牌大学却备受全球学子的青睐，其学术成就和科技创新有目共睹。

　　在当今这个全球化的时代，"常青藤"也不再是美国的概念了，而是世界的概念。常青藤是美国最好的大学，也是世界上最好的大学。伦敦出版的《高等教育增刊》中列出了全球大学的排名，也恭恭敬敬地把哈佛这样的大学排在第一位，而本国的名校剑桥、牛津反而退居其后。

　　美国的精英大学除了吸引世界各国的留学生之外，大多数还是美国本土的学子。奇怪的事情出现了：这些被认为初等教育薄弱的学生，为什么进入了大学之后就变成了创新人才了呢？

　　有这样一则故事：

一位华人把九岁的孩子带到了美国上小学，起初的那段日子他忧心忡忡，因为孩子每天在学校里至少玩两个小时，下午不到三点就回家了，而且在学校也没有教科书，家长无从知道孩子在学校里都学了些什么。当美国老师看到他带去的中国小学四年级的课本之后，说：你的孩子已经达到小学六年级的水平了。看着孩子每天都是背着空书包兴高采烈地去上学，心里不免一阵哀伤。

不知不觉间一年过去了，孩子的英语水平大有长进，放学之后也不直接回家了，而是常去图书馆，还不时地背一大摞书回来。原来老师考虑到学校里移民的孩子比较多，就布置作业让每个孩子写文章介绍自己的家乡。几天之后，孩子的作业写完了，没想到打出来的是一个20多页的小册子，从黄河一直写到象形文字，从丝绸之路写到了大唐盛世，看上去内容丰富极了。这位华人家长看了孩子的作业，感到大吃一惊。这个在美国教育中不知不觉变得无拘无束的孩子已经有了很多自己的想法。

六年级快要结束的时候，老师为学生们布置了一系列关于第二次世界大战问题的作业："在这场战争中谁负有主要的责任？对于美国投放原子弹你是如何认为的？……"由于孩子们已经对图书馆非常熟悉，他们直接到图书馆查找资料，对于相关的问题提出了自己的看法。

这个家长似乎领会到了老师的良苦用心：美国的老师虽然没有在课堂上对孩子们进行"填鸭式"的大量知识灌输，但是却想方设法把孩子的眼光引向了校外的那个无边无际的海洋，鼓励每一个孩子自己去探求，去思考。老师教给孩子的是对陌生领域寻找答案的方法，竭尽全力肯定孩子的一切努力，保护孩子们的潜力。

也许，在初等教育上，美国输给了世界平均水平，那些教育让人看了实在是感到很幼稚。而美国虽然输了那十几年，却让孩子们赢了一辈子。

美国的教育重视多元化，但是评选资优的学生并不是单看个人成绩，老师所要推荐的是学生的作品，比如涉及天文地理、数学人文等各种学科的研究课题，而并不是学生的分数。所以，在美国动手动脑、探索观察从小就受到鼓励。

美国排名第一的高中——弗吉尼亚州汤姆斯·杰弗逊科技高中，毕业生升入大学率百分之百。这里的学生在学习一般的常规课程之外，学校还重视培养他们对科学的兴趣。学校里设有天文、海洋、机器人、计算机、新能源及大脑神经系统等 13 个科学研究室。虽然学校也做升学辅导，而且上名牌大学的学生比例也很高，但是学校的指导思想不是让这些有潜力的学生把时间花在复习考试上，而是鼓励他们在科学上探索研究。

学者们相信，美国的教育从小鼓励学生在真实的世界里观察、批判、想象、研究，而并不是背诵、做题、考试，这或许是美国学生有创新力的重要原因。一个孩子从小把所有的基础都学得扎扎实实，而长大成人之后想象力一下子就冒了出来，这恐怕是不现实的。

常 青 藤 家 训

家长应该避免让孩子学一些在他能力承受范围之外的东西，望子成龙的家长经常习惯过早地"开发智能"，不断挑战孩子的能力极限，这样做往往适得其反。

素质培养是关键

精彩点击

美国教育者认为教育所强调的技能不要过于具体，而应该更加重视孩子们各方面的能力培养，比如感受能力、分析能力和独立解决问题的能力等，使孩子们具有良好的素质。

　　近年来，关于美国中小学生知识水平下降的报道时有所见，在国际知识竞赛的舞台上，美国学生确实不敌东亚和东欧国家的学生。然而，人们可以在全美中学生科学竞赛中看到：有些学生的研究项目，已经是大学生才有能力做的选题。论文水平之高，实用性之强，模型制作之精细，结构之复杂，往往令学者专家们刮目相看。也许，正是由于这种富有特色的美国中小学教育，才造就了富有特色的美国学生吧。

　　曾经有一位美国中学教师在谈及本国的教育时说道："如果非要找出美国教育的特色，那就要先明确一个问题：我们要培养孩子什么？显然应该是素质和能力。"美国的中小学教育，的确不是以升学率的高低、考试成绩的好坏作为衡量教学效果的指标，也并不急于向学生们灌输大量的知识，而是把培养学生的能力放在至关重要的位置上，这从他们的教学大纲中就可以领略到。

　　美国各州中小学的学制有所不同，教学大纲也不尽相同，但是有一点共同的地方，就是大纲简单实际，侧重对学生能力的培养。从学前班到高中，基本上要培养的大类是"语言和交流"、"生活技能"、"数字科学"、"社会研究"、"健康和体能"、"世界语言"、"艺术素养"等。在这些培养计划中，各个不同的年级的具体教学目标并不是对知识的直接掌握，而是根据儿童学习和能力积累的规律，对获得知识和应用知识所需方法提出循序渐进的要求。

　　以"语言和交流"为例，大纲要求学前班和小学低年级同学要意识到交流在个人生活中的重要性，开始学习把说话、写作和聆听作为与他人交流的途径；要求高年级同学增加阅读量，运用基本交流技巧在多种不同的场合下发表见解；要求中学低年级学生能更深刻地理解交流对于个人和社会的作用，教会他们利用交流技能和方法进行有效交流；要求中学高年级学生使用不同的交流方法，使交流内容和技巧更加适应交流对象的要求。在这样的教学大纲规定下，学生们不仅学到了有关交流的书面知识，而且实实在在地获得了交流的能力。

　　为了能够提高学生多方面的能力，美国的中小学在教学环境、手段和方法上也很灵活生动。美国很多中小学校使用的是"开放式"教室，教室的墙壁不再是固定不变的，而是可以活动安装，这样可以满足不同使用功能和课程内容的需要。教室内的讲台也不再是居高临下，课桌也不是成排摆放，学生们可以自由地在教室里围成圆圈，或者组合成为不同的小组，便于大家在课堂上展开讨论。老师上课的时候也很少会站在讲台上，而是在同学们中间来回穿梭，参与大家的讨论。这种便是"开放式"的教学。在这种教学中，老师从不会让学生去死记硬背大量的定式或者知识，也不需要通过考试把学生分成三六九等。而是引导学生怎样来思考问题，及寻找解决问题的方法在老师看来，他们所要做的就是千方百计地保护和激励孩子们的创造欲望和尝试心理。而学生在这种宽松的环境中学习，不但感受不到任何压力，反而增添了许多兴趣。

在这种"开放式"的教学模式下，学生的作业一般都不多，即使有作业，也侧重的是培养孩子们动手能力和思维能力。比如老师在讲第二次世界大战历史时，留给学生的作业常常是一连串的思考题，比如"谁要对这场战争负主要的责任？""对美国投放原子弹你认为是对是错？""人类今天应该如何避免战争？"等，这些思考的题目在书上找不到现成的答案，孩子们为了搞懂其中的逻辑，为了发表自己的见解，只有去图书馆查资料，既增长了知识，又锻炼了独立分析问题、解决问题的能力。

常 青 藤 家 训

与其紧紧盯着孩子的成绩，不如多关注孩子的素质培养，让孩子早早接受锻炼，培养能力。这样，他们将来的事业和成就才能超出家长和老师的预见。

鼓励孩子多参加课外活动

精彩点击

如果家长希望孩子具备一些良好的品质，最便捷的方式是鼓励孩子参加课外活动。参加各种俱乐部、各种运动会、各种公益组织的活动，在参与的过程中培养孩子的领袖才能、团队意识、社会责任感和服务精神，进而使孩子的品质趋向完美。

世界著名潜能大师博恩·崔西说："一个人的幸福快乐80％来自于与他相处的人，20％来自于自己的心灵。"在团体活动中孩子容易寻找到热情和快乐。一个正面、积极的团队是你热情的源泉，家长可以召集孩子一些思想积极的朋友、同学，每个月聚会一次，一起讨论达到目标的方法，彼此激发脑力。团体活动能为孩子提供更多与人交流的机会，许多性格和能力要在集体生活和游戏中才能养成，如团结、大方、礼貌、遵纪、自尊自爱、竞争意识、牺牲精神、合作意识、组织协调能力、集体观念和服从精神等。这些品质和能力是集体之外的活动所不能够培养的。

为了鼓励学生身心的全面发展，美国的学校通常都会组织各种活动，鼓励学生多多参加，即使像表演舞蹈这样要求条件比较高的表演项目，只要本人愿意参加，学校一定欢迎，绝对不挑不拣，以维护学生的积极性和自尊心。平时老师除了教文化课之外，还会与学生们一起打球、练操、做游戏；万圣节，老师也会扮鬼脸与学生一起参加晚会；圣诞节，老师与学生互相赠送自己制作的贺卡，写上真挚的祝福；学年末要放假了，大家会在一起共进午餐，每个学生带一份具有特色的食品共同品尝，一边用餐一边娱乐，其乐融融，像是一个大家庭。学生们在这样的气氛中学习和生活，没有压力，有利于培养他们的团队精神和参与意识。

在美国的学校，大家十分奉行著名教育家杜威"教育即生活"的思想。教育是为了生活做准备，而教育本身就是生活，是学生现在的生活过程。集体是成长的动力，也会渐渐培养孩子的组织协调能力、语言表达能力、团结合作能力，并磨炼出坚强的意志和良好的为人处世技巧，而这些恰恰是以后的人生道路上所需要的。

在美国许多中学都要求学生们参加社区服务，否则不能毕业。在全国国立和私立中学中，超过30％的学校已经这么做或正准备这么做。许多学校都设有"青少年志愿服务团"，参加到这些团体中来，会有更多的机会投身到社区的服务中。让孩子到养老院中去看望孤寡老人，陪他们聊聊天；或者将孩子们组织起来将路边的长椅擦干净，看着行人坐在干净的长椅上休息时，他们一定会感受到合作的乐趣和成就，从而更好地完善自己的性格。

如果想让孩子有良好高尚的品质，家长也可以教育孩子从为集体做好事开始。例如，在学校主动打扫卫生、为朋友打开水、帮老师擦黑板等；要让孩子知道自己是集体中的一员，应该为集体争光。遵守集体规则，维护集体荣誉。如果轮到自己的孩子做值日生，家长不要认为会累到孩子，一定要他们早点到学校去，不要迟到；家长也不要阻拦孩子参加班级活动，集体因为每一个人的存在才成为了一个有机整体。集体活动中缺少了谁，这个有机体都是不完整的。你的孩子参加一次班级篮球赛，在赛场上会学到团结与合作；参加一次班级春游，会发现因为有了同伴的陪伴而感觉春天更加灿烂；参加一次班级合唱团，能知道他所在的那个音律对整首曲子的演唱是多么的重要。而这些，都是孩子一个人玩球、一个人爬山、一个唱歌时体会不到的，是从集体活动中获得的。看似好像是什么都做，实则体现了美国教育中"培养完整的人"的理想。

家长应该告诉孩子，集体是成长的动力。精英教育并不是唯分数论，而是要考察一个学生的社会表现。

通过体育竞技了解社会的游戏规则

精彩点击

要知道"常青藤"最初是美国 8 所名校的体育联盟的名字，这些学校之间有固定的体育联赛。按照字面的意思，"常青藤"讲的就是体育。体育在西方自古以来就是精英教育的核心，是培养领袖的必修课。美国的家长自始至终都很重视孩子的体育训练。

美国人为什么要用一个大学体育联盟的名字来作为精英教育的代名词呢？除了偶然的因素之外，要知道，在西方，体育自古以来就是精英教育的核心。孩子们可以从体育活动中学到太多太多，比如遵守规则的法律意识、和同伴协作的"团队精神"、激励和团结全队的领袖才能、必胜的决心和竞争的勇气、正确地面对失败，以及公平竞争的意识等。这些优秀的素质通过体育得到锻炼和强化。

在美国，很多大学都是体育设施齐全，拥有室内游泳馆、篮球馆、冰球馆，此外还有露天的橄榄球场、足球场、网球场以及棒球场等。每所大学都会参加北美大学体育协会的各种类型比赛，有的参加大学篮球联赛，有的参加棒球联赛，有的参加橄榄球联赛，有的参加冰球联赛。

观看一场热闹的比赛，门票很便宜，学生的优惠票价只要 3 美元。

美国的家长很重视孩子的体育培训，凡是有孩子的家庭，几乎家家都将周六周日安排得满满当当。美国的家长并不把孩子的学习成绩放在唯一的或是第一位的评价位置上。在他们的评价标准里，一个人的自主精神、自强自尊、意志品质、竞争态度等占有极其重要的位置。美国人都喜欢棒球，因为它可以磨炼孩子吃苦、勇敢、冷静的品质。

阿莱西博士有四个孩子，最大的孩子 10 岁，最小的孩子 3 岁。她的几个孩子都是从 3 岁开始参加体操训练的。那么小的年龄，当然也学不到什么，无非是学学翻筋斗之类的，或者是在一个大蹦床上使劲地蹦。但是阿莱西博士从不会让自己的孩子缺席。

她还经常带着孩子去学溜冰，看小孩子溜冰。一开始孩子在冰面上根本就站不稳，教练就给每人一个拐杖，让孩子扶着在冰上走。一个季度训练下来，大多数的孩子都学会了滑冰。

当孩子们长到五岁的时候，阿莱西开始为孩子们安排垒球、游泳、篮球等训练项目。一年四季的每一个季节，每个孩子都要参加至少一项训练。

为了让孩子们都运动得充沛，阿莱西和丈夫忙得不亦乐乎，几乎每个周末都是在各种运动场上度过的。她和丈夫担任了大女儿的垒球教练、小女儿和小儿子的足球教练、大儿子的篮球教练。

在美国社会人们总是以强健为美，崇尚强健的体魄。美国男子常常为自己身上、手臂上一块块隆起的肌肉而感到自豪；而美国女孩对于身体强健的追求一点也不亚于男孩，她们喜欢修长的四肢以及不亚于男孩的力量和灵活。身体的强健，可以为他们带来自信。

身体是革命的本钱，如果没有良好的身体，就无法正常地生活和工作。要有健康的体魄，就必须要好好工作，所以美国家长要孩子参加体育锻炼，并且希望通过体育运动来磨炼孩子。重视孩子的体育爱好和发展，并不以培养运动明星为目的，通过参加各种体育活动，对孩子的性格、身体、智力、协调能力、自尊心等都有好处，能受益终生。

　　美国到了高中之后才有学校和学校之间的足球联赛，能不能进入校队，是一件很重要的事情。选择谁进入校队，学校给予每位学生以平等的竞争权利，进行一场"淘汰竞争"的测试。虽然每个队只需要 25 名队员，而参加测试的人大约会有 200 名左右。测试中有一项是通过长跑检验耐力，围着操场跑一圈下来，孩子们都已经累得直不起腰来了，但是大家都知道比赛并没有结束，都咬着牙坚持下来。没有到最后一分钟，谁都还有机会。他们认为自己退出和选不上意义是不同的。孩子们从小通过体育得到了做人的道理，在这个充满机会又充满竞争的美国社会里，人人都会坚持到最后。

常 青 藤 家 训

　　人以强健为美。让孩子参加各种体育运动，对他们性格、身体、智力、协调能力、自尊心等的发展与提高大有裨益，并受益终生。

通过戏剧表演培养领袖品性

精彩点击

　　在美国有这样一个传统，许多美国孩子从小就将戏剧作为自己受教育的重点科目，可见表演才能是美国成功人士的关键素质。通过看美国的大选就可以得知，权力完全来源于是否能够说服公众，越是会表演的人越有可能成为领袖。

美国历史上有很多善于演说的政治明星，例如里根和奥巴马。

里根大学毕业后，最开始是做救生员，半年后凭借出色的口才，他成为体育节目播音员，并且很快成了西部最有名的体育新闻播音员。后来，他实现了当一名演员的梦想，开始了长达20年的演艺生涯，并发展成为好莱坞一名成熟的演员。他扮演过戴着白色礼帽的牛仔、勇敢无畏的飞行员、英勇机智的特工、勇敢面对邪恶力量的普通人——他总是能赢。母亲对儿子扮演的角色感到很欣慰。因为无论演什么，即使不是主角，里根都能演得出神入化。这种出色的自我表现，是里根逐步走向成功的奥秘。他在好莱坞的20年里，共参加了53部电影的演出，从而成为美国家喻户晓的人物。正是因为他的杰出表演，使得他能够担任电影演员公会主席、电影委员会主席。也正是由于此，他得以进入政治领域，成为美国最有影响的总统之一。

而奥巴马之所以能够赢得大选，与他出色的演说能力也是分不开的。有一家媒体带着戏谑的口吻说，奥巴马一共只有三年的从政经历，其中两年是在为自己的总统大选忙活；他当过的最高的官也就是芝加哥社区组织者，相当于我们的居委会主任。可是选民还是将自己的票投给了这个论资历和经验都不足的人，成就了美国历史上的第一位黑人总统。可以说，是他的演说将选民的目光引向了他的无限可能性，而不是他的不足。很多身在海外的美国人后来发表文章说，当他们听到了奥巴马的竞选获胜感言之后，感觉到身为一个美国人的自豪，他们相信奥巴马会给美国带来新的希望。

演说可以让更多的人了解我们，也是一次挑战自己的语言表达能力的机会。奥巴马的成功就是一个演说家的成功！当我们想要成就一番事业的时候，利用一流的演说才能，不仅可以缩短实现梦想的路程，也会帮我们赢得一流的搭档和一流的朋友。奥巴马是最好的证明。

在美国，很多孩子从小接受戏剧教育。美国一个精英的高中生，不仅功课全优，而且要参加各种比赛，还要能演戏才行。有一些中学生，刚刚 14 岁就开始操心将来如何在面试官面前包装自己。也许正是由于这个传统，所以现在美国最流行的是"情景剧教育法"，父母可以借用动物或者玩偶，用情景剧来模拟生活中的真实场景，教孩子一些处世技巧以及解决问题的方法。

乔治放学回到家之后，并没有像以往那样进门到处找吃的东西，而是耷拉着脑袋无精打采地踱进门。妈妈心里已经猜到乔治一定是在学校里和别人打架了，于是随手拿起了一个小布玩偶，对着它说："我的乔治是不是在学校里打架了呢？一副垂头丧气的样子。"

"才不是呢。"乔治气呼呼地说，"那只青蛙是杰克放的，可是珍妮一口咬定是我放的，还说以后再也不理我了。"

"哦，原来是这样。"凯蒂明白了事情的原委之后，决定让乔治亲自体验一番，就要儿子表演一下当时的情景，让儿子当"珍妮"，而妈妈自己当"乔治"。当儿子见到了假青蛙之后，故意装成了害怕的样子，很夸张地尖叫。乔治为自己刚才的夸张表演感到好笑，同时也理解了珍妮当时的心情，认为应该很大度地原谅她。

"明天，我打算到学校和珍妮好好解释一番。"乔治高兴地说道，同时，非常感激妈妈以这种情景再现的形式帮助自己找到了解决问题的方法。

美国的父母经常与孩子玩这种角色游戏，让孩子扮演不同的角色，父母们则配合孩子演戏，让孩子体验到不同角色的所思所想，从而更好地理解他人，在人际交往中获取主动地位。

不仅如此，在美国的课堂上，这种情景表演也经常出现。当大家一起学习动物名称的时候，老师就会找同学分别扮演不同的动物，模拟动物的声音和动作；在学习"慷慨大方"这个新词汇的时候，老师就会找两个同学演一小段情景剧，同学 A 会故意大方地把文具盒送给 B，而 B 却对他说："嗨，你这么大方，就给我钱吧！"观众坐在下面捧腹大笑，并对新的词汇有更深的印象了。事实证明，表演能力强的孩子，将来所表现出来的能力往往会略高过其他孩子，尤其是组织能力和决断能力，和普通同学相比会有一定的优势。

常青藤家训

> 演说和表演的天赋，是值得年轻人学习的关键，它可以帮助孩子赢得朋友，可以赢得人生的机会，甚至会赢得选民。

听音乐对启发身心大有好处

精彩点击

> 古典音乐是一种"心智体操"，对于儿童早期的智力开发以及身心发展大有好处。虽然古典音乐风格严肃，欣赏起来有些难度，但是孩子天生的敏锐往往能够和古典音乐大师进行"心灵的交流"。此外，听音乐可以刺激右脑神经，有助于发泄情绪。

一位哲学家曾经说过："音乐往往能够造就出天才。"当然，他所说的天才已经超出了音乐的范畴。但值得肯定的是，音乐可以改变一个孩子的气质，因为孩子在接受音乐教育中不仅为他成为音乐家提供了可能，也为其他方面的发展创造了极佳的条件。

孩子与音乐似乎天生就有不解之缘，而音乐又是启迪儿童智慧的"心灵体操"。聪明的父母可以充分挖掘和启发孩子与音乐的"缘分"，使他在音乐艺术美的熏陶中，获得一生受用不尽的财富。

音乐是表情达意的艺术，孩子恰恰具有喜形于色、感情外露的特点，他们很难用言语表达他们内心的情感和体验，而音乐中强烈的情绪对比、鲜明的感情描写正抒发了孩子的内心感受，所以孩子发自内心地喜欢音乐，以至于常常情不自禁地随着音乐手舞足蹈。

天真活泼的孩子对音乐天生的热爱和向往让我们确立了这样的信念：每个孩子都需要音乐，每个孩子都有接受音乐文化教育的愿望和要求。音乐的启蒙就是满足并激发孩子对音乐的兴趣，发现和培养孩子的音乐才能。孩子需要音乐，那么音乐对于孩子的生活和成长又有什么意义呢？

一直以来科学家们不断研究音乐，认为它是一种"心智体操"，像玩乐器、练唱、听音乐等可增强身体协调力，对时间的敏感、专注的能力、记忆的技巧、视觉听觉的发展以及对压力的控制都有帮助。音乐与右脑有关，而右脑掌管情绪与感觉，所以玩乐器、唱歌、听音乐有助于宣泄情绪。当我们听到好听的音乐，情不自禁就会手舞足蹈，这是因为音乐刺激了我们的脑神经，使我们活跃起来。日本著名的音乐家和教育家铃木镇一，在自己的教育法著作《早期教育与能力培养》一书中特别强调了兴趣对于孩子的重要性。他提倡用音乐开启孩子"天才教育"的大门，曾轰动了全世界，而且他用实践证明了才能不是天生的，任何一个孩子，只要教育得当就能成功。

音乐对心智发展的积极效果，从很多实践中都可以看出来。实验证明音乐会刺激新生儿的活动。美国耶鲁大学小儿科仙思教授的一项研究指出，接受有规律的音乐刺激的新生儿，他们的智商比未接受刺激的高出27～30点。

家长该如何让孩子跟音乐进一步接触呢？

（1）要为孩子创造一个音乐环境。

随着人们生活水平的提高，现代化的视听设备逐渐进入了家庭生活，这为培养孩子的音乐素质，提供了物质条件。家长可以充分利用音响、卡拉OK机和电视机，对孩子进行音乐教育，此外家长还可以带孩子参加一些音乐会、文艺晚会，或者利用茶余饭后的空闲时间，让孩子表演一些音乐节目，也可以亲自为孩子演唱、演奏一些音乐节目。孩子稍大一点，家长还可买一些乐器，让孩子学习演奏。

（2）培养孩子在音乐伴奏下做动作、跳舞。

在音乐伴奏下做动作或跳舞，可以发展孩子的节奏感，陶冶性情。家长可以教孩子按音乐节拍、速度和情绪做动作，通过运动神经去感知和表现音乐艺术美。

（3）教孩子唱歌。家长教孩子唱歌，应当从教歌谣开始。

让孩子从掌握语言的韵律节奏，逐步过渡到掌握音乐的韵律节奏。

总而言之，就像诗人歌德曾说过的那样："为了不失去神给予我们对美的感觉，必须天天听点音乐……"因此，让孩子接触音乐是很重要的。虽然不能让每个孩子都成为音乐家，但至少可以培养孩子的气质，也丰富了他们的艺术生活。

常 青 藤 家 训

在生活中，只要运用恰当的方法，在恰当的时间让孩子为了快乐而欣赏音乐，孩子就会接受这种"心智体操"，因为他们也懂得欣赏音乐是一种幸福。

阅读是提高基本素质的关键

精彩点击

一个人的基本素质和受教育的程度可以通过阅读来反映。阅读能力对孩子的成长至关重要，因为养成良好的阅读习惯可以帮助孩子正确地看待自己，正确地认识生命的意义，正确认识他人的存在，从而树立更为正确的价值观。

华盛顿州的西雅图，是美国波音公司的基地，全市近半数人在这家公司工作，所以人们也把西雅图称为"波音城"。它和旧金山、洛杉矶并列为美国西海岸的三大门户，也拥有当时藏书最丰富的图书馆。

长着一头浅沙色头发的 7 岁男孩比尔·盖茨，就生活在这样的城市中，他最喜欢盯着几乎有他体重 1/3 的《世界图书百科全书》，几个小时都一字一句地从头到尾地看着。他常常陷入沉思，小小的文字和巨大的书本，让他感受到这是一个神奇和魔幻般的世界。文字竟然能将未知的世界都描述一番，真是神奇！转而他又想，人类历史越来越长，那以后的百科全书岂不是越来越大了吗！那以后的孩子看起书来更辛苦了。有什么办法造出包罗万象又便于翻阅的书呢？这个奇思妙想，后来竟让他实现了，而且比普通书本还要小，只要一块小小的芯片就足够了。

随着看的书越来越多，盖茨想的问题也越来越多。一次他忽然对他四年级的同学说：与其作草坪里的一棵小草，还不如成为秃丘耸立的一株橡树。因为小草毫无个性，而橡树则卓然独立。这或许就是他从书本上感悟出来的人生道理。

对盖茨来说，读书是一种莫大的乐趣，可以让他更加自如地证明自己。有一次，老师给他们布置了作文，要求四五页的篇幅。结果，盖茨利用百科全书和其他医学、心理学方面的书籍，一口气写了 30 多页。读书让他富有知识，也更加乐于接受新的知识。直到现在，盖茨还保持着每年都要就一个新的问题展开阅读的习惯。

年少的比尔·盖茨从书中汲取了营养，萌发了想象，用他的聪明才智改变了人类的阅读模式。现在的人类进入了高速发展的信息时代，传媒的方式变得越来越丰富，人们似乎找不到什么理由来进行阅读了。美国的艺术基金会曾经做过一次调查，揭示出了美国的阅读现状：

在 13 岁的孩子中，只有 30％的人几乎每天阅读；

在 17 岁的孩子中，从来不以阅读为乐趣的人占到了 19％；

在 24 岁的青年中，将近有一半的人从来不以阅读为娱乐，从来不读小说、戏剧和诗歌；

在被调查的人中，每人平均每天看不到两个半小时的电视，但只花7分钟的时间来阅读。

有些父母会认为：现在的孩子每天都花不少的时间看电视来吸收知识，效果不是也可以和读书等同吗？其实不是的，有研究资料表明，当孩子每天看电视3个小时，读书的效率就会骤减，电视主要是通过图像来传播信息，很难帮助孩子提高注意力。美国的成年人也是一样的，现代的美国人大多是从看电视而不是从阅读来获取信息，这种不良的社会趋向将会影响下一代的智力开发。

美国著名的教育家杰姆·特来里斯用毕生的经历致力于儿童的智力开发，认为阅读能力对一个孩子的成长至关重要，阅读可以反映一个人的基本素养和受教育程度，对一个人的事业也有着显著的影响。缺乏足够的阅读，使人脱离社会，变得灵魂孤寂，甚至会滋生反社会的行为。为了帮助更多的孩子爱上读书，特来里斯总结出一套"蝗读启蒙教学法"，他编写的几套"儿童听读手册"非常畅销，提倡父母为孩子每天朗读20分钟。

特来里斯认为，培养孩子的读书兴趣，并不是要从简单的指导如何阅读开始，而是要先由父母想办法诱发孩子想读书刊。这种巧妙的阅读诱发力源自父母每天娓娓动听的阅读，日复一日的熏陶，孩子想读书的念头就在父母的朗读声中油然而生了。对孩子进行听读培养越早越好，由浅入深，循循善诱。

特来里斯通过实践证明：坚持听读可以集中儿童的注意力，丰富孩子的词汇，激发想象，扩宽视野，萌发感情。尤为重要的是，可以使孩子逐渐领悟到语句的神韵，为日后的广泛阅读打下好的基础。听读是引导孩子阅读的最好方式。

特来里斯的蝗读启蒙教学法，简单易行，很有说服力。近些年来，他在美国各地做过多次的无偿报告，一年内达40余次，吸引了许多幼教工作者和年轻的父母。有一个小女孩在每天的听读熏陶下，5岁就开始独自阅读，7岁成为一个书迷，口才和作文能力都很出众。

特来里斯的研究，得到了越来越多人的赏识，现在的美国有很多公益社团发起了"请为孩子而读书"的公益活动：父母每天至少要为孩子朗读 10 分钟，并且让每一个孩子在出生时就可以得到一本好书，被人们称为"您一天中最重要的 10 分钟"。

常青藤家训

当今的经济社会，离不开复杂的法律文件、契约、深度的分析报告，而这些都需要文字来维持。阅读能力的高低直接决定了一个孩子在社会上的位置，对一个人的谋生技能、社会责任和生活质量等方面都有全面的影响。

避免孩子上网成瘾

精彩点击

互联网的繁荣一方面使信息爆炸，增大了知识量，而另一方面创造了一批整天无所事事的"网虫"。过度沉迷于网络的孩子不仅会变得头脑简单、降低自己谋生的技能，而且极有可能放弃自己对他人及社会的责任，变得冷漠自闭。

一天夜里，一名妇女在凌晨两点半拨打 911 报警，原因竟然是因为她 14 岁的儿子一直在玩电子游戏以至不肯睡觉。两名警员在接到报警后很快赶到现场，劝说小男孩要听妈妈的话。警方表示，虽然这位母亲的举动很罕见，但也不是一件很令人吃惊的事情。在电子游戏风靡全球的今天，越来越多的孩子沉迷其中无法自拔。母亲拼命地想保护他们，却束手无策。

最近美国有一名16岁的少女，在最流行的网站之一 MySpace 上交了一个男朋友，两人一下子打得火热，可惜几天之后就吵了起来，最后女孩竟然因此而愤然自杀。后来人们才发现：她的那个男朋友根本就不存在，只是别人虚拟的网络游戏而已。这件事情一度震动了美国。

过度地沉迷网络使孩子们变得头脑简单、精神闭锁、情绪无常、心理压抑，甚至是丧失了正常的社会功能。对于这些孩子而言，互联网正在使他们的能力逐渐退化，这不能不叫人担心。还有很多孩子在风行的社交网站上挂着，每天都要浏览网页、与朋友保持联络、更新自己的博客、上传照片……这样的活动或多或少在一定程度上造成自己学习的分心。在家长、老师甚至学生自己看来，他们花了太多的时间和精力在网上说了一堆没有用的废话。

不过，美国有些家长在帮助孩子戒除网瘾这方面有很成功的经验。他们鼓励自己的孩子和其他的一些同龄人组织互动小组，相互监督戒除网瘾。有些孩子干脆停用了自己的账户，甚至委托信得过的人修改自己的密码，等待将来在合适的时候再取过来。

方法一：互相监督。

作为美国旧金山大学附属高中毕业班的学生，哈雷和里德两个人签订了一个协议，就是共同互相监督，抵制社交网站的诱惑。经过了双方的同意，两个好朋友彼此监督，只允许自己在每个月的第一个星期六登陆一次社交网站。

"要想戒除网瘾，有一个了解自己的朋友是非常重要的。"哈雷这样对别人说。有一次，他在生病卧床的时候，忍不住偷偷登陆了网站，后来里德从他的神情上看出他在撒谎，所以哈雷只好承认了。

"我成了破坏协议的人，所以必须要在陌生人的空间上写上此事作为对我的惩罚。"哈雷记住了这次小小的教训，脸上略带愧疚，以后再也不敢违背协议了。

方法二：停用账户。

想彻底改掉这个习惯是不容易的，很多孩子只要坐在了电脑前，就忍不住自动点开了网页。所以，如果要戒除网瘾，一定要停用账户，带着这种决绝的心情才行。

勒比在高中即将毕业的时候，面临着复杂的大学申请任务，为了完成一个学院的申请，可能需要足足花上两个星期的时间。所以在这个时候，他坚决地停用了账户，因为只有下定了决心才能保证自己的申请效率。

方法三：委托别人修改密码。

尼加特别喜欢社交网站，可以说已经达到痴迷的程度。他的内心很清楚这样对他的学习一点好处也没有，虽然为此而努力过多次，但最终都以失败告终。不得已之下，他只好委托比他大 10 岁的姐姐帮自己把密码修改掉。

起初的适应是痛苦的，但是，尼加的学习成绩很快就有了提高。他说，妈妈再也不用每隔半个小时到房间来查看自己在干什么了。不仅如此，他还觉得自己特别佩服自己，像是完成了一个伟大的挑战。

哥伦比亚大学心理学教授沃尔特·米歇尔是专门研究自控和意志力的专家，他认为戒除网瘾是件很困难的事情，是对人意志力的极大考验。一般来讲，越是能抵住诱惑的人，将来成功的概率就越大。

常 青 藤 家 训

青少年正处于学习面对这种真实人生和社会的阶段，而网络则提供了一条逃避生活的渠道，使孩子们放弃解决现实生活中种种问题的责任，和真实的社会相隔离。

神童并非智力开发所能造就

精彩点击

爱因斯坦小时候，智力发育的水平看上去不如一个普通同学，诺贝尔奖的获得者也未必都像是居里夫人那样聪颖早慧。孩子的天分是家长无法决定的，但是人脑的复杂性和多用性远远超过任何一台电脑，关键在于家长如何来挖掘。

也许我们都有这样的经验，在镜子前对自己笑一笑，心情马上就会变为愉快轻松。对于大脑的潜能开发也一样，如果能不断输入积极的意识，让意识通过下意识对大脑提出要求，潜意识就会调动体内的潜能发挥作用。有一道题苦思冥想都没有做出来，在睡前将有关的条件、信息输入大脑，第二天早上起来，说不定答案就出来了。

人们常说，我们只使用了我们全部智力潜能的 10%，的确，目前对人脑潜力的开发还远远不够。就人脑的复杂性和多用性而言，它远远超过地球上的任何计算机。

对于激发孩子的学习潜能，我们要尽量做到哪些呢？

1. 环境法。

经过研究，我们发现，天才的秘密就是智力潜能比一般人开发得多一些、早一些而已。所有天才的诞生都源于他们在幼年时，能够生活在丰富多彩的环境中，并获得了较好的心灵阳光。莫扎特出生在一个音乐世家，很小的时候就听父亲演奏音乐，在他的周围有许多乐器。他 5 岁时就拉小提琴并为小提琴作曲，8 岁时谱写了他第一部交响音乐。那么，怎样使用环境法开发孩子的潜能呢？为孩子的心灵生活布置充足的阳光，培植健康的情感世界，让孩子始终有个好心情。

2. **暗示法。**

1960 年，哈佛大学的罗森塔尔博士曾在加州一所学校中做过一个著名的实验。新学年开始了，他让校长把三位老师叫进办公室，对他们说："根据过去三年来的教学表现，你们是本校最好的老师。为了奖励你们，今年我们特别挑选了三班全校最聪明的学生给你们教。这批学生的智商比同龄人都要高，希望你们能有更好的成绩。"

老师们表现出掩饰不住的喜悦，临出门时，校长又叮嘱他们：要像平常一样教他们，不要让孩子或者家长知道他们是被特意挑选出来的。

一年之后，这三班的学生成绩是整个学区中最优秀的，比平均分数高出两三成。这时候，校长才告诉老师们真相，这些学生并不是刻意选出来的，而只是随机抽选出来的普通学生。三位老师万万没有想到事情会是这样的，只好归功于自己教得好。而校长又告诉他们，其实他们三人也是随机抽选出来的。

在这里，暗示发挥了重要作用。这三位老师觉得自己很优秀，充满了自信与自豪，工作起来自然就格外卖力；学生知道自己是个好学生，肯定会努力学好，结果就真的全部优秀起来了。

3. **遐想法。**

爱因斯坦既是一个思想家，也是一个科学家，同时还是一个脑袋里充满符号和公式的数学家，是个左脑发达、逻辑思维极强的人。但是，爱因斯坦的思想，首先来自于图像和形象，以后把它们翻译成词句和数学符号。他创立相对论不是通过他的理性思维，他没有坐下来用纸用笔一步步算出这个理论，最后得到符合逻辑的结论的，理论的诞生是在一个夏天的下午，当爱因斯坦躺在长满青草的山坡上，透过微闭的眼睑，凝视着太阳，玩味着透过睫毛射进来的光线，当时他开始想知道沿着光束行进会是什么样子，他就像进入了梦境一样，躺在那里，让他的思想随意遨游，幻想着他自己正沿着光束行进。突然他意识到这正是刚才所探求的问题的答案，这个意识正是相对论的精髓。

4. 计划法。

我们经常从照片上看见以万里晴空为背景的冰山景观，相信每一个人都会发出由衷的赞叹：啊，多美啊！而我们所看到的，也只不过是冰山浮出水面的一部分而已。到底是什么造就了冰山之美呢？是那隐藏在水底下的部分冰山。堆积在水底下的冰山，渐渐地就会将一部分瑰丽地呈现在水面上，在这里"呈现"是不可预料也不好控制的，而"堆积"是完全可以按照计划实现的，而事实上，实现了"堆积"，"呈现"就会不邀而至的。"堆积"要有计划，包括有目的、有计划、有准备、有措施、有安排、有步骤、有反复、有效率、有节制、有效果。

常 青 藤 家 训

儿童的智力发育及发展，长久以来没有定论，至今还是个谜。大人应该做的是给孩子的心智发展提供良好的渠道和方法，使其充分发挥自己的潜力。

帮助孩子的智商"生息"

精彩点击

每个孩子都有各自不同的潜在天赋，如果不加以培植就会被埋没。没有一个孩子注定是天才，也没有一个孩子注定会碌碌无为。在既定的智商条件下，每一位家长都应该为孩子创造最佳的社会环境，使孩子最大限度地把自己的潜在天赋发掘出来。

美国哈佛大学的发展心理学家加德纳认为，人的智力是多元的，每个人都在不同程度上拥有八种基本智力。具体包括言语—语言智力、逻辑—数学智力、视觉—空间智力、音乐—节奏智力、身体—运动智力、人际—交往智力、自我反省智力和自然观察智力。

每个孩子都是一个独特的个体，都有一种或一种以上的特殊本能、技能或特质，有自己的智力强项和弱项领域。孩子的智力强项领域就是他潜在的天赋与才能所在，只是有待我们去发掘。

家长是孩子的第一任老师，家庭是孩子接触的第一环境，家庭环境的好与坏将直接影响着孩子创造力的发展，所以，做父母的首先要相信你的孩子是独特的，并以赏识的目光来审视他。不要拿孩子的弱项与其他孩子的强项来比较，不要将他们塑造成你要他们所变成的样子，不以家长的标准、愿望、喜恶来培养你的孩子。

人的天赋素质虽然不能人为地培养和造就，但可以去发掘。父母在日常生活中，只要用心就能发现孩子的天赋。

莫扎特的音乐才能是他的父亲利奥波德发掘并培养起来的。

莫扎特是一个音乐神童，他 3 岁弹钢琴，4 岁创作协奏曲，5 岁拉小提琴，7 岁时创作的两首钢琴奏鸣曲已经在萨尔茨堡出版了。他能走上音乐殿堂并逐渐走向巅峰，离不开父亲对他的帮助。

有一天下午，当 4 岁的莫扎特坐在地板上，用鹅毛笔在五线谱上专心致志地涂写时，正赶上担任萨尔茨堡宫廷副指挥兼作曲家的父亲利奥波德回家。他一进门便看见了儿子，于是严肃地问道："孩子，你在干什么？""爸爸，我在作曲！""好了吗？""快好了。"当利奥波德看到那份五线谱时，神情里满是惊讶。

最后，他难掩激动地自言自语道："天哪，这孩子不仅会作曲，而且写得那么难，那么地道！"后来，他为了莫扎特能够受到最好的音乐教育，毅然辞去工作，带着莫扎特去音乐之都维也纳学习。

可以说，正是莫扎特的父亲造就了他的音乐人生。

卡尔·威特认为：孩子的天赋当然是千差万别的，有的孩子多一点，有的孩子少一点。没有一个孩子生下来就注定会成为天才，也没有一个孩子注定一生庸碌无为。一切都取决于后天的环境，取决于后天的培养和教育，父母则是其中最为直接和关键的因素。事实上，是父母操纵着孩子的前途和命运，决定着孩子的优劣成败。父母的信心和正确得当的教育观念是填平孩子之间天赋差异的关键所在。

常 青 藤 家 训

人的天赋是后天教育环境的产物，人的才智差别是因为人所处的环境和后天的机遇，以及所受的教育不同所造成的。

培养孩子良好的生活习惯

精彩点击

成功教育从养成好习惯开始。教育的核心不只是传授知识，而是学会做人，养成好习惯。习惯是一个人存放在神经系统的资本，一个人养成好的习惯，一辈子都用不完它的利息；养成一种坏习惯，一辈子都偿还不清它的债务。

哈佛大学教授皮鲁克斯说："好的习惯是绝大多数人迈动双脚的动力，它对成功的影响力不可小觑。对于青少年来说，一定要及早养成更多的好习惯，驱除坏习惯的侵扰。"孩子的习惯就像走路，如果人们选择了一条道路，就会一直沿着这条路走下去。因此，从小培养孩子良好的习惯将影响孩子一生。

1998 年 5 月，华盛顿大学请来世界巨富沃伦·巴菲特和比尔·盖茨演讲。有个学生问道："你们怎么变得比上帝还富有？"巴菲特说："这个问题非常简单，原因不在智商。为什么聪明人会做一些阻碍自己发挥全部工效的事情呢？原因在于习惯。"盖茨表示赞同。良好的习惯造就了两人辉煌的人生，缔造了财富的王国。

研究证明，一个人的日常活动，其中 90% 是通过不断地重复某个动作，而在潜意识中转化为程序化的惯性，也就是不用思考，自动运作。这种自动运作的力量，即习惯的力量。对孩子而言，习惯的力量对他们产生的影响更大。著名的"铁娘子"——英国前首相撒切尔夫人在谈及习惯与生活细节时说："有时事务太忙，我也可能感到吃不消，但生活的秘诀实际上在于把 90% 的生活细节变成习惯，这样你就可以习惯成自然了。毕竟你想都不用想就去刷牙，这就是好习惯。"

著名教育学家马卡连科曾经说过：教育孩子，首先要对孩子提出尽可能高的要求，对孩子要表现出尽可能发自内心的尊重。孩子智力开发与艺术素质从小培养固然重要，但生活习惯的教养也绝不能忽视，且教育必须从生活细节开始。

实际上，教育就是由一个个细节组成，而细节串联起来就成了习惯。儿童教育最重要的就是培养好习惯，幼儿时期是养成生活习惯的最佳时期，小学阶段可能是养成品德习惯的最佳阶段，中学时期可能是养成学习习惯的最佳时代。但是，容易的并非可以自然形成，困难的未必就不能做到，最佳的也仅仅是一种可能。所以准确地说，人的一生都是不断养成好习惯和改正坏习惯的过程。

对父母而言，他们的第一责任是教育孩子。而教育孩子的第一件事就是培养孩子的好习惯。教育孩子，先从做好父母开始，家长应该从身边的小事做起，以身作则。在学习、读书习惯方面，家长也要和孩子一起养成。如共读一本书，可以教孩子看，可以讲故事给孩子听，还可以让孩子"教"你看，讲故事给你听。看一本好书，可让孩子获得成长的快乐。

科学家曾发现，一个好习惯的养成仅需要 21 天的时间，一旦孩子养成某个习惯，就意味着他将终身享用它带来的好处。正如奥格·曼狄诺所说："事实上，成功与失败的最大分界，来自不同的习惯。好习惯是开启成功的钥匙，坏习惯则是一扇向失败敞开的门。"注重习惯的力量，从小培养孩子良好的习惯吧！这对你孩子的一生都有重要影响。

"习惯真是一种顽强而巨大的力量，它可以主宰人生！"对于孩子来说，要成就学业、事业，要拥有美好的人生，必须养成一种好的习惯。孩子的未来，其实就掌握在父母手中。如果你希望教育好孩子，那就先从做好父母开始。如果你渴望去做好父母，那就先从培养孩子好习惯开始。

常青藤家训

孩子的好习惯不是一朝一夕就能形成，而是长期的培养过程。当孩子从生活细节中获得了良好的习惯，会给他今后的学习、生活、工作奠定扎实的基础，还会帮助他树立自信。

引导孩子进行思考

精彩点击

　　独立思考的能力是一个孩子走向成功最重要的品质，也是成功人士的必备素质。常青藤式的教育不会赞成对孩子进行墨守成规式的灌输，而是要求家长针对孩子日常碰到的一些问题引发他思考，启发他通过思考来了解周围的复杂世界。

　　毫无疑问，一个具有独立思考能力的人，一个具有创造性的人，也定会是个成功的人。只有养成了独立思考的习惯，才能在风风雨雨的事业之路上独创天下。

　　对亨利先生而言，有一个孩子令他印象颇深，他是从中国来念书的贝贝。

　　亨利先生教学的特点就在于为孩子们提供一个可以独立思考的环境，他希望孩子们能够在思考一个个问题的过程中逐渐建立起独立思考的能力，学会一些独特的思维方式。有一次，他为班上的学生们出了一个讨论题目：传统文化和现代文化的关系。他让 12 名学生分成正方和反方以讨论的形式开展辩论，而贝贝则抽到了传统文化的那一组。

　　当对方的同学陈述了一番现代文化的繁荣之后，贝贝开始滔滔不绝地讲起了他所谓的"大树理论"：传统文化是一切文明的根，而现代文化只是建立在传统文化之上的叶子，如果没有根，哪里会有叶？所以，传统文化比现代文化更重要。同学们为贝贝的理论感到惊奇，觉得贝贝说的真是太有道理了。可是正当贝贝为此而沾沾自喜的时候，亨利先生宣布让双方来一个大对调，贝贝一下又成了维护现代文化派。

这一下，对方就直接质问贝贝："你刚才不是陈述了大树理论吗？你说的根比叶子更重要，这下你要怎么解释？"没想到，贝贝立即反驳道："树叶的光合作用就是为了维持大树的生命，如果没有了树叶，树根一定会死掉。所以如果没有现代文化的发展，古代的传统文化也就不会有光泽了。"全班同学都为贝贝的诡辩连声喝彩。而亨利先生也很欣赏这位有着独特视角的中国娃娃。

凡是善于引发灵感，能够形成创造性认识的人，都很会用脑。一般人以为显而易见的现象，他们会产生疑问；一般人用习惯的方法解决问题，他们却有独创。他们的特点是喜欢独立思考，遇事多问几个"为什么"，多提几个"怎么办"。任何创新项目的完成，都是独立思考和钻研探索的结果，因此就不能迷信、不能盲从、不能只用习惯的方法去认识问题，或只用已有的结论去解决问题，也不能迷信专家、权威，而是要从事实出发，从需要出发，去思考问题、探索问题，去寻找新的方法、新的答案、新的结论。

要促进灵感的产生，就必须多用脑，因为人的认识能力，是在用脑的过程中得到锻炼从而不断提高的。所谓多用脑，不是指不休息地连续用脑，而是要把人脑的创新潜能充分地发挥出来。爱因斯坦对为他写传记的作家塞利希说："我没有什么特别才能，不过喜欢寻根究底地追求问题罢了。"在这个寻根究底的过程中，最常用的方法就是独立思考。他自己深有体会地说："学习知识要善于思考、思考、再思考，我就是靠这个学习方法成为科学家的。"

"数字化教父"尼葛洛·庞蒂说："我不做具体研究工作，只是在思考。"

从这些名言中我们不难得出这样一条真理：独立思考是一个人成功的最重要、最基本的心理品质。所以，养成独立思考的习惯，是要成大事的人必备的条件。

要提倡独立思考，鼓励大胆联想，思想越"疯狂"越好，提出的设想越多越好。西方古谚云："世上有5％的人主动思考，5％的人自认为在思考，5％的人被迫进行思考，而其余的人一生都讨厌思考。"这在某种程度上揭示了能进行主动、独立的思考并不容易。

此外，在学习的过程中要用发现的态度去学习，在做出了自己的独立发现后，再与书上的发现进行比较。这种方法由美国心理学家布鲁纳首创，对培养人的独立思考能力有实际的效果。它有利于人们自己发现问题，扩展知识，从而推进创造活动。

常 青 藤 家 训

善于思考是创新的首要条件，而善于创新又是财富的重要来源，所以财富是想来的。一个善于思考问题的人，他的生活和工作将变得更加丰富多彩。

帮助孩子确立目标

精彩点击

同为有目标的人，有人成功了，有人未成功；有人大成功，有人小成功。这与目标的确立有很大关系。一个很容易付诸于成功的目标具有两个特征：目标远大，目标可以量化。

目标，是一切行动的前提。

事业有成，是目标的赠予。确立了有价值的目标，才能进一步地分配自己的时间和精力，准确地寻觅突破口，找到聚光的"焦点"，专心致志地向既定目标前进。目标如一的人，能抛除一切杂念，聚积起自己的所有力量，全力以赴地朝着目标迈进。

有目标的人，就有一股巨大的、无形的力量，将自身与事业有机地融合为一体。目标，能唤醒人，能调动人，能塑造人，目标的力量是难以估量的。有明确目标的人，生活必然充实有劲，绝不会因无所事事而无聊。目标能使人不沉湎于现状，激励人不断进取，引导人不断开发自身的潜能，去摘取成功的桂冠。

事实上，追求卓越的创业天才，往往从小就有目标。比尔·盖茨白手起家，最终成功创建微软帝国，这与他小时候确立的目标不无关系。

早在儿童时代，比尔就是一个有想法的、早熟的孩子，表现出强烈的想成为人中之杰的愿望。在湖滨学校上学时，比尔·盖茨跟一个老师说，将来他一定能成为一个百万富翁，用现在的说法就是那时他就有远大的目标。

湖滨中学是美国最先开设计算机课程的学校。盖茨如鱼得水，求知欲得到极大的满足，凡能弄到手的计算机书刊、资料，盖茨总是百读不厌，还能举一反三。同窗好友保罗·艾伦，常向盖茨发难和挑战，坚强的意志力和强烈的进取心使他俩成为知己。艾伦曾说："我们都被计算机能做任何事的前景所鼓舞……盖茨和我始终怀有一个伟大的梦想，也许我们真的能用它干出点名堂。"

当艾伦醉心于专业杂志时，盖茨喜欢读一些商贸杂志。他们甚至想到用学校的计算机赚上一笔。盖茨的计算机水平提高极快，以致许多高年级学生都向他请教。在破坏计算机安全系统方面，盖茨可算是行家里手。在计算机中心公司，他们发现了一种弄虚作假的办法，使计算机按他们的程序工作，而使用的计时记录却保持不变。一旦系统出现问题，公司人员立即就会猜出是盖茨搞的鬼。作为免费使用计算机的交换，盖茨和艾伦把发现的问题逐一记录，汇编成册，起名为《问题报告书》。半年后，《问题报告书》已增至300多页。

盖茨一直有一个伟大的目标：将来，在每个家庭的每张桌子上面都有一台个人电脑，而在这些电脑里面运行的则是他本人所编写的软件。正是在这一伟大目标的催生下，微软公司诞生了；也正是在这个公司的推动和影响下，软件业才从小到大，并发展到今天这种蓬勃兴旺的地步。

所以，每一个孩子都应该在心中树立一个目标，然后着手去实现它。他应该把这一目标作为自己思想的中心。这一目标可能是一种精神理想，也可能是一种世俗的追求，这当然取决于他此时的本性。但无论是哪一种目标，他都应将自己思想的力量全部集中于他为自己设定的目标上面。他应把自己的目标当做至高无上的任务，应该全身心地为它的实现而奋斗，而不允许他的思想因为一些短暂的幻想、渴望和想象而迷路。

如果你的孩子尚且年幼，那你不妨教会他在做每一件小事时都给自己设定一个可行的目标，比如搭积木，有的孩子搭得又快又好，有的孩子却反反复复也搭不出一个样子，这就是有目标和没有目标的区别。因此我们不妨在孩子动手做一件事前，先提示性地问问他：你要做的是什么？要做到什么程度才可以呢？这样习惯成自然，渐渐地，孩子就会懂得凡事都给自己确立一个目标了。

如果你的孩子正在为不知填报哪所高校和专业而犯愁，那你不妨问问他下面几个问题来启发他们：

（1）你想在你的一生中成就何种事业？

（2）在你的日常生活中哪一类的成功最能让你产生成就感？

（3）你最热爱的工作是什么？

（4）如果把它作为自己终生的事业，怎样做到在有利于自己的同时，也对别人有帮助？

（5）你有哪些特殊的才能和禀赋？

（6）周围有些什么资源可以帮助你实现自己的目标？

（7）除此以外，你还需要什么才能实现自己的目标？

（8）有没有什么职业是你内心觉得有一种声音在驱使去做的，而且它同时也会让你在物质上获得成功？

（9）阻碍你实现自己目标的因素又有哪些？

（10）你为什么没有现在去行动，而是仍然在观望？

当他们认真、慎重地思考上述问题后，你会发现，这些问题对寻找、定位自己远大目标，有切实的帮助。

常青藤家训

不甘做平庸之辈的人，必须要有一个明确的追求目标，这样才能调动起自己的智慧和精力，全力以赴为自己的目标而行动。

让孩子感受到自己"得宠"

精彩点击

美国人看似崇尚独立，但是对孩子的宠爱程度则近似于过分的程度。当孩子从小就成为家庭的中心，被家长鼓励和外界沟通时，他就可以有更多的机会发出自己的声音和见解，所以比那些在家里管教过严的孩子要活泼得多，智力的发育也比较充分。

美国是强调独立精神的社会，不过对于未成年的孩子要另当别论。美国的家长对孩子宠爱的程度有时近似于夸张，而孩子们也可以明显地感受到父母的宠爱。

在美国，女性无论身居任何社会高位，只要是结婚生子，照顾家庭就是第一职责。不仅传统观念如此，美国法律在对照顾儿童这一方面也有详细的规定，比如12岁以下的孩子不可以独自在家，所以母亲的责任就更为重大了。美国有不少的职业女性在结婚之后根本扛不住家庭与事业的双重压力，只好退回家中做起了专职主妇。

母亲作为家庭中的强大后盾，在生活上对孩子的照顾无微不至。美国的中小学一般中午都会免费提供午餐，但是很多妈妈们觉得学校里的饭也许不合孩子的口味，或者食品不够健康，还要额外准备一份午餐送到学校来。

在美国的家庭中，孩子们一般不会主动承担家务。如果要求孩子自己整理房间的，会被视为管教严格的家庭。为了培养孩子们一点点的劳动习惯，父母们就用零用钱来"悬赏"。

在美国大多数的城市，凡是住家离学校有一英里以上的中小学生，无论是上学放学都有学校的校车来接送。所以这些孩子在上中学以前，每天都要由母亲来"护卫"。在每天的放学时分，人高马大的美国孩子在学校门口张望着等待父母来接他们回家，可以算得上是美国学校最有趣的景象之一了。一般当孩子到了上高中的时候都开始热衷于学习驾驶汽车，这时父母无疑要担任教练，负责传授技艺。

美国的学校中有各种兴趣小组。如果学生对某个兴趣小组很热衷，家长一般都会介入帮忙，包括向小组提供赞助，帮忙联系活动等。不仅如此，美国的父母基本上每天都会帮助孩子辅导功课，特别是高中生，学习压力太大，家长总是希望可以帮助孩子分担一部分。

《华盛顿邮报》上曾经发表过这样一篇文章：

有一位老爸每天晚上辛苦地帮助孩子写作文，晚上夜深人静的时候抬眼看看，发现对面的邻居老爸也在苦读，不禁发出了慨叹：我既是老爸又是老师。看到自己孩子的功课居然全部是C，这位老爸按捺不住心中的怒火，直接去找老师理论：你怎么可以这样对待我的孩子呢？这会伤害他的自尊心的！

美国向来是以推崇独立和冒险精神而出名的，我们印象中的美国孩子也都是很有主见。其实在美国的家庭中，特别是在很多中产阶级的家庭，父母往往对孩子宠爱得有点过头。父母的这种宠，在一定的程度上是以另一种方式与孩子互动，孩子可以从父母的点点付出中获得爱的回应。这样一直被宠大的孩子，在小的时候有助于感情和智力的成长，在稍稍长大之后有助于培养自信心。可以想象，如果一个孩子从小就生长在被父母置之不理的环境中，那很有可能将丧失掉对外界沟通的欲望和信心，接受外来的刺激也不足。

常 青 藤 家 训

让孩子感受到他对你有多重要，告诉你的孩子你有多爱他。家长是孩子的第一个沟通者，应该有一些牺牲精神来满足孩子。

培养孩子与众不同的优越感

精彩点击

父母对孩子进行适当的赏识很有必要，赏识的奥秘在于让孩子觉醒，觉得自己与众不同，更容易催生自信的人格。学会赏识自己的孩子，这对孩子的心理健康发展十分有利。但是与此同时家长也要注意不要对孩子的赏识过了头。

一位哲人曾经说过这样的话："人的精神生命中最本质的要求就是渴望得到赏识。"对孩子来说，训斥只会压抑幼小的心灵；只有赏识他们，才能开发出潜能。

自从赏识教育被提出来之后，它的基本理念确定为：没有种不好的庄稼，只有不会种庄稼的农民；没有教不好的孩子，只有不会教的父母。赏识教育的本质是生命的教育，是爱的教育，是充满人情味、富有生命力的教育。

比尔·盖茨之所以取得如此瞩目的成绩，并不是偶然的，这跟他的母亲玛丽的赏识教育有着密切的关系。

他的母亲从盖茨很小的时候就注重并给予科学的家庭教育。当盖茨三四岁时，玛丽外出总是把他带在身边，有意对他进行文化熏陶。当她在学校里向学生讲解西雅图的历史和博物馆的情况时，盖茨总是坐在教室最前面，虽然盖茨是个好动的孩子，但在教室里他表现得比其他学生还要专注、认真。对此，玛丽时常给予表扬，这也使盖茨逐渐学会了专注和认真。

盖茨要升初中的时候，因为个头小，又生性腼腆，学习兴趣与六年级的同龄孩子迥然不同。这时，玛丽决定送他到一所叫湖滨中学的私立中学就读。在这所学校，盖茨第一次接触到电脑便产生了浓厚的兴趣。

玛丽十分有远见，她十分赏识盖茨对电脑的兴趣，她鼓励并帮助盖茨了解这种很有前途的新事物，还凑钱给盖茨买了一台计算机。比尔·盖茨很快就迷上了计算机，最终成为计算机软件业的霸主。

周弘是我国著名的教育专家，他的女儿周婷婷原本是个双耳全聋的残疾人，但是周弘用20余年的时间倾其心血不断鼓励女儿，让婷婷觉得自己并不差，反而比其他的孩子优秀很多，周婷婷最终成为留美博士生。周弘探索出了赏识教育这一理念，不仅使自己的孩子受益，而且改变了千千万万家庭的命运。

周弘指出，赏识教育的奥秘是让孩子觉醒。他认为，从生命科学的角度看，每一个孩子都拥有巨大的潜能，但孩子诞生时都很弱小，好像生活在一个巨人的世界里。在他们成长过程中，难免有自卑情结，这时就需要家长的赏识教育了。

德国著名心理学家阿德勒也透露过他在念书时，认为自己完全缺乏数学才能，对数学毫无兴趣，因此考试经常不及格。后来偶尔发生的一件事，让他的潜能开发出来了。他出乎意料地解出了一道连老师也不会做的数学难题，这次的成功改变了他对数学的态度，他找到了数学天才的感觉，而且觉得自己天生就应该是个数学天才。在老师和家长的赏识中，他重新树立了自信，并成为学校里的数学尖子。因此，赏识教育的奥秘就是让孩子觉醒，让孩子自觉地发现自己的潜能。

哈佛心理学家做过这样的实验：

有两组男孩，先让他们一起长跑消耗体能，然后一组接受严厉地批评，另一组得到热烈地称赞，随之进行体能检测发现，被批评的那组孩子无精打采，体能处于崩溃状态；而被表扬的那组孩子精力旺盛，体能得到迅速恢复，充满自信。

因此，心理学家告诉我们家长：父母在教育孩子时应多给孩子一些适当的赏识，学会赏识、赞美你的孩子，这对孩子的身心发展十分有利。让孩子知道父母对他们的关注和认可，既能快速抚平孩子身体上的创伤，也能促使孩子心理朝良好健康的方向发展。

适当的赏识、鼓励是必要的，但父母也要注意切勿对孩子赏识过了头。一个人如果受到的赞美太多，心理便会膨胀，找不准自己的定位，从而也就不知道自己的言行是否符合一定的社会道德规范，这样的人在人格上往往是不完善、不成熟的，心理上也会十分脆弱，经不起生活中的风雨与挫折。一个人的成长是需要经历一些磨难的，只有经历磨难并且能够从磨难中铸就刚强性格的人，才能适应未来的生活。

让孩子知道父母对他的认可和关注，可以快速抚平孩子心灵中自卑的痛点，让孩子总是觉得自己比其他的孩子有优越感，促使其心理朝着良好健康的方向发展。

引导孩子"正向心理循环"

精彩点击

家长在教育孩子的时候应该注意培养孩子的"正向心理循环"，当孩子被灌输了成功的意念之后就可以制造出成功的事实，而成功的事实又进一步强化孩子成功的信念。如此的心理状态循环下去，就不用担心这个孩子不优秀了。

一位老师在美国大学教书时遇到了这样的问题：一个学生在课上的表现相当地突出，而且有许多课程的成绩都是 A，并且在学校中是个活跃分子，同时参与很多职位的竞选，还准备以后自己竞选公职。有一次，他的文学得到的成绩是 C，就叹了一口气，说道："我不是学文学的料。"

"你怎么知道自己没有学习文学的天赋呢？"老师问他道。

"因为从小我的文学成绩就不好，也实在是没有兴趣。"这个孩子很认真地说道。

"你怎么可以根据目前的现状，就认定将来也会学不好吗？"这位老师对学生展开了心理辅导，"如果你很轻易地就形成了对自己的负面看法，你认定自己绝对不是学习文学的料，那么你就会不自觉地用行动来证明自己的言论了。长此下去，在你的心目中会形成一个负向的心理循环，最后就真的没有任何回旋的余地了。"那个孩子听从了老师的建议，以后试着暗示自己可以学好文学，结果成绩一点点有了起色。

在课堂上，美国老师用得最多的词汇就是 "very good" "good job" "wonderful" "excellent" 等。老师经常在每个细节和环节上鼓励学生，增强学生的自信心。自卑对一个人来说是有百害而无一利的。一个人如果陷入了负面的心理，他能找到一万个理由说自己如何如何不如别人，比如：我个矮、我长得黑、我眼睛小，我不苗条、我嘴大、我有口音、我汗毛太多、我父母没地位、我学历太低、我职务不高、我受过处分、我有病、乃至我不会吃西餐，等等，可以找到无数种理由让自己自卑。由于自卑而焦虑，于是注意力分散了，从而破坏了自己的成功，导致失败。即失败—自卑—焦虑—分散注意力—失败，这就是自卑者制造的恶性循环。一个人如果陷入了自卑，在人际交往中除了封闭自己以外，就有可能会奴颜婢膝，低三下四。

吴士宏被中国经理人尊称为"打工皇后"，她的经历颇具传奇色彩。她曾当过护士，通过自学获得英语大专文凭。1985 年考入 IBM 公司，从勤杂工做起，经过十载奋斗，终于成为 IBM 华南分公司总经理。就是这样一位传奇式的人物，也曾深深地被负向的心理循环困扰过。在 IBM 期间，吴士宏一开始做的是"行政专员"，几乎与打杂无异，什么都干。这段生活对吴士宏影响非常大，这并不是说"打杂"之类的工作对她有什么屈辱，而是身处一群无比优越的真正白领阶层中，吴士宏感到了巨大的压力：常常觉得自己真的没有能力，没有价值。这样一种强烈的自卑情绪，伴随了吴士宏相当长的一段时间。

吴士宏被这种自卑情绪困扰了很长的一段时间，最终她决心一定从这种阴影中走出来，虽然这很艰难。这种来自自卑感的不断刺激，当时就像不断有鞭子抽打着她。吴士宏后来回忆说："和负面的情绪做抗争实在是一件痛苦的事情。后来我花了好几年时间才克服并超越了这种自卑。"

如果一个人从小就形成了对自己的某种负面观念，那将对其非常的不利，因为失败的信念会制造出失败的事实，而失败的事实又进一步强化失败的信念。而对自己的这种负面观念形成的越早越深刻就越是难以自拔。

与此相反的就是形成"正向的心理循环"，成功的信念总会驱使人做出成功的事实，而成功的事实又使人更加认定成功的信念。如此循环下去，不怕这个人不优秀了。

当家长发现自己的孩子在某些方面出现消极情绪的时候，及时帮助孩子建立"正向心理循环"才是最终的解决问题之道。

常 青 藤 家 训

> 不管是正向的还是负向的心理循环，都像是一个大轮子，家长则起到了关键的"第一推动"作用。为孩子建立一个好的"心理循环"，也算是家长为孩子做出的一大贡献。

帮助过分聪明的孩子进行有效的疏导

精彩点击

> 在现实的生活中，有更多的天才不是笑傲天下，而是一无所成且非常压抑。聪明的孩子往往被同伴孤立，或者是对过于简单的学业不屑一顾，结果他们的辍学率竟和普通的学生是一样的。对于过分聪明的孩子，培养出健康的心理素质更重要。

　　15 岁的美国中学生杨格，在 10 年级还没有结束就已经自学完高中所有的数学与科学课程。他决定提前申请大学，而且是美国一流的大学。没有想到的是这位童子竟然会在科场连中三元，美国最顶尖的三所学校哈佛、麻省理工和加州理工同时录取他。

　　不管有如何的天赋，15 岁的杨格毕竟还是个孩子。如果杨格决定当年就进入大学读书，就会出现一个很有趣的难题：因为他没有修完高中毕业所需要的学分，所以无法获得高中毕业文凭，但是在 4 年之后他可以得到美国第一流大学的毕业文凭。不过杨格想延后一年进入大学，先把高中毕业证书拿到手。至于选择哪一所大学，杨格自己也拿不定主意，他甚至孩子气地说，如果实在无法抉择，那就会用扔硬币来决定。

　　杨格的妈妈是一位普通的办公室文员，普普通通的美国女性。她对于儿子能被哈佛大学录取，心理自然也是满欢喜的，但她没有显得很牛，也没有觉得自己在别的家长面前很有面子。这位"神童"妈妈倒是说了一句很令人深思的话："这个孩子好奇心很强烈，冲劲也很足。我唯一担心的是，他好像不明白一生的青少年时期只有一次，将来还有很多时间慢慢成长，我希望他早日了解这一点。"

　　这位美国妈妈讲述的是一个年轻人成长中很深奥的道理，那就是不论一个人如何有才华，在他的少年时代心理素质依然脆弱。什么才是父母不应该忽略的子女教育呢？那就是孩子的心理建设。孩子的心理建设有多么重要，会影响到一个人的一生。所以这位美国妈妈不怕孩子没机会上大学，而是更注重让孩子在青春期有一个快乐的童年并培养出健康的心理素质。

　　曾经有一位华裔妈妈谈到他 14 岁的孩子上大学的故事，这位妈妈是个过来人，她很有感触地提到，孩子从中学跳级到了大学之后，要立即面对大学课程，同学又都是比他大三岁或者四岁，想法都差了一截，除了讨论课程之外，根本难以沟通，无法交往。孩子感觉自己无法享受到多姿多彩的大学生活，最终只得辍学在家。

研究表明，天才们大多也会被同样的烦恼所困扰。波士顿大学的心理学教授艾伦·文纳在他的著作《天才儿童：神话与现实》一书中说到了天才儿童必然要面临一个残酷的事实："在一个个人魅力和性格更能决定失败的世界，他们的考试成绩不再重要。新的认识可能会让人感到措手不及。"

被广泛引用的例子是在 20 世纪的 20 年代，美国的心理学家特曼曾经做过一项大规模的研究，他首先使用智力测验来鉴别超常儿童。通过测试，他筛选出了 1200 个天才儿童，在美国政府的支持下为他们提供最好的教育条件，给他们提供尽可能多的知识积累，精心进行培养，希望从他们中间出现像爱因斯坦那样伟大的人物。50 年后，特曼的追随者们寻找到了其中的 800 人，调查的结果发现，在他们中间，大师级的科学家并不多，对国家有杰出贡献的人，是具有坚强的意志品质和良好人格特征的人。

"情商"看起来和成功密切相关。美国儿童心理和行为矫治专家们的一系列新研究已经证实，正是神童的超常智力，有可能成为他们在社交生活中意想不到的一大障碍，尽管他们的智商很高，但"情商"未必一定高，心理上也远未发展到成熟的阶段。

14 岁的美国人罗伯特·枚瑟是人们所说的超级天才里，他在穿着尿片的时候就和母亲在超市里讨论应该买什么牌子的衣物柔顺剂，他躺在摇篮里的时候就已经思考转世轮回的问题，可是他有的时候却对自己的天赋充满着诅咒，因为巨大的天赋往往伴随着巨大的期望。再加上媒体的大肆追捧，使得这些孩子畏惧失败，在沉重的外界压力之下，从而导致心理疾病。

什么样的教育对天才儿童才是最好的呢？

美国加州的"天才教育"理念被越来越多的人所认同，它的特点是，从与社会隔绝的"精英教育"转向根植社会，从重视学生单方面的才能转向多种能力的均衡，从只重视学习成绩转向重视学生的社会情感需求。

天才儿童的教育，不仅仅是单方面的智力培养，而应该是全方位的发展和培养，尤其是人格和创造力的培养。这种"全人教育"的思想，更适合超常儿童的教育。

帮助孩子从小树立信心

精彩点击

自信心能够让一个孩子坚信自己有能力克服困难并能够成功。实际上每个孩子都有可能成为天才，而父母是否可以像对待天才那样来爱护、珍惜眼前的这个孩子呢？孩子的成就大小与否，很大程度上取决于父母的期待。

自信心是孩子潜力的"放大镜"。美国历史上的著名富豪范德比尔特曾经说过："一个充满自信的人，事业总是一帆风顺的，而没有自信心的人，可能永远不会踏进事业的门槛。"如果一个孩子成长在只有批评没有夸奖的环境中，就很难能得到自信。相对说来，一个积极夸奖的环境更容易激发孩子的自信。

李开复在美国上学期间，曾经因为能背出很多数学公式而被老师夸奖为"数学天才"。其实李开复心里很明白，自己根本就不是什么数学天才，只是把以前记住的东西搬了出来。但是自信的力量是无穷的，在这种自信心的驱使下，他开始认真地学习数学，并且还在全州的数学竞赛中获得冠军。

　　给孩子一些正面的夸奖，让孩子知道家长其实在注意他做的每一件事，这对于他的成长很有好处。自信是需要逐步来培养的，你可以帮助孩子做一个长期的计划。比如让孩子每天都在听你讲过故事之后发表自己的见解，如果能坚持一个星期就可以奖励他。一年以后，也许你就发现孩子特别愿意在众人面前表现自己。

　　你要相信自己的孩子是有能力的。著名的"罗森塔尔效应"就是说明的这个问题。

　　罗森塔尔是美国的心理学家，1966 年，他做了一项关于学生对成绩期望的实验。他在一个班上进行测验结束之后将一份"最有前途者"的名单交给了校长。校长将这份名单交给了这个班的班主任。8 个月之后，罗森塔尔和助手再次来到了这个班，发现被列为"最有前途者"的学生成绩大幅度提高。其实，学生成绩提高快的原因很简单，因为老师更多地关注了他们，他们也对自己更有信心了。

　　每个孩子都有可能成为天才，但是这种可能的实现，取决于父母和老师是否可以像对待天才那样去爱护、期望和珍惜眼前的这个孩子。孩子的成长方向取决于父母和老师的期望。简单地说，你期望孩子成为一个什么样的人，孩子就可能成为一个什么样的人。

　　如果你想培养自信的孩子，最好的方法是多对孩子进行鼓励，留意你对孩子说的每句话的措辞和语气，多做肯定性的评价："我相信你做得到的""我对你有信心""你做得真出色"等。卡耐基在他的人际交往课程中也提到这样一个例子，如果想改变一个孩子读书不专心的态度，家长会对孩子说："哈姆，我真的要以你为荣，这个学期你的成绩提高了，但是假如你的数学再努力一些就更好了。"孩子听到了家长这样的评价，非但不会从内心感到高兴，反而觉得父母在批评他，前面的表扬只不过是为了批评而做的铺垫罢了。而最聪明的家长会这样讲："哈姆，你这个学期进步了很多，我们真的要以你为荣呢。而且，只要你下个学期继续努力，你的数学也一定会更出色的。"

如果孩子犯了错误真的需要我们做出批评，在不伤害他自信心的前提下，应该怎样说比较好呢？

（1）低声和孩子交谈。

一般来讲，"低而有力"的声音更容易引起孩子的注意，也容易让孩子注意倾听你说的话，这种比较平缓的方式，比大声训斥要好上一千倍。

（2）适时采用沉默的方式。

孩子做错事的时候，心理多少也有点自责。这个时候如果父母对孩子保持沉默，孩子的心理反而会更加紧张，进而反省自己。

（3）旁敲侧击加以暗示。

有些父母面对孩子的过失，不是直接地批评，而是用启发式的教育，孩子会很快明白父母的用意，愿意接受父母的批评和教育，而且这样也保护了孩子的自尊心。

（4）用推己及人的方式说教。

当孩子犯了错误给他人带来的麻烦，父母只要问一句"如果你是那个人，你会怎么想"，通过这样引导孩子设身处地地为他人着想，孩子也会意识到自己的过错，并促进他反省自己，主动承认错误。

（5）看到孩子犯错误要及时批评。

父母批评孩子要趁热打铁，不能拖拉，因为孩子刚刚犯过的错误，可能一转眼就忘记了。

常青藤家训

自信的人总是可以赢得更多的关注和机会。信心是一切事情顺利开展的保障，即使是在不顺利的情况下，信心也可以帮助我们挽回一半的局面。有信心不一定就会成功，但是没有信心注定要失败。

防止孩子成为"自恋狂"

精彩点击

从小就自命不凡的孩子在现实生活中不懂得容忍，很难体验到别人的感情，一切以自我为中心。而这些刚刚崭露头角的小"天骄"还没有真正迎来真正的考验，这种自恋的倾向越严重，对自己的期待越高，目标就越难以达成。

也许，你孩子的房间里摆满了各种奖杯和奖状，甚至需要专门在房间里开辟一块地方来摆放它们，作为炫耀。当然，在父母的眼中，孩子们是最棒的。然而，所有这些认可却造就了这样一代孩子，他们不知如何去应付那些奖杯和奖状后面的现实生活。

在学校里，老师们为了照顾孩子的情绪，原本成绩是 B 可以改成为 A，原来的评价应该是"良好"而改为了"优秀"，在某些比赛中，所有的参加者都可以获得冠军。但是，我们在照顾孩子情绪的同时却忘记了告诉他们学习的真正意义。近年来，在美国的教育历史上，单纯的自信心的培养成了学校教育的重要目标，当孩子回答错一个问题的时候，老师并不是正面批评，而是问"这是另一个问题的正确答案吗？"

这些只是一些让人感觉良好的花招儿，但是如果过分地利用这种技巧教育孩子，鼓励他们自命不凡的心态，他们期望这个世界围着他们转，觉得自己应该得到最好的东西，理所当然过最好的生活，那就会违背家长在最初教育孩子的初衷。

自命不凡的孩子们觉得自己是万物的中心，应该得到关注，这种认识从小就根深蒂固地植入了他们的内心。他们不懂得容忍，所有的要求都被满足，他们被宠坏了。家长们要时刻关注他们的感觉，否则他们就会失望。关心孩子的感受这种冲动原本也不错，但是如果对于孩子的需要过于敏感，有时就会产生反作用了，孩子会因此失去培养他们情感和韧性的人生体验。

有一位在美国教高中的老师说道："这是我所见到的最难管理、最麻烦、最娇惯的一代。"这正是那种鼓励自命不凡的家教方式的恶果。

有一位 5 岁的小女孩总是在课堂上捣乱，她拒绝和其他的同学合作，从来不排队，在需要安静的时候故意哇哇大叫，甚至会讲脏话。当老师把这一切告诉小女孩的妈妈时，这位母亲显得很尴尬。原来，这个小女孩在家里对妈妈照样讲脏话，，因为小女孩知道自己的母亲会容忍她。这位母亲在不自觉地向女儿暗示了这一点，才让小女孩觉得自己在家里是唯我独尊，而且即使是到了外面也是如此。

为什么会这样呢？这些自命不凡的孩子是从哪里来的呢？

对于很多父母来说这开始于为了让自己的孩子高兴。我们要到服装店买孩子喜欢的衣服，要到文具店带孩子挑选文具，要到糖果店带孩子买他们喜欢的零食，此外为了孩子能高兴，我们要给他们买各种玩具、各种漫画，甚至是各种首饰。逐渐的，这些可怜的父母开始扮演着这样一种角色：让自己的孩子高兴的人。谁会知道你要扮演这个角色到多久呢？等到他们长大了之后，你会发现，自己居然还在为他们心理咨询付钱！

家长们总是试图通过改变世界来满足孩子的要求，对孩子过分的赞扬其实隐藏着别的信息——他们担心孩子不会总是表现得那么好。父母本来是想通过赞扬来鼓励孩子的自信心，到最后却让孩子变得自高自大、事事以自我为中心，在这种环境之下长大的孩子多少都会自我感觉良好，但是早晚有一天他们会长大的，他们会看清事实真相的，到了那时，当他们发现自己和同龄的孩子有很大差距，心里是否会好受呢？

　　孩子这种自恋的人格一旦发展过度，则有对他人的统治欲望，甚至自信过度；听不得批评。这样难免就被宠坏了，自我价值虚高。如此的人格，早晚会处于失轨的状态。

让孩子学会为长远目标放弃眼前的享受

精彩点击

　　一个孩子不管多么有天赋，但是如果想取得更大的成就，都必须放弃眼前的安逸，要通过自己付出持之以恒的努力才可以达到。家长在教育孩子的过程中也应该有意识地培养孩子延长等待满足欲望的时间，以此来训练孩子将眼光放得长远。

　　要想知道一个孩子的未来会怎样，借助一颗糖果也许就可以做出预测。美国一位心理学家通过一项果汁软糖实验发现，一个人在孩童时期越能抵制住诱惑，以后的人生就会越幸福。

　　美国的沃尔特·米舍尔教授在20世纪60年代就开始了这项实验。在加利福尼亚州斯坦福大学的一个幼儿园里，米舍尔教授找来了十个孩子，在每个人面前放一块果汁软糖，同时明确地告诉他们：眼前的这块糖可以吃，但是如果没有马上吃，等到他回来之后再吃就可以多得一块。他说完之后便离开教室。

米舍尔在外面默默地观察孩子们的表现，有三分之一的孩子马上就开始吃糖果了，还有三分之一的孩子一直等到米舍尔教授回来之后兑现额外的奖励之后才开始吃，另外有三分之一的儿童开始坚持但是后来实在忍耐不住决定放弃了。

这次实验并不是到此为止，米舍尔教授一直在关注这些孩子后来的成长。直到 14 年后这些孩子中学毕业了，开始进入高等院校学习或者工作，米舍尔教授开始对这些孩子逐个进行分析。他发现当年马上开始吃糖的孩子在青少年时期表现得缺乏自信，与同龄人相处不好；而那些等到最后才吃糖果的孩子则交际能力强，有主见且学业出众。"等待者"比"不等待者"考试成绩平均高出 210 分。

米舍尔教授通过多年的观察得出了最后的结论：对待糖果诱惑的态度与日后成功与否有很大的关系。儿童在吃糖之前，等待的时间越长，以后的生活就会越幸福。

为了说明这种现象，米舍尔教授提出了"延迟满足"这个概念，能够坚持等待就是能够延迟满足。具有延迟满足能力的孩子在成人以后更容易获得成功。

英国的《泰晤士报》曾经对这项实验进行评论，果汁软糖实验有助于研究由情绪决定的人类特性，这一实验是研究情绪智商的基石。

能不能忍耐和长时间地等待，是孩子自制能力强弱的一种表现，因为生活中并非事事都会尽如人意。家长可以在孩子 2 岁以后培养这种忍耐力。比如，当看到冰箱里的冰淇淋，孩子嚷嚷着要吃，但是他此时正在咳嗽，父母就应该为孩子解释："你正在生病，吃了冷的食物嗓子就会说不出话来了，等过几天再给你吃吧。你先吃个蛋筒。"这样一来，在培养孩子忍耐力的同时，孩子也会权衡利弊，选择吃蛋筒。

表面上看来，让孩子晚一天迟到雪糕，迟一个星期得到他渴望的玩具是些微不足道的小事，但是这些却和孩子性格的养成直接挂钩。

习惯了在期待中获得满足的孩子，能学会主动控制自己的情绪，不会为自己的要求被拒绝或暂时被拒绝而大吵大闹，将来也能够抵挡得住眼前小利的诱惑。

常青藤家训

在家长的百依百顺中，孩子的欲望会无止境地增加，不良行为也会随时爆发，弄得家长措手不及。在期待中获得满足，孩子才会倍加珍惜这来之不易的幸福。

己所不欲，勿施于人

精彩点击

当孩子有一天遇到不知如何解决的问题又来不及问爸爸妈妈时，怎么办？父母可以教给孩子一个黄金法则就是"己所不欲，勿施于人"。下次当孩子遇到什么问题，只要将视角调换过来，设身处地地为别人考虑一下，就知道该如何去做了。

也许是由于美国是移民国家的原因，所以美国人的宽容性比较强，很少把自己的意志强加在他人的身上，它与中国孔夫子的"己所不欲，勿施于人"十分相似。比如，丈夫是个共和党人，但他绝对不会逼迫妻子拥护共和党。同样的道理，母亲是个天主教徒，但她绝对不会主张儿子改变宗教信仰。在美国的日常生活和平时事物的处理中，这种宽容精神更是屡见不鲜，司空见惯。

一位留美学生说，他居住的学生村的商店每天中午歇业两个小时，而货架上的蔬菜和水果照旧摆在空无一人的商店外面，不必担心来往的行人顺手牵羊。在美国，无论是成年人还是孩子，都把维护公共秩序，保护公共环境，在各种场合讲究文明看成不容置疑的事情。在美国常可以看到人们耐心排队等候，或是为他人、为公众着想的举动。在家庭和学校的教育下，在整个社会大环境的熏陶下，无论是父亲忠于职守的敬业精神和母亲一丝不苟的劳动态度，还是老师和社会其他阶层的高度职业道德感，这些都令孩子的责任感和规则意识不断增强。

懂得多为他人着想，孩子的爱心才可以被逐渐唤醒。在日常生活中，鼓励孩子去想象别人的感受或者设身处地为他人着想，是培养孩子爱心的有效方法。

具体来说，父母可参照以下办法予以引导：

（1）引导孩子换位思考。

当兄弟姐妹之间、孩子与朋友之间，甚至父母与孩子之间发生冲突时，要求孩子停下来想一想，如果冲突双方互相转换角色，会有什么样的感觉。

（2）让孩子设身处地为他人着想。

如果孩子没和家长打招呼而在外面玩了好长时间，父母一定非常着急。孩子回家后，父母可以这样问他："如果你是我，为我设身处地想一下——你不知道我去了哪里，天这么晚了，你会不会着急？"

（3）个充满爱心的父母。

孩子会从父母的关心与呵护中形成一种免于恐惧与危险的依附，这种安全感使得他认为自己很安全。如此一来，孩子便有机会从父母的关爱中学会关爱别人。

（4）帮助孩子体会别人的感觉。

帮助孩子体会别人的感觉，就是要求他能够想象别人在某种情况下产生的感觉。假如孩子收到长辈寄来的生日礼物后回复了一封感谢信，父母可以引导孩子，让他想一下，当长辈收到这封感谢信时会有什么感想。

一个没有爱心的人，是冷酷残忍的；一个没有爱心的世界，是冷漠可怕的。但爱心不会自发产生，爱心要靠精心培植和维护，在心灵里播下爱的种子，才能长成爱之花；全社会都为爱心叫好呐喊，才能形成一个充满爱心的氛围。

我们要在生活中培养孩子的爱心，心中有爱，他才会对自己的生活充满热情，才不会让自己在困境中沉沦。拥有爱心，他的人生中才会有幸福和成功。

常 青 藤 家 训

心中有爱的人永远充满阳光，永远积极向上。父母要注重从小培养孩子的爱心，教孩子学会爱自己，学会爱他人。

把握住机遇，就把握住了成功

精彩点击

"幸运之神会光顾世界上的每一个人，但如果她发现这个人并没有准备好要迎接她时，她就会从大门里走进来，然后从窗子里飞出去。"在某种意义上讲，时机就是一种巨大的财富，抓住机遇，就能成功。而善于抓住机遇，则需要锐利的眼光。

曾经有人对包括比尔·盖茨在内的世界上 500 位有影响的成功人士进行过研究，发现对每个人的人生事业有重大影响的机遇只有六七次。但是，人们往往抓不住第一次，因为太年轻；最后一次也抓不住，因为太老了。在剩下的几次中一般又会错过两次，最后只有两三次机会！由此可见，机遇对每个人都是公平的，但是对于渴求成功的人，机遇的质量重于数量。

一个成功者，不但要善于选择对自身成长最有效用的机遇，主动放弃那些对成长帮助不大的机会，而且对机遇的到来必须要有敏锐的嗅觉和判断能力，一旦把事情审查清楚，计划周密，就不再怀疑，敢于当机立断、果断行事。这样，当别人对机遇的到来还麻木不仁时，你已经捷足先登，抢占先机，从而大获成功。

遗憾的是，现实生活中总有这么一类人，他们做人做事缺乏主见，干什么事情总要依靠别人在旁扶持，哪怕遇到一点小事，也得东奔西走地去和亲友商量。愈商量，愈打不定主意，愈东猜西想，愈是糊涂，弄得大半生都消耗在犹豫不决之中，最终错失良机，也失去了成功立业的机会。

里根常常引用"机遇只偏爱有准备的头脑"这句话来教育他的子女们。他还解释说：这里的准备主要有两方面的内容：一是知识的积累。没有广博而精深的知识，要发现和捕捉机遇是不可能的；二是思维方法的准备。只具备知识，而没有灵活的思维方式，就看不到机遇，只能任凭它从你身边默默溜走。我们平时能看到许多这样的事例。比如：牛顿见苹果落地，触发了灵感，发现了万有引力；伦琴在实验时，从手骨图像中发现了 X 射线；耐克鞋受人喜爱，一部分归功于采用了"华夫糕式"鞋底，使鞋子变得轻巧美观。这项设计上的革新来自鲍夫曼，他说："那天我看见妻子的蛋奶烘饼烤馍，想到鞋底也可以做成华夫糕模样。"

可见，机遇不是没有，也不是只靠等就能得到的。唯有智慧锐利的眼光，才会看到它时刻在向你招手。至于如何培养孩子具备这种抓住机遇的能力，并没有固定的模式和准则可循，但过人的洞察力和判断力无疑是可以通过训练得到的。

亚历山大在打完一次胜仗后，有人问他："假使有机会，你想不想攻占下一个城邑。""什么？"他听完居然怒吼起来，"即使没有机会，我也会制造机会！"世界上到处需要而恰恰缺少的，正是那些能够制造机会的人！

比尔·盖茨曾说过，如果将等待机会变成一种习惯这是一件危险的事。对任何事情的热心与精力，就是在这种等待中消失的。对于那些不肯付出努力而只会胡思乱想的人，机会是可望而不可即的。只有那些勤奋的人，不肯轻易放过机会的人，才能看得见机会。

常 青 藤 家 训

伟大的成就和业绩，永远属于那些富有奋斗精神的人们，而不是那些一味等待机会的人们。应该牢记，良好的机会完全在于自己的创造。

不可因小东西而削弱大品格

精彩点击

孩子在成长的过程中，总是有着各种各样的需求，看什么都想要。家长在尽量满足孩子要求的同时也要清醒地认识到，不可能任何想要的东西都可以无条件地得到。家长要帮助孩子慢慢地理解这些，逐渐摆脱对物质的占有欲望。

父母为孩子创造富足的生活环境，这原本无可非议，但是如果无限制地满足孩子的物质需求，就是在害孩子了。孩子需要的不仅仅是物质上的满足，更有精神上的需求。

杰克的家境不错，有几栋房子。才刚刚上小学的杰克每天腰里都揣着手机，只要有点事情就会打电话给父母。每个星期父母都会给他100美元的零花钱，杰克会如数花光，到街上的自动售货机买吃的东西。这个孩子的父母，一天到晚都在不停地忙房地产的生意，和客户的电话不断，杰克在家中经常是与电脑游戏为伴。因为学习差，能力低，在班上很少有朋友。在这种环境下长大的孩子不会和父母沟通，唯一的交流方式就是找父母要钱。随着年龄的增长，杰克想要的东西越来越多，花钱也越来越凶，无论父母一个月给他多少钱，总是不够他花的，物质已经填满了他小小的脑袋。

即使是在物质相对发达的美国，白手起家的案例也很多。家长年轻的时候为事业打拼受了很多苦，有的父母就认为自己从前受过的苦，不可以在孩子的身上重演，应该努力为孩子创造富足的生活环境。父母的初衷可以理解，但是如果太过，则是对孩子的一种伤害。孩子会在父母无限制地满足自己的过程中，偏离健康成长的轨道。

孩子不用付出任何努力，就可以得到自己想要的，这对他们来说只是有百害而无一利。父母的纵容和疼爱，会不断助长孩子的物质欲望，容易使孩子养成任性、自私、缺乏同情心、没有责任感的不良品格，这是每对父母都不愿意看到的。

孩子在成长的过程中有各种各样的需求，有物质上的，也有精神上的。如果孩子想要的任何东西都可以无条件地得到，那对孩子的成长极为不利。所以在家庭教育中，父母应该要把握好满足孩子需要的这个尺度，鼓励孩子通过一些恰当的方式争取到自己想要的东西，去实现自己的理想，这才是理智的父母应该做到的。

（1）不要让孩子轻易尝到"甜头"。

很多孩子在父母不满足自己的要求时，总会采取无理取闹的方式，这个时候父母很有可能招架不住，于是只好满足孩子的愿望。孩子尝到了甜头，也摸准了父母的软肋，如此下去，家长会是节节败退，而孩子则攻城略地，不断地用同一种方法让家长妥协。所以父母不可以屈服于孩子的苦恼，对于孩子的威胁，不可以做出让步和妥协。

（2）拒绝孩子时理由要充分，让他心服口服。

当孩子提出不合理的要求时，父母可以当机立断地予以拒绝，但是一定要和孩子说明理由，且理由一定要充分，让孩子心里清清楚楚明明白白，他是因为所提的要求不合理才被拒绝的，而并非是妈妈不爱他了。比如孩子想吃膨化食品，妈妈可以这样对孩子讲："这种垃圾食品不是现在不能吃，任何时候都不能吃！这个东西含铅太多了，如果吃的话，脑袋就会变笨了，这样很可怕，对不对？"孩子明白了道理，也就不再哭闹了。

（3）对孩子说"不"时立场要坚定。

家长在拒绝孩子的不合理要求时，态度要坚决，如果父母本身是模棱两可的态度，那就会让孩子觉得自己的要求没有什么不对。一旦孩子察觉父母的立场不坚定，经过一番软磨硬泡，父母就很容易败下阵来。所以，在对孩子说"不"时一定要态度坚决，没有回旋的余地。

（4）及时表扬孩子的正确行为。

当孩子听从了父母的规劝，放弃了自己的不合理要求的时候，父母要及时表扬孩子，让孩子在受表扬中得到情感上的满足。

孩子的天性总是什么都想要，但对于孩子物质上的要求，父母要把握好分寸，既不可以委屈了孩子，又要防止他产生对物质的占有欲望。父母也可以慢慢引导孩子，告诉他世界上有很多比物质更重要的东西，等孩子慢慢理解了这些，就能够逐渐摆脱对物质的占有欲望了。

常 青 藤 家 训

　　小孩子对任何东西都有强烈的占有欲，这是人之天性。家长应该循序渐进地教导孩子，不可以无条件满足孩子的物质要求，应该让他明白世界上有比物质更重要的东西。

感恩是孩子人生中重要的一课

精彩点击

　　感恩是一个人快乐的源泉，也是报答社会的动力。作为家长有责任培养孩子具有一颗感恩的心，让孩子懂得珍惜自己的生活，珍惜自己所有的东西，也就容易感受到幸福。在怨恨的环境中长大的孩子，往往思想比较偏激，也不容易活的快乐。

　　感恩节是美国最地道的节日，每当这一天来临时，所有的学校、工厂全部放假，亲朋好友围坐在一起吃火鸡，感谢彼此的关照和如今幸福的生活。感恩节，顾名思义，它旨在唤起民众的感恩意识，人们在吃喝玩乐的同时不忘感恩，有信仰的基督徒不忘在这个神圣的时刻进行祷告。保罗在《帖撒罗尼迦前书》中说：

　　"要常常喜乐，不住地祷告，凡事谢恩。感谢认识主耶稣，感谢灵魂得救，感谢神给我的家庭，感谢自己的存在，感谢还可以健康地活着，感谢曾经领受过很多的爱，感谢目前的环境。"

　　可见，感恩是美国人心目中的常规意识，也是使他们感到快乐的源泉。

一个孩子，如果能够从小就在感恩的环境中长大，那么他一定会生活得很满足，也容易养成自信、乐观、善良的品格，感恩的孩子最容易获得这种心境给他带来的报偿，他会变得更加上进，更加不辜负周围的人。

而缺乏感恩意识的孩子，无论他的能力多么出色，都难以成为真正意义上的强者，因为社会难以接受和认可不知道感恩的人。父母要想把自己的孩子培养为一个强者，就必须培养孩子的感恩意识，教孩子感恩父母、感恩社会、感恩大自然、感恩每一个人。对生活常怀一颗感恩之心的人，即使遇上再大的灾难，也能熬过去。

"我的手还能活动，我的大脑还能思维，我有终生追求的理想，我有爱我和我爱着的亲人与朋友，对了，我还有一颗感恩的心……"

谁能想到这段豁达而美妙的文字，竟出自一位在轮椅上生活了30余年的高位截瘫的残疾人——世界科学巨匠霍金。

命运之神对霍金，在常人看来是苛刻得不能再苛刻了：他口不能说，腿不能站，身不能动。可他仍感到自己很富有：一根能活动的手指，一个能思考的大脑……这些都让他感到满足，他对生活充满了感恩之心，因而，他的人生是充实而快乐的。

与霍金相比，有的人什么也不缺，可生活给了他一点磨难，他就开始怨天尤人了。这样的人没有感恩之心，快乐很容易与他失之交臂。

如果一个人真正意识到这一点，那么，他就会感恩大自然的福佑，感恩父母的养育，感恩社会的安定，感恩衣食饱暖，感恩花草鱼虫，感恩苦难逆境，带着感恩的心，促使自己成功。

那么，父母应该怎样来唤起蕴藏在孩子心底的爱心，鼓励他们学会感恩呢？

（1）从培养孩子感恩父母开始。

父母是孩子最亲近的人，在日常生活中注意培养孩子对自己的爱，有助于孩子形成一种良好的爱别人的习惯。比如吃饭的时候，孩子很饿，还是应该让他等妈妈做完菜一起吃；大家一块儿吃水果的时候，让他把最大的那块留给爸爸，因为爸爸工作很辛苦；奶奶腰疼，就让他给奶奶捶捶背。在生活中一点一滴培养孩子关爱别人的品质，其实并不是件难事。

（2）在孩子心中播撒善良的种子。

在孩子心里撒下什么样的种子，以后就会收获什么样的果实。可以多给孩子讲一些助人为乐的故事，让孩子明白我们应该帮助需要帮助的人。平常可以多带孩子去敬老院给老人们送些吃的，为家庭困难的小朋友捐款，看到左邻右舍有困难就主动帮助他们，让孩子爱护身边的小动物，等等。

（3）学会保护孩子的善行。

孩子小时候往往没有什么金钱观念，他会把家长给他买的昂贵玩具送给别人，也许原因就是那个小朋友没有。你可以耐心地询问孩子原因，也许他会告诉你，那个小朋友没有爸爸，妈妈没有给他买玩具，所以才送给他。这个时候，要是父母只知道叫孩子去把东西要回来，那孩子的善心可能要被你剥夺了，这是多少钱都换不回来的。

也许还有些时候，孩子会把路边流浪的小猫小狗带回家，给它们找吃的，你如果不想要，可以向孩子讲明白："咱们的家庭不适合养小动物，爸爸妈妈要上班，你要上学，没有人来照顾它，咱们给它重新找个小主人吧。"千万不能直接把小狗小猫扔出去。要保护孩子表现出来的善行，激发他们的爱心，孩子长大成人后就会具有令人欣赏的爱心和善意，彻底与冷漠告别。

感恩之心的培育，从孩子小的时候就应该着手。每晚睡觉之前，你不妨花一点时间和孩子一起回想一下，今天有什么值得孩子感激的事，比如父亲的一句叮咛、母亲的一顿早餐、邻居的一个致意、同学的善意帮助、老师讲课时忙碌的身影，这些都是生命中爱的体现，都值得孩子去珍惜。

常 青 藤 家 训

在文明社会里，谁都不愿意跟孤傲而没有爱心的人打交道。在培养孩子的感恩意识时，家长可以引导他们进行换位思考，让他们认识到感恩是一种幸福。

帮助孩子树立自立的品质，为自己负责

精彩点击

有智慧的父母并不是为孩子安排好一切，而是教他成为世界的主人，将他培养成为能够对自己负责的人。如果父母将一切都为孩子安排妥当，那必然使孩子失去自己组织自己生活的能力和敢做敢为的勇气，日后的独立生存能力同样值得怀疑。

父亲赶着马车带儿子出去游玩。在一个拐弯处，因为马车速度很快，猛地把儿子甩了出去。当马车停住时，儿子以为父亲会过来扶他上车，父亲却坐在车上悠闲地抽烟。

儿子叫道："爸爸，快来扶我。"

"你摔疼了吗？"

"是的，我自己感觉已站不起来了。"儿子带着哭腔说。

"我不会帮你的，你得靠自己站起来。"

儿子挣扎着自己站了起来，艰难地爬了上来。父亲摇动着鞭子问儿子："你知道为什么让你这么做吗？"

儿子摇了摇头。父亲接着说:"人生就是这样,跌倒、爬起来、奔跑,再跌倒、再爬起来、再奔跑。在任何时候都要全靠自己,没人会去扶你的。"后来,儿子长大了,成了万人敬仰的美国总统,他就是约翰·肯尼迪。

在父母的悉心照顾下,在凡事都已准备好的情况下,孩子必然会失去自己计划、安排的能力和敢做敢为的勇气。父母的包办只能让孩子的独立和责任意识薄弱,这样的孩子以后步入社会,生存能力也让人大为怀疑,所以家长要有站在一旁的态度,孩子的事情让他自己做。

美国的家庭在吃饭的时候,也注意培养孩子独立思维的能力,孩子吃饭,必须自己决定喜欢吃什么,不喜欢吃什么,或者自己是否吃饱。如果明明没有吃饱,而是因为贪玩而不再吃饭,那么过一会儿一定会挨饿,因为那是他自己的选择,他必须要自己承担后果,真正尝到了苦处,以后才不会再犯。美国的家长爱说,犯错误是一个不可缺少的学习过程,儿童教育学家对这一认识尤其重视。美国家长相信,孩子的生活是孩子自己的生活,不管是现在还是将来,孩子只能过自己独立的生活。

据介绍,美国孩子很小就与父母分开住,单独睡一个房间。孩子到了 18 岁时,就得自己挣钱解决生计,父母并不是没有钱,而是让孩子自己挣钱早日独立。美国孩子从小就经常听到父母的口头禅"要自己照顾好自己",让孩子自己挣钱,是让孩子知道挣钱的辛苦和不容易,以及挣钱的价值。

美国的父母从小就注意培养孩子独立生活的能力,孩子依赖父母只是源于父母的过分帮助和保护。当孩子满怀热情,想自己动手尝试时,父母的一个"不"字只会打消孩子的积极性,久而久之,孩子不再想做,也逐渐地想不到去做了。如果父母总是习惯为孩子安排好一切,这样也向孩子传达着错误的信息,给孩子造成一种不需要自己做的印象,孩子得不到机会去学习照顾自己,依赖心理也就悄然而生。

那么,如何让孩子摆脱对父母的依赖呢?父母要做的,除了从对孩子的照顾中把自己和孩子解放出来，还需要注意哪些呢？著名的心理学家艾里克森给父母们提出了以下建议：

（1）鼓励孩子不断地进行尝试。

比如洗衣服，有的父母担心孩子洗不干净，把水洒得到处都是，于是进行干涉，这样只会让孩子产生强烈的挫败感，这对孩子独立性的培养大为不利。家长不妨告诉孩子洗衣服的步骤和注意点，这样，孩子经过几次尝试之后，自然熟能生巧。

（2）不断强化孩子的适应能力。

父母可以让孩子在家中做一些力所能及的事情，比如倒垃圾、叠被子、打扫卫生、洗菜等，这样能增强孩子独立做事的能力，摆脱孩子凡事都要依靠父母的习惯。千万不要想着孩子动作太慢，就不让他做家务，否则只会养成孩子依赖的心理，也更容易让孩子丧失对家务的参与和责任感。

（3）利用榜样的作用激励孩子。

榜样对孩子摆脱依赖及促进其独立自主也能产生一些积极的效果。可以经常告诉孩子一些名人独立的故事，让他从中吸取力量。在孩子做事的时候，积极地鼓励他，也能增强孩子的自信心和独立做事的热情。

常 青 藤 家 训

> 每个孩子不可能永远生活在摇篮和温室中，终究是要走向社会的。而社会对人的要求是平等的，优胜劣汰是一个自然法则。自立作为孩子成长的过程，也是他们心理品质成熟和塑造的过程。

诚信是做人的基本要求

人与人之间长久地交往，都是建立在诚实守信的基础之上。真实地面对自己，真实地面对别人，真实地面对社会，这是不容易的。诚信不仅仅是一种品格，也是成功者必备的素质，在讲求诚信的今天已经格外被人所看中，不容忽视。

西方出版的《百万富翁的智慧》一书，对美国1300名百万富翁进行了调研。在谈到为什么能成功时，他们没有一个人把成功归于才华。他们说："成功的秘诀在于诚实，有自我约束力，善于与人相处，勤奋。"在这里诚实被摆在第一位。

享誉美国的道格拉斯飞机制造公司也是靠"诚实守信"获取成功的。在公司初创时，公司老板唐纳德·道格拉斯十分希望东方航空公司能够购买他制造的首架喷气式飞机，因此，他前去拜访东方航空公司当时的总裁雷肯巴克。雷肯巴克告诉他"这种新型的DC—8型喷气式客机能够同波音707抗衡，可是道格拉斯的喷气式客机同波音707一样，噪音都太大。"因此，雷肯巴克说"假如能保证降低噪音，你就能够击败竞争对手而取得订购合约。"

这笔生意对道格拉斯而言相当重要，如果能同东方航空公司签署订购合约，他在生意场上能马上争得一席之地；反之，如果难以取得订单，或许就表明他将从此销声匿迹。道格拉斯同工程师经过一番认真地研究讨论后，再次去见雷肯巴克，第一句话说的是："老实说，我不能确保把噪音降低。"

"我也不能,"雷肯巴克说,"但我希望知道的是,你是不是可以对我诚实无欺。"接着,这位总裁郑重地告诉道格拉斯:"你现在得到了16500 万美元的订单,能着手建造飞机,并试着把引擎的噪音降低。"

道格拉斯事实上是由于"对人诚实不欺"的美名才把他的公司创办起来的,也是靠这一"秘诀"才得以把事业推向顶峰。

没有信用,即使身价百万,银行也会望而却步。缺乏信用是个人、团体或国家逐渐失去成功的一个重要标志。

富兰克林在 1784 年写了一本书,名为《对青年商人的忠告》。这本书讨论到"借用他人资金"的问题:"记住,金钱有生产和再生产的性质。金钱可以生产金钱,而它的产物又能生产更多的金钱。"

富兰克林又说,"记住,每天 6 镑,就每天来说,不过是一个微小的数额。就这个微小的数额来说,它每天都可以在不知不觉的花费中被浪费掉。一个有信用的人,可以自行担保,把它不断地积累到 100 镑,并真正当做 100 镑使用。"

人与人的交往,是建立在诚实守信的基础上的。成功者信守承诺,视为合作的基础,以诚实取信于人。诚信既是一种品格,也是一种素质和能力,在社会活动中是无形资本,在讲求诚信的今天越发受到人们的重视。

那么,如何培养孩子诚实的品质,有关专家提出一些很好的建议:

(1)要满足孩子合理的要求和愿望。

如适时地给孩子添置玩具、图书及彩笔等。让孩子意识到自己需要的东西,只要是合理的,家庭又是力所能及的,是会得到满足的。这样可避免孩子因需要不能满足而把别人的东西随便拿回来,而又不告诉家长和小朋友的情况。

(2)要创造一个宽松、愉快、民主、和谐的家庭氛围。

因为只有家庭成员相互保持诚实真挚的态度,使孩子感到成人的爱护和关心,他才能够信赖成人,有了过失才敢于承认。

(3)让"诚实教育"生动化。

由于孩子年龄小,必须把道理具体化、形象化、趣味化,孩子才能接受。所以，可利用故事，把做诚实人的道理寓于故事之中，使孩子明白什么是诚实，什么是虚假和欺骗，应该怎样做，不该怎样做。

（4）要有正确的教育方法。

当发现孩子有不诚实的言行时，要采取细致、耐心的方法，冷静地听听孩子的想法，分析原因，对症下药，切不可急躁、粗暴，甚至施加暴力，进行打骂、体罚等，这样只会适得其反，造成孩子为了躲避责罚打骂而说谎。

（5）和孩子建立真诚和相互信任的关系。

"人之初，性本善。"年幼的孩子是非常纯真的，家长要利用这个良好的条件，和孩子建立并保持真诚与互相信任的关系。家长对孩子必须言而有信，以诚相待，这样，孩子才会信任家长，有什么事、有什么想法都愿意告诉家长。

（6）纠正孩子的不诚实行为要及时。

孩子的不诚实行为主要指说谎和私拿他人或集体的东西。对这些行为要及时纠正，切不可因自己太忙而疏忽，或以为只是一种小毛病不必大惊小怪，结果会让孩子的不诚实行为不断地蔓延开去。

（7）制订一些规则并严格要求。

不是自己的东西不能带回家；没有得到别人的同意，不可随便拿别人的东西；借了人家的东西要及时归还；有了错要勇于承认；凡是答应别人的请求就一定要想方设法去做好等等，这些规则一经提出就要严格执行，不能朝令夕改，并要重视克服"第一次"出现的问题。对执行规则，家长要态度坚决，严格要求，切不可迁就、姑息。

常 青 藤 家 训

诚信是一种无形资本，从小培养孩子诚信的品格就等于为孩子的未来融资。糟蹋自己的信用无异于在拿自己的人格做典当，而且可能是你赎不回的典当。

培养温厚的品格

　　一个人经历过一次忍让，就会多一份宽阔的心胸。多一份包容，就会多一个朋友，少一个敌人。"海纳百川，有容乃大"。让孩子学会包容，身边才能够充满知心朋友和良师。宽容不仅是待人的准则，也是一种有助于保护心理健康的小习惯。

　　威廉·麦金莱在当选了美国总统之后，指派某人做税务部长。当时有很多政客反对此人，他们纷纷派代表前往总统府，要求麦金莱说明委任此人的理由。为首的是一位身材矮小的国会议员，他的脾气暴躁，说话粗声粗气的，开口就把总统大骂一番。麦金莱却不吭一声，任凭他声嘶力竭地叫喊，最后才心平气和地说："你讲完了，怒气应该平息了吧。照理你是没有权力这样责问我的，但是现在我仍然愿意详细地给你解释。"

　　麦金莱的这几句话说得那位议员化怒为羞，不等麦金莱的解释，那位议员已经折服了，他心里懊悔自己不该用这样恶劣的态度来责备如此和善的总统。因此，当他回去向同伴做汇报的时候，只是说："我不记得总统的全部解释是什么了，但是有一点可以肯定，那就是我相信总统的选择没有错。"

　　麦金莱正是使用的"宽容"这个撒手锏，没费吹灰之力就说服了对方，而且使那位议员从此改变了自己的态度，不再做出令人难堪的举动。宽厚、谦让能促使人形成胸怀大度的高尚品德。宽容、谦让的人具有宽阔的胸怀，他们为人开朗、豁达、礼貌。他们宽容别人，忍让别人，并不是没有力量反击，而是出自一种高尚的情操。

作为家长都希望自己的孩子能有一个健全的人格，学会包容别人、欣赏别人是具有健全人格的一个方面。福莱曾经说过：一个不肯原谅别人的人，就是不给自己留余地。因为每一个人都有犯过错误而需要别人原谅的时候。学会宽容，学会大度，是我们每个人生活中的一件大事，整天被不满、怨恨心理所控制的人是最痛苦的人。学会宽容也就是学会了爱自己。

作为父母，应该充分认识到宽容对孩子来说不仅是一种待人准则，而且是一种保护心理健康的习惯。现代科学研究发现，宽容有利于一个人的健康成长。美国密歇根州立大学的研究人员进行的一项研究发现，当人们都想要报复他人时，血压就会明显上升；而在宽容他人时，血压则显著下降。因此，作为父母一定要培养孩子宽容的习惯。

怎么培养孩子的宽容呢？

第一，让孩子学会善待他人。

父母应该让孩子明白这样的道理，别人就是自己的影子，所以善待他人就是善待自己。对他人多一份的理解和包容其实就是在支持和帮助自己。

张亚勤总是给人很宽厚的感觉，无论是外表还是说话的声音。他总是能不经意间地察觉到对方的杯子里是否需要添水，也会很留心地让对方先坐在一个较舒适的位子上。可以看得出，他非常在意别人的感受，也很愿意与周围的人和谐相处。

张亚勤在美国当学生会主席的时候，天天忙着搞活动，跑来跑去的，成天帮别人都得高高兴兴的。国内的企业代表团到华盛顿去访问时，他去接机，是当时著名的"免费司机"。

"当时大家的关系都很近，一到了周末就会在一起，特别有大家庭、团队的感觉，很值得怀念。"张亚勤这样说道。由于张亚勤的宽

厚温和，他的朋友遍天下，与很多中国留学生在国外闭塞的生活很是
不同。

第二，多给孩子创造机会接触同龄的人，在交往当中取长补短，提
高人际交往能力及社会适应能力，养成良好的性格。

必要的时候应该让孩子体验一下不被别人谅解的难过，因为如果一
个孩子不会谅解别人，就容易养成霸道、蛮横、自私、无情的坏习惯，
容易被孤立，今后走入社会就会吃大亏。

在美国达特茅斯大学读本科的中国小女孩晓晓留学期间深有体会：
心胸开阔，宽厚待人的学生一般都能够很好地适应国外的学习和生活。
"我见过不少中国的学生总是聚在一起，因为他们发现和其他国家的人
交往起来很困难。他们觉得只要拿到学位，其他就无关紧要了。"晓晓
说，"其实，这种想法是狭隘的，不利于人的成长成才。"

晓晓解释说，中国孩子与外国人的交往困难，主要是由于文化差异
而引起的。美国人言谈比较自由，爱开玩笑，但同时他们不喜欢打听隐
私，他们做事比较随意，喜欢创新，但是对于制度性的东西确实说一不
二，从不会有通融的余地。中外文化各具特色，要试着用开放的心态来
包容对待，交往才会变得愉快。

常 青 藤 家 训

宽厚是交往和沟通的润滑剂，它会让孩子在宽松的人际环境里
成长。心胸开阔的孩子适应能力会更强。

不要为打翻的牛奶杯哭泣

　　世事如庭前花，花开也有花落；世事又如天边云，云舒也有云卷。何必患得患失，终日萦挂于怀呢？生活好比一面镜子，当我们对它笑的时候，它才会对我们笑。快乐的行动决定于快乐的思想，一个乐观的心态，比一百种智慧都更有力量。

　　比尔·盖茨从 20 岁时便开始领导微软，31 岁时成为当时最年轻的亿万富翁，39 岁时身价一举超越华尔街股市大亨沃伦·巴菲特而成为世界首富，同年，他以一票的微弱优势领先通用电气（GE）公司的杰克·韦尔奇，被《工业周刊》评选为"最受尊敬的 CEO"。

　　这样一个"命运的宠儿"，曾经送给年轻人一段让人回味深长的忠告："公平不是总存在的，在生活学习的各个方面总有一些不如意的地方。但只要适应它，并坚持到底，总能收到意想不到的成效。"他自己的经历也最能说明这句话。

　　在比尔·盖茨读中学的时候，他接到全国最大的国防用品合同商 TRW 公司的电话，要他去面试。为了实现自己的梦想，比尔·盖茨征得学校的同意后，做了三个月的"临时工作"。三个月后，盖茨回到学校，迅速补上三个月中落下的功课，并参加期末考试。对他来说，电脑当然不在话下，他毫不担心。其他功课他也很快赶上了。结果他的电脑课老师只给了他一个"B"，原因当然不在于他考试成绩不佳——他考了第一名——而是他从不去听这门课，在"学习态度"这条标准中被扣了分。这是盖茨第一次体会到"不公平"，但他并没有抱怨什么，而是接受了这种现实，集中精力做数据的编码工作。他因为梦想离开了哈佛，但生活总是有取舍，不久之后，他成了名副其实的电脑程序员，具备了坚实的编程基础和丰富的经验。

海伦·凯勒说：虽然世界多苦难，但是苦难总是能战胜的。挫折常常会不请自来，关键是不能把挫折当成放弃努力的借口。乐观的态度是支持比尔·盖茨的巨大力量，让他能为了自己的目标，不把这些不公平放在眼里，并取得常人都无法企及的成就，这些都是乐观对他的馈赠。美国人有着异乎寻常的乐观精神，历史上再也没有一个国家能像美国这样一帆风顺。美国人确信坚忍不拔与勤劳机智加上勇气，最终会有好的结局。随便找个成功的范例，他们面对挫折从来不会垂头丧气。

一次可怕的意外事故之后，美国人米歇尔的脸因植皮而变成一块"彩色板"，手指没有了，双腿异常细小，无法行动，只能靠轮椅活动。但他不认为他被打败了，而是坚定地说："我完全可以掌握我自己的人生之船，我可以选择把目前的状况看成倒退或是一个起点。"6个月之后，他居然又可以自己开飞机了。

他为自己买了房子、一架飞机及一家酒吧，之后开始经营公司，并把公司发展成佛蒙特州第二大私人公司。事故后的第4年，他所开的飞机在起飞时又摔回跑道，把他胸部的十二条脊椎骨压得粉碎，腰部以下永远瘫痪！但他仍然不屈不挠。之后他被选为镇长，后来竞选国会议员，他用一句"不只是另一张小白脸"的口号，将自己难看的脸转化成一项有利的资本。

接着他完成终身大事，也拿到了公共行政硕士，并持续他的飞行活动、环保运动及公共演说。

作为父母，我们要做的就是传递给孩子这种乐观精神，让他能感受并体会到。当孩子面对失败时，父母千万不要对孩子说那些令人垂头丧气的话，而是要努力去激发和保护孩子积极乐观的心态，这样孩子面对挫折和失败时才能更坚强。

那么家长应该怎样做呢？

首先，家长应该以身作则，对挫折要有正确的观念，要有承受心理及应对良策，即使遇到再大的困难也不要唉声叹气。如果事情和孩子有关，需要他一起来面对，父母也应该给孩子树立一种克服困难的信念。

其次，不要苛求孩子。比如在言行举止上，如果孩子写字不规范，可以让他仔细观察书上的正确写法，鼓励他、帮助他。父母还应多抽出时间陪孩子游玩，这样会让孩子很开心。要孩子学会调整心态，当孩子痛苦烦恼时，父母应及时地帮助他们找到摆脱的办法，如听歌、运动、和朋友谈心等，帮助孩子尽快振作起来。

最后，不要伤害孩子的自尊心和打消他的积极性。不要动辄就用一些否定性的字眼来批评孩子。孩子犯错了，父母应该先客观地分析，再教他正确的方法，而不是总替他惋惜、后悔。孩子总是沉湎于回忆和懊悔，他的乐观精神也会变少。

常青藤家训

遭遇挫折并不可怕，可怕的是没有面对挫折的勇气。挫折像是我们的老朋友，虽然有时会跟我们开开玩笑，但正是它让我们更加坚强。

对所有的人恭谦有礼

精彩点击

凡是讲究文明的民族，没有不注重和讲究礼节礼貌的。在日常的生活中，人们也习惯将礼貌言行作为衡量道德水准高低和有无教养的尺度。所以，家长必须以身作则，从小教育孩子学会尊重他人，谦虚恭敬，礼貌待人。

华盛顿青年时写过一本关于礼节规则的小册子，书名就叫《待人接物行为准则》。其内容虽然过于周详琐细，甚至有几分幼稚可笑，但说明他从那时起就十分注意自觉地塑造自己的形象，开始养成了彬彬有礼、尊重他人和严于律己等优秀品格。

这些准则包括了以下内容。

· 不要谴责、申斥或咒骂他人。

· 社交中的每一个行动都要对对方表现出尊重。

· 说话时不要用手指你所谈到的人，也不要同交谈的人凑得太近。

· 产生分歧时不要强词夺理，要用谦逊的态度陈述自己的看法。

· 不探询别人的事，回避别人的私下谈话。

从这本小册子的内容我们可以看出华盛顿具有一贯讲究礼节、严于律己的个性，他能写出这样的规则也是与他的家庭教育分不开的。

华盛顿的母亲从小就教育他对所有人都要谦恭有礼。同时，母亲与哥哥的榜样力量也使华盛顿深刻认识到这条行为准则的意义。也许这正是促使他后来编写《待人接物行为准则》的原动力。

"对所有人都谦恭有礼"这句教诲使华盛顿受益匪浅，他一生都恪守这条准则。正因为如此，他才赢得了美国人民的爱戴，被尊称为"美国国父"。

不过到了 20 世纪 60 年代，美国流行的不再是礼仪之风，而是嬉皮运动，那个时候有很多美国的年轻人我行我素，无视礼仪礼节。20 世纪的 90 年代，在一次电视节目中，有一名女高中生突然向美国前总统克林顿提出了一个尴尬的问题："总统先生穿什么样的内裤，是平角裤还是三角裤？"结果面露为难之色的克林顿很勉强地回答："我比较偏爱紧身内裤。"不管是女学生的无礼提问还是克林顿总统的回答，在当时引起了好一阵的争论。

还有一次，美国知名学府西北大学的一群女学生在白宫接受总统布什亲自接见合影时，竟然有相当多的人脚上穿的是夹趾拖鞋。事后很多美国人齐声批评女大学生们不成体统。

不过值得庆幸的是，现在的美国已经开始重视礼仪在生活当中的重要性，在美国礼仪培训的课程也是越来越热门。许多地方都有培训机构开设礼仪课程。此外，美国许多大专院校都开设有进餐以及其他礼仪的专题课程或者研究生讨论课，以便学生们毕业以后在人才市场上更体面、更具有竞争力。除此之外，聘请礼仪教练成为很多人不错的选择，很多人通过学习礼仪，感受到自己职业生涯中的转机，以前那些被认为是古板的优雅坐姿，以及如何避免坐着时膝盖分开的动作，现在有越来越多的人愿意去学习。也有更多的人愿意从礼仪上来包装自己，获得别人更多的认同和好感。

哈佛大学有一批应届毕业生，实习时导师带着他们来到白宫的某实验室参观。全体学生先被安排坐在会议室里等待实验室主任胡里奥的到来。这时有秘书给大家倒水，同学们毫无表情地看着他忙活，其中一个还问了一句："有咖啡吗？"秘书抱歉地告诉他刚刚用完。

当秘书给一个名叫乔治的学生倒水时，乔治轻声说："谢谢，这么热的天，辛苦了。"这是秘书在这里听到的唯一一句感谢的话。

门开了，主任走进来和大家打招呼，没有一个人回应。乔治左右看了看，带头鼓了几下掌，同学们这才稀稀拉拉地跟着拍手，掌声显得很零乱。接着主任亲自给大家讲解有关情况，他看到同学们没有带笔记本，就吩咐秘书把实验室印的纪念手册拿来，并由他亲自分发给同学们。大家都坐在那里，随意用一只手接过主任双手递过来的手册。

主任的脸色越来越难看，这时，乔治礼貌地站起来，身体微倾，双手接住手册恭敬地说了一声："谢谢您！"主任闻听此言，不觉眼前一亮，他拍了拍乔治的肩膀问："你叫什么名字？"乔治照实作答，主任微笑着点头回到自己的座位上。

两个月后，乔治被该实验室录取了。有几位同学感到不满，去找导师评理："乔治的学习算是中等，凭什么选他不选我们？"导师微笑着回答道："乔治是人家点名来要的。其实你们的机会是均等的，你们的成绩虽然比乔治要好，但是除了学习之外，你们需要学的东西太多了，礼貌就是第一课。"

从这则故事中不难看出礼貌对于一个人的重要性。乔治之所以在与别人均等的机遇面前轻易胜出，完全取决于他不同于别人的礼貌表现。俗话说得好：做事先做人。一个人是否谦恭有礼，从某种程度来说是其事业能否成功的基础所在。没有礼貌的人，无论你的学识有多么渊博，也是不受欢迎的。

常青藤家训

在处世待人接物的各种场合中，"谦恭有礼"是屡试不爽的一个妙招。这几乎是一句至理名言，无论在任何时候、任何国家都适用。

对于害怕危险的人，危险无处不在

精彩点击

很多在事业上获得成功的人都是那种胆大心细、敢于冒险一搏的人。这个世界上没有人可以一帆风顺，成功者往往需要做出挑战和冒险。家长在日常生活当中也要有意识给孩子提供冒险的机会，让孩子去独辟蹊径，收获挑战自我的乐趣。

上房揭瓦、下河摸鱼、爬树、登高、从高处往下跳、溜冰、滑雪等，这些在父母看来很危险的行为，却是有些男孩最喜欢的运动。我们的孩子好像总是那么精力充沛，一刻都不想停下来。因此，有些家长经常不由自主地叹气：淘气的孩子真麻烦，他好像时时刻刻都在设法让你提心吊胆。然而，很少有家长从源头上分析，我的孩子到底怎么了？为什么他总是做这些危险的活动？为什么他的精力总也用不完？

一家三口正在不声不响地吃饭，儿子突然开口说话了："我找到了一个鸟窝！"

母亲抬起头，瞪大了眼睛，父亲也聚精会神地听儿子说话。男孩很高兴，指手画脚地讲了起来。他说，今天放学回家的路上，看见一只金翅雀从一棵大白松树树冠里飞了出来。他就在浓密地树枝里搜寻，终于发现在高处一根树杈上有一团乌黑的东西。

他把书包放在地上，开始往松树上爬。巨大的松树又粗又高，他那小小的身子紧紧贴在树皮上，慢慢往上挪动，每一回都要分两次进行：先用胳膊抱住，接着两条腿尽量往上蜷，最后才停下来，四肢牢牢抓住坚硬的树干，用了很长时间才爬上去。

父亲和母亲惊呆了，谁也没有吱声。就这样，两个人战战兢兢、一声不响地听着。

孩子的天性就是喜动不喜静，他们有使不完的精力，其实，我们并不能完全责备这些精力充沛的孩子。实际上，我们应该为孩子天性中的冒险因子欢呼，因为世界上没有一件可以完全确定或保证的事。成功者与失败者的区别并不在于能力或意见的好坏，而是在于是否相信判断、具有适当冒险与采取行动的勇气。没有尝试者、冒险者，就没有成功者。冒险是一切成功的前提。冒险越大，成功越大。

冒险对他们来说是一种证明自我的机会。而爬树是诸多冒险行为中最受孩子尊崇的一种。

这在父母看来是一种危险，而对孩子们来说却是有价值的冒险。首先，孩子可以通过观察树的整体，判断自己是否能爬上去。如果认为能爬，就会想到下一步的方法，确定从何处往上爬，那个树枝能否支撑自己的体重，需要确认的项目很多。这样，当孩子们根据自己的印象判断能够爬到树顶时，便决定进行实际爬树，当然有时也会从树上掉下来受伤。但这是因为自己的判断不得法而产生的失败，这将成为下一次成功爬树的反面经验。

1752 年 7 月的一天，富兰克林在野外放风筝进行捕获雷电的试验。

他的风筝很特别，用杉树做骨架，用丝手帕做纸，扎成菱形的样子。

风筝的顶端安了一根尖尖的铁针，放风筝的麻绳末端拴着一把铁钥匙。当风筝飞上高空不久，突然大雨降临，电闪雷鸣。

富兰克林对全身被淋湿毫不在意，对可能被雷击也不畏惧，他全神贯注于他的手。

当头顶上闪电的瞬间，他感到自己的手麻辣辣的，他意识到这是天空的电流通过湿麻绳和铁钥匙导来的。

他高兴地大叫："电，捕捉到了，天电捕捉到了！"

对孩子们来说，对于未知的事物他们根本就不懂得恐惧，所以也喜欢做更多的尝试。可以想象，如果在孩子的生活中只是面对同样的学习生活，总是重复着同样的内容，那该有多么的单调乏味啊，那又会有什么收获呢？

父母要给孩子提供冒险的机会。让孩子去尝试新的东西，独辟蹊径，屡败屡战。很多发明家都是最富于冒险的人。因为，他们敢于做许多次试验，直到成功才罢休。冒险不等于蛮干，人们要在冒险中不断地总结、思考、突破。否则，纵然有成功的欲望，但是却不感冒险，又怎么会实现伟大的目标呢？

在不确定的环境中，人的冒险精神就是最有创造价值的财富。

常 青 藤 家 训

初生牛犊不怕虎，孩子们在做事的时候往往有更强的锐性。不妨试着培养孩子的冒险精神。勇于尝试和开拓的豪气会让孩子有更新鲜、更活泼的生活。

自制能力不可忽视

精彩点击

自制力强的人，能够理智地对待周围发生的事件，有意识地控制自己的思想感情，约束自己的行为，成为驾驭现实的主人。一个人要想取得学习、事业上的成功，必须要学会自律自制。所以对孩子的自控教育是家庭教育中必不可少的内容。

　　高尔基说："哪怕是对自己的一点小小的克制，也会使人变得强而有力。"德国诗人歌德说："谁若游戏人生，他就一事无成，不能主宰自己，永远是一个奴隶。"一个人要想成为能够主宰自己命运的强者，成就一番事业，就必须对自己有所约束、有所克制。

　　贝利从小就显现出非凡的足球天赋，他常常踢着父亲为他特制的"足球"——用一个大号袜子塞满破布和旧报纸，然后尽量捏成球形，外面再用绳子捆紧。贝利经常光着黑瘦的脊梁，在家门前那条坑坑注注的小街，赤着脚练球。尽管他经常摔得皮开肉绽，但他始终不停地向着想象中的球门冲刺。

　　渐渐地，贝利有了些名气，许多认识不认识的人常常跟他打招呼，还向他递烟。像所有未成年人一样，贝利喜欢吸烟时的那种"长大了"的感觉。

　　有一次，当贝利在街上向别人要烟的时候，父亲刚好从他身边经过，父亲的脸色很难看，贝利低下头，不敢看父亲的眼睛。因为，他看到父亲的眼睛里有一种忧伤，有一种绝望，还有一种恨铁不成钢的怒火。

　　父亲说："我看见你抽烟了。"

　　贝利不敢回答父亲，一言不发。

　　父亲又说："是我看错了吗？"

　　贝利盯着父亲的脚尖，小声说："不，你没有。"

　　父亲又问："你抽烟多久了？"

　　贝利小声为自己辩解："我只吸过几次，几天前才……"

　　父亲打断了他的话，说："告诉我味道好吗？我没抽过烟，不知道烟是什么味道。"贝利说："我也不知道，其实并不太好。"说话的时候突然绷紧了浑身的肌肉，手不由自主地往脸上捂去，因为，他看到站在他跟前的父亲猛地抬起了手。但是，那并不是贝利预料中的耳光，父亲把他搂在了怀中。父亲说："你踢球有点天分，也许会成为一名优秀的运动员，但如果你抽烟、喝酒，那就到此为止了。因为你将不能在90分钟内保持一个较高的水准。这事由你自己决定吧。"

父亲说着，打开他瘪瘪的钱包，里面只有几张皱巴巴的纸币。父亲说："你如果真想抽烟，还是自己买的好，总跟人家要，太丢人了。你买烟需要多少钱？"

贝利感到又羞又愧，眼睛里涩涩的，可他抬起头来，看到父亲的脸上已是泪水纵横……后来，贝利再也没有抽过烟。他凭着超人的自控能力和自己的勤学苦练，终于成了一代球王。

所以，一个人要成就事业，不能随心所欲、感情用事，对自己的言行应有所克制，这样才能使自己的错误、缺点得到抑制，为自己的成才之路扫清障碍。懂得自控的孩子才能在人生的大海中扬帆远航，到达胜利的彼岸。

但是人的自制能力和自我管理能力并不是天生的，它和人的其他能力一样，需要后天的不断培养与发展，每个人的自我管理能力都是可以不断提高的，尤其是孩子。作为孩子的父母要有意识地提高孩子的自控力，专家给出了以下几点建议：

第一，告诉孩子要对自己多分析，找出自己在哪些活动中、何种环境中自制力差，然后拟出培养自制力的目标、步骤，有针对性地培养自己的自制力；要对自己的欲望进行剖析，扬善去恶，抑制自己的某些不正当的欲望。

第二，从日常生活小事做起。

人的自制力是在学习、生活工作中的千百万小事中培养、锻炼起来的。许多事情虽然微不足道，但却影响到一个人自制力的形成。如早上按时起床、严格遵守各种制度、按时完成学习计划等，都可积小成大，锻炼自己的自制力。

第三，进行暗示和激励。

自制力在很大程度上表现在自我暗示和激励等意念控制上。意念控制的方法有：在孩子开始紧张活动之前，反复默念一些建立信心、给人以力量的话，或随身携带座右铭，时时提醒、激励他们自己；在面临困境或诱惑时，利用口头命令，如"要沉着、冷静"，以组织自身的心理活动，获得精神力量。

第四，要经常进行自省。

如当他们学习时忍不住想看电视的情况出现时，马上警告自己管住自己；当遇到困难想退缩时，马上警告自己别懦弱。这样往往会唤起自尊，战胜怯懦，成功地控制自己。

常 青 藤 家 训

自制力是一种可贵的意志品质，是一个人在事业上取得成就的重要条件。自制力的养成对于孩子的将来有着极为重要的作用。

相信付出行动就成功了一半

精彩点击

当家长帮助孩子确定好了目标之后，还要鼓励孩子从当下开始为实现目标而奋斗。任何行动都不嫌太迟，只要有开始就不算晚。裹足不前的人总是能够为自己找到借口，并且因此而心安理得。我们不能为孩子挽留住时间，但是可以引导孩子放弃找借口。

生活中，很多事情开始看起来似乎很困难，可是当我们真正去做的时候，却发现事情原来是那么的容易。如果我们畏缩不前，到头来就会一事无成。

一次，有人问一个农夫他的麦子种下了没有。农夫回答："没有，我担心天不下雨。"那人就又问："那你种了棉花了吗?"农夫说："没有，我担心虫子吃了棉花。"于是那人又问："那你种了什么?"农夫说："什么也没种，我要确保安全。"

孩子，特别是幼小的少儿，他不知道自己能够做什么，适合做什么，需要做什么，更不知道应该从何下手。青少年都会有许多美好的设想，但他们在想象之后，未必能付诸实施。他可能不知如何去做，或者对自己说：留着明天再做。没有人的成功能够从天而降，行动，是梦想成真的必经之路。很多人羡慕别人的辉煌，却没有看到成功的人在背后所付出的心血。

《泰坦尼克号》主题歌演唱者塞莉娜·迪昂，她出生于音乐世家，自幼酷爱唱歌，她的成功缘于她脚踏实地的奋斗。

塞莉娜·迪昂 5 岁时就开始在蒙特利尔附近一个小镇上唱法语流行曲，13 岁就成了轰动当地歌坛的小甜心，18 岁时更被歌迷们称为魁北克之星，录制了 7 张畅销唱片集，从一名童星一跃成为加籍法裔一流女歌手。但她并没因此而满足，她要在其教师雷纳·安哲利尔的辅导下让自己的歌唱遍全球。然而问题是，她读到高中时就退了学，几乎从未讲过英语，更甭说用英语演唱了，而这正是流行乐通用的语言。怎么办?

塞莉娜迎难而上。几度春秋，几番努力，终于在她 25 岁时，推出了英语民歌《爱情的动力》的独唱专集，红遍欧美。她的新唱片集《我的爱情色彩》也已发行全球。此后一年内，塞莉娜巡回于加、美、日、澳等国及欧洲演出。有意思的是，塞莉娜英语演唱的成功又刺激了人们对其法语唱片的兴趣。1991 年发行的《响亮的诺言》在法国成了畅销曲。

早在 1990 年，塞莉娜的英语独唱专集《心动何处》曾一度引起轰动，然而在好莱坞选中她录制两首二重唱电影歌曲之后，更引起人们对她的兴趣。1992 年她与皮博·布莱逊合作演唱的迪斯尼动画片《美女与野兽》中的主题曲获得了当年的奥斯卡大奖。1994 年她再次被邀与克里夫·格利芬合作主唱电影《西雅图未眠夜》中的插曲《坠入爱河》。尽管在此之前，其首次国际发行的两集英语唱片，即 1990 年的《合唱》与 1992 年的《塞莉娜·迪昂》销售总数达 320 万张，但对于大多数人来说，熟悉的只是电影里她动人的歌声，却不得一睹芳容，甚至连她的名字都不一定叫得出，评论家称她为"二重唱王后。"

然而《爱情的动力》改变了这种情况，她正在向世人表明：她无需借助于"美女"，更不用依赖"野兽"，而凭其实力便可攻克任何预期的目标。《爱情的动力》之魅力在于塞莉娜·迪昂那令听众倾倒的歌声。她把花哨而伤感的旧民歌唱成很有再欣赏价值的流行音乐，她极自然地由低沉音滑向高亢，是力量与优美相结合的女歌手。《爱情的动力》的制作人戴维·福斯特说："我非常非常相信塞莉娜将会成为下一个世界超级明星。"

塞莉娜的一曲《我心永恒》，征服了几亿人的心灵，她为什么会如此成功？如果她不去学英语，不去突破……幸运之神会伴随她吗？

家长可以多方面了解孩子，并与孩子多交流，帮助孩子确立目标，当孩子认同这个目标，才会产生为实现目标奋斗的动力，才会为此付出劳动。有些家长比较善于找到容易激起孩子有征服欲的目标，他们寻求各种比赛的机会，通过竞赛，逐渐了解孩子多方面的才华，进而为他们设定挑战的目标，协助他们实现目标，使他们最大兴趣地追求成功。在奔向成功的路上，我们会遇到许多挑战，会面临着许多意想不到的挑战。如果你坚强地挺过去，等待你的将是成功。

常青藤家训

心动不如行动。的确，再好的计划如果不付诸行动，最终都会化作泡影。有些事看起来令人生畏，然而我们一旦正视它，就很可能发现事情并非我们所想象的那样麻烦。

消除孩子心中那种理所当然的感受

精彩点击 ➤

　　相信大多数的家长都可以为孩子做出任何牺牲，且从不要求回报。但是如果家长表达爱的方式不正确，就会让孩子误认为父母为他所做的一切都是理所应当的。长此以往，孩子很容易变得以自我为中心，目中无人。

　　曾几何时，我们迷信报刊舆论中的道听途说，总觉得美国人对亲情很淡漠，就像电影《狐狸的故事》中演的一样，孩子在刚刚成年的时候就要像老狐狸驱逐小狐狸一样被父母逐出家门。似乎觉得美国的父母不懂得为孩子付出，不懂得疼爱孩子。但是美国人对此却不以为然，他们在孩子很小的时候就给孩子灌输这样的一个概念：一切都要靠自己的努力才能得到。

　　这位爸爸来自财富之家，从小接受过最好的教育，是美国较为有名的整形医生。他有三个孩子，现在都在各自的领域里独当一面。这位爸爸在美国看到了太多富家子弟因钱而彻底毁掉的例子，为了避免这样事情的发生，所以他在孩子们很小的时候就立下了规矩：可以帮家人剪草坪或者取报纸等换来一点零用钱。而作为家长，只为孩子提供接受最好教育的经费，仅此而已。如果孩子要旅游、买车、租房，都要通过自己的打工来实现。偶尔遇到特殊的情况，家长会借钱给孩子，同时要和孩子签合同，等到孩子有了能力之后要在第一时间偿还。

其实，孩子的父母有足够的钱，但是有责任感的父母要教会孩子应该如何以正确的态度在社会上生存。

这样做的好处是让孩子真的体会到了钱的来之不易，而且让孩子体会到了自力更生的充实感。反之，一个从小在温室里长大的孩子不会懂得美好生活的来之不易，也不会懂得理解父母的辛劳，更不会理解父母的一片爱心，他们只是觉得这一切是做父母理所当然应该给予的，有什么必要感恩呢？如果一个孩子是抱持着这样的想法，可以断定他也不懂得上进。到头来，父母的一片爱心换来的却是痛苦和悲伤。

所以，作为父母应该让孩子明白我们都为他做了什么，为了帮助孩子实现愿望我们家长在其中做出了多大的努力。但是孩子很多时候是不知道父母到底为他做了什么，干净的衣服、可口的食物对他们来说好像是不费吹灰之力就可以得到了。大家都知道家长对孩子的爱是无条件的，家长可以为孩子做出任何牺牲，从不会求回报。但是这种感情无论是多么的伟大，如果表达的方式不正确，就会起到反作用。孩子会觉得一切都是他理所应当得到的，甚至是别人欠他的。久而久之，孩子就会变得以自我为中心、目无他人。

当你让孩子明白父母到底都为他做了些什么，你绝对会感慨，了解事实后的孩子会变得懂事很多。

常 青 藤 家 训

父母在对孩子付出时不能当无名英雄，要告诉孩子，没有谁是应该为他做什么的，也没有什么是必须为他做的。绝对不能让他感觉父母为他做任何事都是理所当然的。

让孩子为自己的生活做出选择

如果我们希望自己的孩子将来是个有责任感的公民，就应该从现在开始放手让孩子自己规划自己的生活。事事都在家长安排之下长大的孩子将不可能成为一个具有独立思想的公民，并没有准备为自己的未来负责，也无法对生活做出准确地判断。

雷蒙在高考结束之后如愿地进入了哈佛大学，这实在是一件值得庆贺的事情。而这位高中生的庆祝方式却有些独特：考上了名牌大学之后，他亲自下厨，用整整一个上午的时间，准备了一顿丰盛的午餐：混合蔬菜沙拉、牛肉浓汤、意大利面酱、腌制的牛排……

更令人感到惊讶的是，离开学还有一个月的时间，雷蒙就自作主张提前出发去学校，临行前他找爸爸妈妈借了 500 美元。他之所以要提前出发，就是要步行着去学校，这样既节省了车费，又可以沿途打工，而且可以借机做一个社会调查。

他在路上走了 32 天，完成了一个调查报告，得到了老师和同学的高度评价。向爸爸妈妈借的 500 美元一分没花，因为自己沿途打工挣的钱，除去了路上的花费，还余下了 100 多美元。

后来，因为极为出色的社会服务记录，雷蒙拿到了哈佛大学的全额奖学金。

雷蒙"走"进哈佛，可以给我们诸多的启示：孩子的独立思考习惯和独立生活能力，需要从小培养，这不但影响自己读书期间的学习和品德，而且关乎一生的健康成长。对孩子太多的保护，未必是真正的爱，给孩子更多的自由，让孩子独立地面对生活，自己决定自己的路，远胜过于大把花钱满足孩子要求的做法。替孩子们做他们能做的事，是对他们积极性的最大打击。给孩子一个自主决定的机会，有时就是给了他们一个独立的人生！

很多家长都觉得孩子小，生怕孩子走弯路，所以很多事情都替孩子做决定。"为了孩子的将来着想"，在这种心理的影响下，孩子的大小事情，父母都全权代理。但是这样做，无形中剥夺了孩子的自主权，毕竟未来是属于孩子自己的，他才是自己人生的策划师。家长都是因为"为了孩子好"这个想法，剥夺了他们成长应有的空间，让他们在父母设计的世界里成长。给孩子一个成长的自由空间，是现代教育家们共同呼吁的一个理念，其中就有著名教育家蒙台梭利，她将"自由教育"列入自己的基本理念，称她的教育方法是"以自由为基础的教育法"。

在蒙台梭利学校的活动室内，允许儿童自由地活动、交谈、交换位置，甚至也可以按自己的意愿移动桌椅。这种自由不仅是学习的需要，也是生活的需要。在教室里的儿童有目的地、自愿地活动，每个人忙于做自己的工作，安静地走来走去，有秩序地取放物品，并不会造成混乱，因为他们懂得安静和有秩序是必要的，并且知道有些活动是被禁止的。

在蒙台梭利看来，自由是孩子可以不受任何人约束，不接受任何自上而下的命令或强制与压抑，可以随心所欲地做自己喜爱的活动。生命力的自发性受到压抑的孩子绝不会展现他们的原来本性，就像被大头针钉住了翅膀的蝴蝶标本，已失去生命的本质。这样，家长就无法观察到孩子的实际情形。因此，我们必须以科学的方法来研究孩子，先要给孩子自由，促进他们自发性地表现自己，然后加以观察、研究。这里所谓的给孩子自由，不同于放纵或无限制的自由。让孩子拥有自由，首先是让他们领悟到纪律和秩序的重要性。怎样让孩子区别好坏，唯有说教显然是不可能的。从一些小事情上就让他们自己去做决定，并让他们承担因为自己的决定而带来的各种后果，久而久之，即使孩子在面对大学专业这样的问题时，你也可以放心地说："这是你自己的事，你自己决定就好了。"

老师要求学生写一篇关于理想的作文。

一名叫蒙迪·罗伯特的男孩花了整整半夜，写了七大张纸，详尽地描述了自己的理想：将来要拥有一个牧马场。他还画下了一幅占地200英亩的牧马场示意图，有马厩、跑道和种植园，还有房屋建筑和室内平面设计图。

但是，他只得了"F"（差），老师说："你的作业虽然完成得很认真，但你的理想太不现实了。你的父亲只是一个驯马师而已，而要拥有一个牧马场，要很多的钱。"最后，老师说："如果你愿意重新写，我可以重新给你打分。"

失望的蒙迪去问父亲。父亲摸摸儿子的头说："孩子，你自己拿主意吧。不过，你得慎重一些，这个决定对你来说很重要！"

在父亲的鼓励下，蒙迪一直保存着那份作业，他一步一个脚印，踏上了不断创业的征程。多年后，蒙迪·罗伯特终于如愿以偿地实现了自己的梦想。

小蒙迪的成功得益于父亲的支持，在他最需要帮助的时候，父亲给了他充分的自由，让他独自去决定自己的人生。父亲的开明，给了他很大的力量。

所以，不要再事事替孩子做决定，孩子需要的是你的尊重和支持，需要你放手让他决定自己的未来。对孩子来说，这不仅仅是一个起点，还是一个契机，你的放手成就的很可能就是孩子辉煌的一生。

常青藤家训

孩子的事情让他自己做决定，培养孩子的独立意识，让他逐渐摆脱对父母的依赖。

让孩子学会支配自己的生活

有不少家长为了教育出优秀的孩子，倾囊为他们报名各种各样的辅导班，可是孩子们好像是越学越呆了。这究竟是什么原因呢？很有可能是因为他们有一样重要的东西没有学，那就是不知道如何自主把握和支配自己的生活。

走进美国超大公司的纽约总部，映入眼帘的是一个鱼缸，里面十几条热带杂交鱼在自由地嬉戏。这个巧妙的装饰除了美观之外，还说明了一个原理——鱼缸法则：养在鱼缸中的热带金鱼，三寸来长，不管多长时间，始终看不见金鱼在生长。然而，将这种金鱼放到了水池中，两个月的时间，原来三寸的金鱼就可以长到一尺长了。

把这条原理应用于教育同样适用，孩子的成长需要自由的空间。而父母的保护往往就像鱼缸一样，孩子在父母的鱼缸中永远难以长成大鱼。要想孩子健康强壮地成长，一定要给孩子自由活动的时间，而不让他们拘泥于父母提供的"鱼缸"中。父母也应该克制自己的主观想法，留给孩子自由的成长空间，让他自己来支配自己的生活。

对于孩子的兴趣爱好，美国的家长从来不会强制孩子，而是充分尊重孩子自己的意愿，让孩子独立支配自己的生活。选择练习什么样的乐器或者是对其他的什么技能感兴趣，家长总是给予支持、鼓励和引导，或者帮助请家庭辅导教师。

美国的家长大都不对孩子的学习施加压力。他们的观点是：喜欢学的孩子自然会努力，为什么要强迫他们做不愿意做的事情呢？人的兴趣、爱好本来就各不相同，孩子适合做什么就做什么，人生的路让孩子自己去走。成功的家庭教育，应是家长舍得拿出时间跟孩子以平等的态度进行对话和交流，对孩子正确的想法和行为给予充分肯定，让孩子在尊重和鼓励中长大。

二十一世纪是"自主支配"的世纪。著名的管理学家彼得·德鲁克指出：因为信息时代取代了工业时代和放权自由的管理模式，所以这个世纪最重要的事情不是技术或网路的革新，而是人类生存状况的重大改变。在这个世纪里，人类将拥有更多的选择，他们必须积极地管理自己。

进入社会之后，孩子必须自己决定自己的行业，自己的老师、自己的老板、自己的公司、创业还是加入公司……每一天面临的都将是选择，孩子在成长的过程中更需要塑造的是独立性、责任感、选择能力、判断力。一个孩子如果长大了之后还只是会背知识，等着别人帮他做决定或者是做事情，那他进入社会之后就不会被重视。你的孩子将在这样的社会里生存，所以必须要具有自主支配自己生活的能力。

当 Google 的创始人赛吉·布林和拉里·佩奇在电视节目中接受采访时，记者问他们的成功应该归功于哪一所学校对他们的培养，他们并没有回答斯坦福大学或是密歇根大学，而回答的是"蒙台梭利小学"那一段自由自在的学习时光。在蒙台梭利教育的环境下，他们学会了"自己的事，自己负责，自己解决"。这种积极教育方式赋予了他们鼓励尝试、积极自主、自我驱动的习惯，因而才有了他们今天的成功。

至于如何培养孩子独立支配自己生活的能力呢？建议家长从以下几个方面着手：

（1）培养孩子"自己想办法"的习惯。

从小让孩子自己去解决自己的事物，从小让他们懂得，任何人都别想推卸责任来让别人替他们收拾残局。当孩子遇到困难的时候，不要想什么都帮孩子去做，而是鼓励他们自己想想办法，或者帮助孩子分析应该怎样解决，促使他找到正确的道路。

（2）让孩子成为自己的主人，决定自己的将来。

在某件事情上，虽然家长很确定将来应该如何来做，但是也应该给孩子一个机会，让他学着自己独立来判断。因为他从自己错误中学习到的经验一定比你正确的教导要多得多。

（3）培养孩子对自己事情负责的态度。

如果家长习惯了任何事情都帮孩子安排得妥妥当当，结果很可能会导致孩子做事不负责任的后果。而且父母的过度包办，也会让孩子变得没有礼貌，不懂得珍惜。

（4）要信任孩子可以做好。

在有些时候，信任比惩罚更能够激起孩子的责任心。童欣在微软研究院中以严肃负责而著名。他回忆起自己小的时候有一次犯了错误，妈妈没有一句责备，而是看着他惊恐的眼睛，温和地说："这件事已经过去了，你过去是个好孩子，以后还会是一个好孩子。"童欣说："那个晚上，妈妈给了我最好的礼物，让我终生受用不尽。"

（5）建立"共同规定"。

对孩子不要有太多的规定，如果家长实在有顾虑的话，可以用"共同规定"和孩子约法三章。例如孩子玩电脑，我们不要说"不准玩"，而是告诉他"成绩够好才可以玩"。把每一个否定变成了机会，就把自主权从家长身上转移到了孩子身上。这样不但能培养孩子独立能力，并且会促使他更加上进。

常 青 藤 家 训

从小就尊重孩子，重视给孩子个人自主权，让孩子学会在社会允许的条件下自己做决定，独立地解决自己所遇到的各种问题。

让孩子敢于面对观众

精彩点击

　　社会的竞争秩序使得一切事物都需要推销，几乎没有任何商品不做广告就可以畅销的。一个人如果想要在社会中获得认可，也需要敢于面对观众展示自己。羞怯的孩子将会严重妨碍其正常的人际交往，家长帮助孩子克服羞怯的心理是十分必要的。

　　在生活中有许多青少年都具有羞怯心理，害怕与人交往，尤其是与陌生人，这是非常大的一个阻碍，人要生存，怎么能害怕与别人交往呢？

　　羞怯会影响一个人的学习、工作与社交。有羞怯感的人感到主动结交新朋友很困难，因此他们的孤独感往往很强烈，有一部分人由于害羞而闭关自守，与世隔绝，当他们真的与人相处时，又常常不愿中断关系，希望避免为寻求宝贵的友谊而遇到的困难，结果，他们结交的伙伴当然不会是最理想的。害羞的人常常感到自卑。他们普遍对自我形象持否定态度。例如，害羞的女孩子总认为自己相貌平平，缺乏魅力，而没有同这些女孩见过面的男孩对她们的照片的评价是，其吸引力同那些有魅力的女孩不相上下。

　　惠普的前总裁卡莉·菲奥莉娜也曾是一个害羞的女孩子，但是现在，几乎每个人都认为她非常善于在公众面前演讲。当记者问到她是如何实现这种转变的时候，她这样回答："我曾经是一个害羞的孩子，而且年轻的时候胆子还很小。后来，我明白了原来我可以通过与人们接触、问很多问题并展开很好的对话来克服对新环境的恐惧。于是我开始试着'做一次演讲'，后来我发现，无论是我与 10 个人或 1000 个人说话，别人对我没什么影响。于是我逐渐地抛弃了羞怯，开始大胆起来。而且，逐渐地，我发现其他人都很精彩，也很有意思，在别人那里，我总能学到一些东西。这就是为什么我如此喜欢见到不同的人。"

卡莉在学校上学的时候，每次教授发问时，她总是迅速地低下头去。有一次，教授突然要求卡莉发表个人意见，卡莉很紧张地看了教授一眼，她知道自己躲不了了，于是她告诉自己："现在不是害怕的时候，我必须把握机会，我知道自己可以的。"于是她强迫自己忘记胆怯而专心地回答教授所提出的问题。卡莉果然做到了，而且她的表现获得教授的肯定。自此之后，卡莉对自己有了信心，再也不是昔日那个唯唯诺诺的胆小女孩了。

在现实生活中我们可以发现这样有趣的一个现象：自信的人几乎不害羞，害羞的人往往不自信。因此，克服害羞对培养自信十分重要。羞怯心理会严重影响孩子的正常生活和人际交往，那么如何克服羞怯心理呢？

（1）告诉孩子永远不要无缘无故把自己说得一无是处。也许孩子会有做错事的时候，例如说错话，但这并不表示他就是笨拙的；也许孩子自身会有一些缺陷，如小眼睛，但也没必要感觉自己目光短浅、不美。

（2）让孩子了解自己的优点和缺点。找些小卡片，把它们分成两种颜色：一种代表优点，另一种代表缺点，每张卡片写一个优点或缺点。让孩子考虑一下哪个优点还没发挥，怎么去发挥这个优点，再考虑一下哪个缺点可以不在乎甚至可以忽略的，把这些可以忽略的、不在乎的缺点卡片丢掉，这样做就可以让孩子不过分低估自己，然后他会发现自己的优点比缺点多，从而会更加自信地发挥他的优点。

（3）鼓励孩子试着坐在人群的中心位置。害羞的人常喜欢躲在角落，免得引人注目。正因为没有人注意到自己，反而证实了"没人关心自己"的想法。改掉这个习惯，才能让别人有机会注意你。

（4）有话大声说。害羞的人说话都很小声，不妨建议孩子把音调提高，就会在内心暗示自己，更加相信自己有权说话。

（5）要嘱咐孩子，当有人跟他讲话时，眼睛一定要看着对方，害羞的人常常忘了这一点。当然不必瞪着对方，但至少要让对方知道你是在倾听。

（6）别人没有应答我们的提问时，要再重复一遍。不要替自己找理由说是别人对你的话不感兴趣。

（7）在说话的过程中被人打断了，一定要继续把话说完。我们讲话时常会被打断，其实有时对方插话也表示他对你说的话很感兴趣，所以下次不要把谈话中断当做借口而逃离人群。

常 青 藤 家 训

造成孩子羞怯、不敢面对众人的源头在家庭、在父母、在于不恰当的教育。训练孩子的勇敢，应当从孩子小的时候就开始，父母要把勇敢的教育摆在重要的位置上。

让孩子感到自己是个中心

精彩点击

一个孩子在生活中受到周围人的关注越多，在各方面就会表现得越好。当他感到自己是个备受关注的中心时，就有动力追求更加完美和优异。当一个孩子明显地感受到被关注，就越是希望表现自己，所有的才能都被调动起来。

《鬼妈妈》是一部以美国畅销小说为题材改编的动画片。卡罗琳是一个只有十几岁大的小女孩，对身边的一切充满了好奇，但是由于爸爸妈妈在平常的生活中要处理很多事情因而无暇照顾她。闲的发狂的卡罗琳只好在家里到处转来转去，并发现了一个惊天的秘密，她通过一扇奇怪的门走入了另一个"家"，那里有和现实生活中一样的居住环境和待人周到的"妈妈"——只不过那个妈妈的眼睛被纽扣缝上了。正是由于那个"妈妈"熟谙儿童的心理，热情地陪伴她玩耍，卡罗琳觉得自己找到了真正想要的快乐。只是，后来她发现那个"妈妈"原来是个女巫，她与女巫进行了一场斗争……

从这部影片中，父母可以学到一些道理：孩子虽然小，但是他们确实希望得到爸爸妈妈更多的爱和关注。当孩子发现父母好像并没有将太多的注意力投向他们，心理的黯然失落是非常正常的。

"朝九晚六"是现在上班族的标准时刻表，这对于辛劳的爸爸妈妈来说，意味着早上在孩子起床之前出门，晚上在他已经玩了一天、感到疲惫的时候回家。现代生活的节奏，已经让家长错过了很多与孩子相处的时光，就不必说加班、堵车等支付的时间了。

对于孩子来说，他们内心中最需要的是一种爱的感觉，他们希望有更多的时间和爸爸妈妈在一起，感受到更多的来自父母的关注和爱护，这种良好的感觉，是孩子在日后乐观、积极、自信的主要动力源。

在父母关注子女教育方面，美国全国教育协会的专家有如下建议：

解读你的子女；

每天晚上过问家庭作业；

与老师讨论子女的学习进展；

参与投票选举学校理事会；

积极推动学校建立更高的学业标准；

在学校有课日，对子女看电视时间加以适当地限制；

成为你们社区和州重视教育的倡导者。

或许，父母只是每天简单地问一句"今天在学校怎么样？"，却传达出了对孩子的一个明确信号，那就是父母很在乎他在学校里的表现。有些家庭和家长可以从各方面关注子女的教育，而另一些父母只有时间去关注子女一两个方面的问题。但不论何种层次的介入，相信对你子女的一生都会有重要的作用。每天，我们可以在家中听小孩讲述他在学校中看到的趣事，也可以和小孩子一起聊聊天，这些都不是什么难做到的事情，可其作用却是巨大的。

曾经还有一位教育研究者给家长提出一道多项选择题，以下 4 个选择你认为哪项最能够帮助小孩在学校里提高学习成绩？

A. 为学校做义工

B. 监督小孩功课

C. 与小孩讨论学校里所发生的事

D. 与小孩的老师保持联系

当然，以上的任何一项都对小孩在学校里学习进步很有帮助，但是研究人员的统计结果表明：回答 C 的家长，他们的小孩在学校中的成绩最好。这并不意味着其他的选择不重要，而是更加深刻地说明了当父母和子女共同参加一项活动是多么的重要。

弗兰克是家里的一名小主人，不但参与家庭中的各种活动，还参与家庭大事的决策。比如爸爸妈妈要购买什么样的汽车或者是家电，要怎样把房间布置一下，都要征求一下弗兰克是否有更好的点子。

父母对子女如果不进行沟通引导，其结果常常会适得其反。美国有一个七岁小女孩在作文课上给家长写了封信："当你用权力来阻止我去做我想做的事时，我想说的是，我恨你！"家长要培养一个好孩子，应该与他们尽可能多地交流，如果我们与孩子交流得很好就会关系融洽，也方便我们开诚布公地教导他们。

常 青 藤 家 训

受关注越多的孩子，各方面的表现就越好。

培养孩子的领袖才能

在美国，如果要成为一个领袖，就必须要懂得照顾到大家的利益，并且给大家带来福利。美国的父母和老师从小就注重培养孩子的领导能力，让他们通过参加各种活动来训练自己协调与人的关系，培养"领袖力"对孩子的一生意义深远。

美国孩子的领导能力在全世界都是非常知名的，就连普通学校里的小学生或是中学生，他们的领导能力都让很多成年人感到吃惊。这是由于美国的父母和老师从小就注重培养孩子的领导能力，如参加各种各样的演讲比赛，或者是让孩子自己组织活动等。能力的培养不是通过突击就可以达到效果的，所以从少儿阶段培养孩子的"未来领导力"，对孩子的一生意义深远。"未来领导力"听起来有点空，似乎很难用语言表达清楚，实际上却是欧美现代教育理论中的一个概念，主要是指少儿阶段的项目管理能力。

一天，由于老师没有来，课堂的秩序出现了无序状态，大家都吵吵嚷嚷。这时，一个小男孩站了起来，很大方地走到大家的面前，搬了一把椅子站在上面，很从容地对同学讲："请安静。现在老师不在，如果有什么问题可以找我解决。"

在美国的课堂上，孩子从小就有很多参与课堂表达的机会，可以想象，当孩子怯生生地第一次站在讲台前，感到害羞是难免的。但是这样的语言能力训练，对孩子未来的成长，则是十分宝贵的。在美国，经过这种"未来领导力"教育的孩子，基本上都可以使用流利的英文和丰富的肢体语言，针对不同的命题进行公众演讲。

表面上看来美国的课堂都很轻松，其实里面有很多值得我们借鉴的细节。往往一个游戏就是一个学习内容或是一个分享合作的项目。每个孩子都有自己不同的个性特点和擅长，在团队合作的过程中，可以充分发挥同学各自的特长来共同完成一个看似困难的任务，最后使大家都很有成就感。

观察美国教室的布置也可以看出其中着意对孩子们领导力培养的良苦用心。孩子们基本上 4～6 人一桌，组成为一个个小团队。课堂上很多学习内容都是以这样的小组为单位完成的，每个小组的孩子都有机会参与管理设计、分工协作和演讲活动，每个孩子都有机会成为小领袖，每个环节都是管理与协作能力的锻炼和培养。每当小组完成一个研究成果之后，这个组派出的小领袖要向全班的同学还有老师进行演讲报告，通过这种方式锻炼面对众人的讲演和展示能力。这样，孩子的领导力和创造力不仅得到了培养，而且在这个过程中还能体会到分享的乐趣。

有人说，影响力本质上就是一种控制力。的确，一个有影响的人不仅可以让朋友们都认可他、支持他，甚至让对手都对他心悦诚服。但是更准确地说，影响力是一种让人乐于接受的控制力。它与权力不同，影响力不是强制性的，它以一种潜意识的方式来改变他人的行为、态度和信念。没有人能够抗拒它，因为它来得悄无声息，等你察觉时，早已经被它俘获了。因而我们说，影响力是一种最高境界的领袖力。

想要得到周围的人的尊重，形成一个凝聚人心、催人奋进、具有强大吸引力的领导核心，仅仅依靠体制和职务赋予的权力是远远不够的。它还应该建立在由宽广的胸怀、完美的领袖艺术、高尚的人格魅力和巧妙的交际方式等方面构成的个人权威之上。这种胜于无形的能力，需要从小培养。

那么，影响力是由哪些方面构成的呢？

（1）容纳的宽广胸怀。

"比陆地更宽阔的是海洋，比海洋更宽阔的是天空，比天空更宽阔的是人的胸怀。"要教会孩子用宽广的胸怀去接纳他人、体谅别人的处境，同时也要有胜不骄败不馁的气魄，坦然地面对失败与不足。心胸狭窄、满腹猜忌，只会使他在纷繁的事务中终日紧锁眉头、郁郁寡欢，更别说对别人形成吸引力了。

（2）高尚的人格魅力。

个人魅力最引人注目的优点是能提高影响别人的能力。在自然界里，所有的物体都有磁场。个人所具有的磁场，就是高尚的人格魅力。要想以高尚的人格魅力去有效地吸引和影响他人，有三点必须要让孩子学会：首先，必须真诚。人与人之间地有效交流，都必须建立在真诚的基础上；其次，必须认真。认真是任何困难和误解都害怕的利器，只要认真面对，就能赢得他人的认可；再次，必须自律。当以高尚的人格魅力展现在所有人面前时，无需鼓动、无需召唤，人们将会紧紧追随他，成为最忠实的信徒。

（3）实战型的能力。

再华美的宣言也敌不过一个真切的事实，喜欢空谈的人很快就会被群体识破。影响力产生的一个重要原因是别人对你的实力的认同。换言之，富有影响力的人之所以不同于一般人，重要原因之一就在于他被别人看成是独特的，甚至是独一无二的。这种信念一旦产生，人们不仅会心甘情愿地接受他，而且会作出异乎寻常的决定去追随他。因为一旦拥有对这个人坚定不移的信念，人们就会坚定地认为，他是如此非凡，他肯定知道问题的全部答案，有办法变理想为现实。问题的关键是如何才能使人们感到非同寻常，一个人的非同寻常，是由其非同寻常的实力造成的，能力决定了你的影响力。

（4）巧妙的沟通技巧。

一个有影响力的人，首先是一个能够交到朋友的人。在社会中，没有朋友就谈不上影响力。因此，要迈出领导者的第一步，就要从建立良好的人际关系开始。美国总统小布什可以算得上人际场上的成功典范，他在大学期间成绩平平，但是广交好友。他对人真诚热情，因此很容易赢得别人的好感。正是这样的能力，让小布什从一个毫不起眼的学生走向了总统宝座。

常 青 藤 家 训

　　常青藤的教育中总是念念不忘领袖才能。从小培养孩子的领袖能力，放手让孩子自己组织自己的人生，进而影响别人。

引导孩子具备帮助他人的领袖潜质

精彩点击

　　在任何团体中，人们都不会选择那些只顾及自己利益的人当领导。家长要教育自己的孩子从小懂得如何关心别人、如何给别人谋福利、如何获得别人的认同和爱戴，这样不仅可以培养一个孩子的领袖气质，同时也更有益于成就孩子的品格。

　　善良和同情是孩子的天性。在日常生活中家长可能会发现，孩子如果在电视上看到伤心的画面，他也会难过地哭；在幼儿园看到其他小朋友不开心，他会拿自己喜欢的玩具去哄人家。这就表明那个时候的孩子已经能够清楚地分辨自己和他人的痛苦，有了想减轻别人痛苦的本能，这是爱心先天的自然流露。可如果后天得不到很好的培养，他们的爱心就会逐渐消失。

　　有时候，童心是件很宝贵的东西。

一天早晨，天空下着蒙蒙细雨。

一位年轻妇女带着她五六岁的儿子走进了一家快餐店，她们坐下点菜时又进来一个背微驼、穿着一件破烂上衣的人。那人缓慢地走向一张狼藉的桌子，慢慢地检查每个盒子，寻找残羹剩饭。

当他拿起一块法式炸土豆条放到嘴边时，男孩对母亲窃窃私语道：

"妈，那人吃别人的东西！"

"他饿了，又没有钱。"母亲低声回答。

"我们能给他买一个汉堡包吗？"

"我想他只吃别人不要的东西。"

服务员很快拿来了他们要的两袋外卖食品。

就在他们快要走出店门的时候，男孩突然从他的袋里拿出一只汉堡包，轻轻咬了一小口，然后跑到那人坐的地方，把它放在他面前的桌上。

这个乞丐很惊讶，感激地看着男孩转身、消失在雨后湛蓝的天空下……

不知道有多少人被这个纯真善良的小男孩所感动。一个汉堡包并不值多少钱，但孩子金子般的爱心却永远无价。

一个人的善举，往往会改变另一个人甚至更多人的命运。也许是一件微不足道的小事情，就能够给别人带来很大的帮助。因此，不要放弃自己对他人小小的帮助，人的爱心就是在许多的小事中积累起来的。那么，父母应该怎样激活埋藏在孩子心底的爱心，鼓励他们帮助困难者呢？

（1）让孩子理解父母的辛苦付出，这是教孩子学会关心和帮助他人的起点。

父母可以给孩子安排一些力所能及的家务活，让孩子能够切身体会到父母每天操劳的不容易，使孩子认识到父母同样需要关心和帮助。

（2）父母应该有意识地传授给孩子关心及帮助他人的技巧。

父母可以向孩子示范一些行为或表情，让孩子能够读懂一些信号，认识到他人的需要。然后再告诉孩子如何正确地表达自己对别人的关心以及向别人提供帮助。培养孩子的勇气、信心和爱心。

（3）对孩子的自私行为采取温和的惩罚方式。

当看到自己的孩子抢夺了别人的玩具时，家长要立即告诉他大家的不满，并且要剥夺掉他的"战利品"，让孩子认识到不良行为的后果，并且要给孩子讲明"为什么"及"以后怎么办"。

常青藤家训

胸怀越是宽广，以后成功的概率就会越大。平时在处理点点滴滴的小事时多想想别人，多想想这个世界，你的孩子很可能就是下一代的领袖。

幽默感是成功人士的必备素质

精彩点击

幽默的魅力，就好像是深谷当中的幽兰，看不到它盛开的样子，却可以闻得到它清新淡雅的香味。具有幽默感的孩子大多都表现得活泼开朗，更容易获得周围人的喜欢，人际关系也比那些不具备幽默感的孩子好得多，生活得快乐惬意。

美国是一个充满着幽默感的国家。在美国可以发现这样的现象：无论是各类报纸或杂志，每一期都必定安排至少两个版面的幽默故事。美国人习惯于说说笑笑，没有任何禁忌，不论是经理、主管，甚至是总统、上帝，都可以拿来开玩笑。所以，在美国，父母们也很重视对小孩子的幽默教育。

小布妮打算参加学生会主席的竞选，要准备一场面向全校师生的竞选演说。而最后能否当选，则主要看小布妮的人气如何了。离发表竞选演讲还有两周的时间，小布妮就开始紧张了，而爸爸却鼓励她说："如果你真的特别想当主席的话，最具号召力的办法就是使用幽默。如果你能把所有的选民都逗乐了，那就肯定赢定了。"小布妮听了爸爸的话，若有所思地点点头，她开始思考能用什么新点子了。

两周之后，小布妮走上了竞选演讲的舞台。"大家好，我的名字叫小布妮，我在竞选你们的主席。"小布妮的声音坚定有力，"我想你们应该选我，因为——"说到这里，她停了下来，向台下四周看了看，然后从身后的背包里拿出了一个圆形的塑料饭盒，倒扣在头上，用拳头压着鼻子，模仿机器人的声音说："因为我是外星人，到地球来吃你们的午饭。"大家谁都没有想到她会说这么一句，全场哄堂大笑。等笑声稍微停止了，小布妮一本正经地说："不过这句话你们不要相信，你们应该去问问那位跟我生日在同一天的人，比如乔治·华盛顿。"说完这句话之后，小布妮再次背过身去，戴上了一头灰色的假发。"哦，天啊，我的背很疼。"她模仿老人的话嘟嚷道，"我猜一定是因为我在地下躺了两百年的缘故吧。"

台下的笑声此起彼伏，小布妮的幽默已经征服了全校师生，最后她赢了。

根据美国相关专家从事的研究表明：人的幽默感大约 3 成是天生的，其余 7 成则需要靠后天培养。因而在教育专家的倡导下，很多美国家长在孩子刚刚出生 6 周的时候就对其进行独特的幽默感训练。一个典型的例子就是当家长故意抱着孩子做下坠动作的时候，这些孩子已经聪明地意识到这是大人在和他闹着玩，脸上会漾起笑容。

那么，我们应该从哪些方面下手培养孩子的幽默意识呢？

（1）弄清幽默的真正含义。

幽默是用影射手法，机智而又敏捷地指出别人的缺点或优点，在微笑中加以否定或肯定。幽默不是油腔滑调，也不同于嘲笑和讽刺，幽默是在玩笑的背后隐藏着对事物的严肃态度，它没有那种使人产生受嘲弄或被辛辣讽刺时的痛苦感。

（2）使自己的知识面广一些。

幽默是建立在丰富知识的基础上的，是一种智慧的表现。我们要具有审时度势的能力，深广的知识面，才能够谈资丰富，妙言成趣。总之我们要广泛涉猎，用人类的文明成果丰富自己的头脑，从浩如烟海的书籍中收集幽默的浪花，从名人趣事的精华中撷取幽默的宝石。

（3）陶冶自己高尚的情操。

因为幽默常常是一种宽容精神的体现，要善于体谅他人。比如，在公共汽车上，一个人不慎踩了他人的脚，被踩的人非但没有责备对方，而是幽默地说："我的脚放的不是地方吧？"大家一笑了之，效果反而更好，踩别人脚的先生以后也会提醒自己谨慎下脚。

（4）要有乐观精神。

因为幽默感和乐观精神是亲密的朋友，很难想象一个成天愁眉苦脸、忧心忡忡的人会有出色的幽默感。中国有句名言："穷且益坚，不坠青云之志。"当一个人经济窘迫、生活潦倒时，这句话给人以精神力量。幽默也常常是这种精神的表达。俄国寓言大师克雷洛夫，有一次和房东订租契，房东在租契上写道："租金逾期不交，罚款 10 倍。"克雷洛夫大笔一挥，在后边添了一个"0"说："反正一样交不起。"它体现了一种乐观、自信的精神，绝不为一时困难而压得喘不过气来。

（5）幽默感需要深刻的洞察力。

迅速地捕捉事物的本质，以恰当的比喻，诙谐的语言，使人们产生轻松的感觉。因此，不断提高我们观察事物的能力，培养机智、敏捷的作风，是提高幽默感的一个重要方面。

孩子的幽默感一旦形成，对其一生都将产生重要的影响。具有幽默感的孩子大多活泼开朗，往往更能获得周围人的喜欢，人际关系也比不具备幽默感的孩子好得多。幽默还能帮助孩子更好地应对生活和学习中的压力和痛苦，因而幽默的孩子往往比较快活、聪明，能够轻松地完成学业，甚至拥有一个乐天、愉悦的人生。

常 青 藤 家 训

幽默是一种睿智的处世方式，也是一种成熟的、高尚的心理自卫机制。凡是具有较高情商的人，都善于用幽默来应付紧急情况。

教孩子发展稳定的人际关系

精彩点击

当今社会讲究的是互助与合作，那些善于在自己的生活中组织各种人际关系、做人比较成功的孩子，一般将来在事业上也会比较成功；而那些无法创造出稳定的人际关系，甚至与人在相处过程中出现障碍的孩子，一般将来在事业上也会比较失败。

有些家长认为孩子不能和其他人愉快相处没什么关系，只要自己的孩子学习好，人聪明就可以了。可是我们的社会不是独立的个体，一个再聪明的孩子，如果不懂得如何与人交往，也只能是一个"孤家寡人"式的神童。当今世界越来越需要人与人之间的合作与互助。那些以自我为中心，不懂得社会交往规则的孩子不可能在将来有所作为，因为一个人只限于学习的知识，而不懂得与人相处，那么他的潜能也根本无法施展出来。即使他是个所谓的神童，也不会做出什么惊天动地的事。更何况大多数孩子都是平凡普通的，谁拥有人脉，谁就能赢得胜利。善用人脉关系，已经成为社会的一种"潜规则"。

众所周知，美国前总统克林顿的成功竞选正是由于他拥有众多高知名度的朋友，而这些朋友在他竞选中扮演了举足轻重的角色，具有不可估量的作用。这些朋友包括他小时候在热泉市的玩伴，年轻时在乔治城大学与耶鲁法学院的同学，以及当学者时的旧识等。当演说家罗安数年前应邀在阿肯色州热泉市为旅游业年会做演讲时，他才深刻地体会到这些人对克林顿总统的支持，才明白了克林顿总统在竞选中的人气。

大人物就是依靠他们所拥有的人脉成功的。

美国石油大亨洛克菲勒在总结自己的成功经验时曾表示："与太阳下所有的能力相比，我更关注与人交往的能力。"正是洛克菲勒这种卓越的人脉沟通能力成就了他辉煌的事业。

与人相处的能力，也是考察孩子的一种综合能力，它包括很多因素，比如和小朋友在一起，他要考虑应该怎样和人家说话，怎么样才能够表达清楚自己的意思，怎么样别人才不会讨厌自己，不但要求有语言表达能力，还要有计划有简单的谋略以及自身的磨合能力，想到了这些，你还能忽视孩子的人际交往能力，觉得这是件可有可无并不重要的事情吗？

为了孩子能够与别人和睦相处，为了让他成为有很多朋友的人，我们应该要求孩子做到最基本的人际交往要求：友爱、协作、大方、开朗、公道、礼貌、自尊、责任心、组织能力……目的是让他以这些作为与他人相处的准则，让他能够与别人以适当的方式交往。

那么我们怎样才能有效地培养孩子与人交往的能力呢？

（1）不要限制孩子的交往。

有些家长只希望孩子学习好，其他的人际交往都不让孩子参加。家里来了客人,孩子刚跑过来,家长马上训斥:"去去去!小孩子不要多事,做功课去。"如果孩子有其他活动要和伙伴们外出,家长就横加干涉:"有什么好玩的,待在家里看书。"在被限制交往的环境中成长起来的孩子,在与陌生人相处时,就会显得畏畏缩缩,甚至连一句话都说不出来。

(2)教孩子学会关心他人,为他人着想。

人际关系很大程度上是人际彼此相互作用的结果。若希望得到别人的关心,首先就应关心别人。家长平常应该多教育孩子关心身边的人,同学生病了,可以去看望一下同学;邻居需要帮助的时候,教育孩子给予邻居必要的帮助;自己有的东西,也可以和小朋友们一起分享。学会关心他人,是人际交往的基础。

(3)鼓励孩子多参加团体活动或游戏。

孩子在和小朋友合作游戏的时候,往往能体现出与人相处的能力,以及对人际关系局面的控制能力。多让孩子和其他小朋友一起玩,不但能够在游戏中锻炼自己的团体合作意识,还能够训练孩子对人际关系的协调处理能力,孩子的性格也会变得开朗活泼,容易与人相处。

(4)加强孩子自身素质的提高。

注意加强对孩子能力的培养,如运动能力、歌唱能力、知识涉猎能力等。只有提高多方面的能力,才能拥有信心和勇气,在与人交往的时候就能怡然自得底气十足。

总之,一个人的成长、发展、成功,都是在人际交往中完成的,甚至一个人的喜怒哀乐也都与他的人际关系息息相关。父母只有让孩子拥有了交际的能力,才能让他们在人生的舞台上自如地起舞。

常 青 藤 家 训

人是社会的动物,必须通过别人的信赖才能成功。建立稳定的人际关系就显得尤为重要。

让孩子建立自己的小圈子

精彩点击

　　孩子和家长的交流无论多么充分，终归比较单一，因为孩子无法从中学会社会内容，也很难学到有关的社会技能，这样的小孩很难成长成熟也很难快乐起来。所以家长要鼓励自己的孩子不要总是待在家里，而是要走出去，建立属于自己的人际圈子。

　　在人类这个大集体中，存在着某种内聚力，这种内聚力不能单纯地以个体力量的简单相加来计算。正如戴尔·卡耐基说："狼的力量只存在于狼群中。一个人事业的成功只有15％取决于他的专业技能，另外的85％要依靠人际关系和处世技巧。"从小就不会与人相处的小孩，长大很难成功也很难快乐。

　　卡耐基认为，社会交往能增强一个人的能力。接触面愈广，那么他的知识、道德将长进得越快。如果与人断绝来往，那么他的一切能力都有可能会减弱。所以，人应该不断从他人的身上学习长处，参与各种团体活动，获得精神上的各种食粮。家长应该鼓励孩子建立自己的小圈子，如果不去和他人合作，有些潜伏着的力量是永远发挥不出来的。

　　托福勒白手起家，创立了一家工业软片公司。后来由于工业软片这一行业开始走下坡路，要继续生存就必须为电视台制作影片。托福勒准备了7部高水准的电视影片构想，然后到好莱坞去。为了开发脚本及制作影片，托福勒的人际关系与以往大不相同。电视台的主管不像托福勒的员工一样默默忍受他的个性，他们并不依赖他。事实上，是托福勒依赖他们。

问题出现了，电视台否定了托福勒打算在第一部影片中所提出的五位导演，而雇用了自己中意的第六位导演，这件事使得托福勒大为恼火。因为他认为，这位导演表现并不内行，并且如果因此制作费用超出电视台的预算，必须由托福勒公司垫付，这样一定会造成他的巨大损失。他的抱怨很合理。然而，他没有冷静地让电视台了解情况，并把这件事视为共同的问题，反而在人际关系方面犯了三个不可原谅的错误。

第一个错误是他在公司大声斥责那位导演。这使得片场上支持导演的人与托福勒发生了争执，破坏了整个团队精神，并且因为这一场风波，浪费了半天拍片的时间。

第二个错误是他打电话到电视台找玛斯登（电视台的一位领导），用非常对立的口气要求调走那位导演。他没有设法找出保留颜面的解决途径，反而造成了一种不是赢就是输的情况，使自己失去了回旋的余地。玛斯登则表明自己不能开除这位导演，因为这个人是他的主管非常亲近的私人朋友。这位电视台的领导挂上电话后，以为托福勒已经听懂了他的言外之意："我的处境也很尴尬，不要让我为主管的事感到为难。"但是一向对人的反应不敏感的托福勒，却没有意会这个暗示。

第三个致命的错误是他越过玛斯登直接打电话给玛斯登的经理。

这种行为使他彻底地结束了他在电视台的事业，因为再也没有人愿意与他打交道。

让孩子建立属于自己的小圈子，维护自己的圈子，是对他人际交往能力的一大考验，也是为他将来走向社会打下了一个扎实的基础。在训练孩子交往能力之前，先要说明的是，家庭是孩子一个很重要的成长环境。父母与孩子本身就是一个小圈子，和孩子共同经营好这个圈子，是迈入人际交往的第一步。要想让孩子成为一个乐于交往的人，要想让孩子变得更加乐观、开朗，这个"小圈子"的作用不可忽视呢。

（1）要为孩子营造"休戚相关"的家庭氛围。

父母之间应相互体恤，乐于奉献。若孩子耳朵里听到的总是"谁干多了，谁干少了"之类的相互埋怨话，孩子只能体会到付出的痛苦，无形中他会形成"要索取不要付出"的观念。另外，也可以通过让孩子参与一些事，使其与家庭融为一体。也可以让他做些力所能及的家务以培养孩子的合作意识。

（2）教孩子学会分享。

孩子难免都有自私的倾向，我们可以教会孩子与人分享，并体会分享的快乐。比如让孩子和小伙伴一起玩游戏就是一种分享。当然，一起玩并不是简单地凑在一块，而是共同参与一项活动。

（3）指导孩子识别他人的情绪。

识别他人情绪的能力又叫移情，即能够通过他人发出的细微信号，敏锐地感受他人的需求和欲望。要让孩子学会利用察言观色等手段，洞悉、辨别、评价别人的情绪，这是理解他人、与他人沟通并建立良好人际关系的前提。

（4）教会孩子理解他人的情绪。

在感知、觉察他人情绪、想法和感受的基础上，培养孩子理解他人情绪的能力，即建立同情心，使孩子能够设身处地地为别人着想，体会他人投射给自己的情绪并产生共鸣。理解是正常交往的前提。仅从"我"的角度看待他人的行为，这是现代独生子女教育的一大弱点，因此要帮助他们养成一种换位思考的习惯。

（5）教孩子学会宽容。

当他们发现朋友的缺点而发生矛盾心理时，家长应帮助他们分析朋友的特点和自身的优缺点，使他们懂得金无足赤、人无完人的道理，还应让他们懂得友情的可贵，使他们珍惜已培养起来的友情，在不违反做人的原则的基础上接受对方的缺点，伸出友谊之手帮助对方改掉缺点。

（6）教孩子学会关心。

人际关系是人际彼此相互作用的结果。若希望得到别人的关心，首先就应关心别人。家长应注意培养孩子对他人感兴趣，乐于了解他人，乐于帮助他人，使孩子在助人的过程中获得愉快的情感体验，获得自我肯定后的自信感和乐趣。

就算是强调个性和独立的美国人，也非常看重一个人处理群体关系的能力，因为他们知道，美利坚合众国是一个建立在众多不同背景、不同文化、不同信仰基础上的共同体。

帮助孩子认识到对他人和社会的责任

精彩点击

一个拥有责任感的孩子，能够深刻地体会到自己对他人、对社会的意义和价值，会具有更强的生存能力。家长要培养孩子这方面的责任感，就应该把他们放在具体的社会环境中，让他们自然地学会如何建立与他人的关系，处理好自己的事情。

1920 年，有个 11 岁的美国男孩踢足球时，不小心打碎了邻居家的玻璃，邻居向他索赔 12.5 美元。在当时，12.5 美元是笔不小的数目，足足可以买 125 只母鸡！

闯了大祸的男孩向父亲承认了错误，父亲让他对自己的过失负责。

男孩为难地说："我哪有那么多钱赔人家？"

父亲拿出 12.5 美元说："这钱可以借给你，但一年后要还我。"

从此，男孩开始了艰苦的打工生活，经过半年的努力，终于挣够了 12.5 美元这一"天文数字"，还给了父亲。

这个男孩就是日后成为美国总统的罗纳德·里根。

他在回忆这件事时说，通过自己的劳动来承担过失，使我懂得了什么叫责任。

里根应该庆幸，庆幸自己有这样一个让自己懂得什么叫做责任的爸爸。这个爸爸懂得"小男子汉"应当学会对自己的行为后果负担起他能负的责任。为了偿还这笔债务，里根必须要有自己的还款计划。比如，早晨为附近的邻居送牛奶、取报纸，周末为别人修剪草坪，节约自己每周的零花钱，等等。

美国女作家——《汤姆叔叔的小屋》的作者斯托夫人有自己的教育经验。她认为，一些父母在对孩子进行早期教育时，只注意孩子的智力和爱好的发展，重视拓宽孩子的知识面和学习的某种技能，而忽略了诸如责任心等重要品质的培养。这种做法是错误的。看看现在的孩子再回头想想里根的成长，我们还会认为成功是偶然的吗？

里根的成长告诉我们一个道理：这个世界需要一种深深的责任感，我们不仅对自己负有责任，我们还要对别人负有责任，正是责任把所有的人联结在一起，任何一个人对责任的懈怠都会导致整个社会链的不平衡。

在美国，从幼儿园开始，孩子们就要轮流担任老师的助手，帮助老师组织各种班级活动，以锻炼责任感和能力。小朋友们也都很愿意参与，并且会为自己日渐增长的能力感到很自豪。刚开始，家长可与孩子一起做，让孩子当助手，分派给他一些简单的很快就能做完的小事，让孩子从中体验到一点成功的快乐。接着家长应有意识地将自己和孩子的角色慢慢互换过来，同时，父母要教育孩子帮助别人，因为每个人都有需要别人帮助的时候。孩子有麻烦的时候，往往需要他人的帮助，同样，当别人遇到困难时，也需要孩子伸出援手，提供帮助。当孩子感受到被帮助人的感激之情时，孩子会体验到自身的价值，提高责任感。

当孩子勇敢而积极地完成自己的任务时，家长要给予积极肯定，因为家长的表扬与肯定会让孩子体验到成功的喜悦，树立自信心，增强其成功感和自豪感，使孩子明白自己能做很多的事、自己应该做很多事并且能做得很好。

父母的包办行为会使孩子失去责任心。孩子长期在父母全力照顾、凡事准备的情形下成长，就必然会失去自己计划、安排的能力和敢作敢当的勇气。要培养孩子的责任心，父母就要在孩子的学习、生活中纠正他的不良习惯，让孩子学会自己的事情自己做。只有懂得责任，才能具有更强的生存能力，也更能体会到自己对他人、对社会的价值和意义。

怎样训练孩子养成自己的事情自己做的习惯呢？专家建议从小事开始练习。比如，让孩子自己上下学，如果路途远需要接送，那么至少他的书包应该由他自己来背。特别是要明确地让孩子明白学习是他自己的事，不是父母的事。让孩子处理自己的事情，目的就是要克服孩子的依赖性，培养其独立性，让孩子独立思考问题、独立解决问题、独立去处理自己应做的事。

在现实生活中，父母要试着把孩子生活中的每一项责任都让孩子自己承担。比如，当孩子遇到麻烦的时候，你应该说："这是你自己选择的，你想想为什么会这样？"而不要对孩子说："你已经努力了，是爸爸没有帮助你。"虽然只是一句话，却反映出了观念的不同。如果你无意中帮助孩子推卸了责任，孩子将会认为自己无需承担责任，这对他以后的人生道路是很不利的。

平时，在家中应让孩子练习做自己能做的事情，如洗手帕、袜子、整理自己的小房间等。这样孩子也慢慢地学会了对自己的行为负责。孩子只有学会了对自己的事情负责，才能逐步地发展为对家庭、对他人、对集体、对社会负责。

常 青 藤 家 训

> 有时候，做父母的内心也会在爱与公平之间摇摆犹豫，但是不能因为孩子的借口而一味地迁就他的喜好，让他逃避责任。

品格是成功的关键，品格要到社会中培养

孩子的品格是成功的关键，而这种品格必须到社会中培养。把教育局限在课堂之内和家庭作业之中，是中国教育最大的误区。如果要想创造比尔·盖茨的事业，在课堂上是学不到的，必须自己从现实中摸索。

邵亦波，国内最大的拍卖网站——eBay 易趣的董事长，曾因 10 多次获得过全国数学竞赛一等奖、跳级进入哈佛大学并获全额奖学金而被称为"神童"。1999 年他获得哈佛 MBA 学位后，谢绝了美国各大咨询公司与金融投资银行巨头年薪达二十万美元的聘请，回上海投奔当时最火爆的网络业，创办了易趣网，成为"海归"先锋。

如今，eBay 易趣与美国 eBay 公司结盟后，邵亦波功成身退，从专管运营的 CEO 位置上卸任下来，只留任易趣董事长，将工作重心转向 eBay 易趣及 eBay 国际市场的长期发展战略上。

虽然现在事业成功，邵亦波却认为，成功的创业者需要 20％努力＋80％运气，"知识技能当然非常重要，但是最关键的是要老老实实做人，踏踏实实做事，想要一口气吃成胖子是不现实的。"这是邵亦波多年的人生经验。

在人的一生中，需要有优秀的品质作为基础，这是成功的根本。如果没有好的品质，一切都将是零。我们在日常的生活中应该引导孩子从小事做起，不断培养优秀的品质，才能成就未来，收获一个精彩而成功

的人生。

上天给了鸡和雄鹰同样的翅膀，让它们享受天空，然而，鸡只知就近觅食，目光仅仅满足于眼前的地面，将搏击长空的美丽翅膀退化为一种装饰物。满足于已取得的成绩会使人停滞不前，丧失进取心。

杰克·伦敦是一个典型，他写出了《马丁·伊登》后，声名鹊起，财源滚滚，不仅在美国加利福尼亚州建起了别墅，而且在大西洋海滨购置了豪华游艇。然而功成名就之后，他沉浸在享乐之中，不思进取，长期脱离创作，厌倦、空虚、落寞和无聊也接踵而至。1916 年，他在自己的大别墅里开枪自杀，结束了自己的生命。

在生活中，曾有一些极富潜力的人满怀希望地出发，却在半路上停了下来，满足于现有的温饱和生存状态，然后庸庸碌碌地度过余生。对于一个满足现状的人来说，他没有任何更好的想法和更美的愿望，他不知道是不满足才造就了伟大的精英。

只有当我们不满足于现状时，才会分享到进取心带来的无穷力量。

不满足，不是成天闲坐着安乐椅做白日梦、痴心妄想，也不是欲壑难填、见异思迁。不满足，应当是没有机会就自己去制造机会，每天做一件没有人做的小事，每天想一些没有人敢想的大事，如此见机行事，还怕机会不降临到你的身上吗？

世界上有很多人一辈子一事无成，原因就是他们太容易满足了，而他们竟以为人的一生所能获得的东西也就只能有这么多了，以为人生的价值也不过如此了。

而那些做大事的人不喜欢听别人的奉承，他们只是以批判的态度来审视自己，把他们现在的地位和他所期待的状况进行比较，并以此来激励自己不断努力。

电脑巨人比尔·盖茨说："如果我们有了一点成功便觉得了不得，这是很不好的。但是假如在我们为自己的成功自鸣得意时，有一个人来教训我们一番，那我们就很幸运了。"

那么，我们要如何培养孩子的进取心，使他们勇于在社会中不断地历练自己呢？

（1）要有明确的目标。

人的意志活动，总是指向一定的目标。目标必须明确而适当，越明确，越具体，越能有的放矢，始终如一，坚持到底。过高或过易的目的不利于培养和锻炼人与困难作斗争的毅力。

（2）要有切实的计划。

目标一旦确定，就必须拟订切实可行的行动计划。这里包括行动的步骤、方法和手段的选择。在制订计划时要正确分析实现计划的主客观条件，采取各种手段的有效性和合理性。只有理智地分析各种因素，权衡利弊，才能确定既能达到目的又适合个人实际条件的可行计划。意志力坚强与否，能从执行计划的过程中，得到如实反映。坚强者：果断，持之以恒；薄弱者：动摇，半途而废。

（3）要有迎难而上的精神。

一般说来，困难来自以下几个方面：在执行决定的行动中，要克服个人个性中原有的消极品质，如懈怠、保守、不良习惯等，要忍受由行动或行动环境带来的种种不愉快的体验等。要克服这些来自主客观的种种困难，就需要有迎难而上、坚韧不拔的精神，否则，就不能到达胜利的彼岸。

（4）要有坚持不懈的毅力。

意志力的锻炼，必须具有持之以恒、善始善终的品质。大凡有志者均是数十年如一日、专心致志、锲而不舍的意志坚韧者。在执行决定的过程中，常有与既定目的不符合的、具有诱惑力事物的吸引，这就要学会控制自己的感情，排除主客观因素的干扰，目不旁视，使自己的行动按照预定方向和轨道坚持到底。那种见异思迁、半途而废的行为，正是意志薄弱的表现。

常 青 藤 家 训

　　进取心能表现人生丰富而深刻的内涵，进取心是使人的生命获得永恒之美的根本。进取心带来的激励也存在于我们体内，它推动我们完善自我，追求完美的人生。

从接待客人开始，培养孩子对陌生人友爱

精彩点击

　　让孩子多参加接待客人的活动，有利于培养他们的主人翁精神。在参与接待客人的过程中，孩子体会到主人和客人地位的不同，自然会产生一种自豪感和责任感，会比平时更小心，殷勤百倍，这也有利于培养孩子礼貌待人的好习惯。

　　早在 17 世纪，著名教育家约翰·洛克就在他的名著《教育漫话》中描绘了一幅培养"绅士"的教育蓝图。在这幅蓝图中，礼仪教育是不可或缺的一环。洛克说："礼仪是在他的一切美德之上加上的一层藻饰，使它们对他具有效用，去为他获得一切和他接近的人的尊重与好感。"

　　一个人的修养决定着他的生存方式。有修养的人，不但能受人尊重，而且还能成大器；没修养的人，不但害人害己，还会不得人心。真正有修养的人，会对一切人展示出亲切和友好的姿态。

生活在现代社会的人，必须学会待人接物的方法，善于与人礼貌往来。因为和谐的人际关系无疑已成为当今世界人才的重要素质之一。有些孩子因缺乏待人接物的经验，往往在交际中有差强人意的表现。在生活中我们会发现，凡是待人周到谦和的孩子，往往更容易赢得机遇。而这些待人友善的处世本领，都需要从小培养。

怎样培养孩子接待客人的能力呢？

（1）让孩子做好心理准备。

在客人尚未到来之前，我们应该让孩子了解，客人什么时间来，谁要来。客人与父母、与自己的关系以及该如何称呼，使孩子在心理上做好接待客人的准备。

（2）与孩子共同做准备工作。

可以让孩子和父母一起做接待客人的准备工作，如打扫房间、采购糖果等，共同创造一个欢迎客人的气氛。

（3）与孩子一起接待客人。

客人来了，父母可以与孩子一起招呼客人，请客人坐，请客人吃糖果。还可以让孩子把他的玩具拿出来给小客人玩，把家庭相册拿给大家看。

（4）让孩子学着与客人交谈。

我们应该让孩子大方地回答客人的问话，并且做到在别人讲话时不随便插嘴。

孩子学会待人有礼，还能帮助化解尴尬，让我们来看看下面这个小故事。

有一次，英国王室在伦敦举行盛大晚宴，招待印度首领，此时，还是皇太子的温莎公爵主持了这次宴会。

宴会在非常友好的气氛中进行着，达官贵人们觥筹交错，相谈甚欢。就在宴会即将结束的时候，发生了一件意想不到的事情，使整个宴会被尴尬的氛围笼罩着。按照当时宴会的程序，侍者在晚宴即将结束的时候为每一位来宾端上洗手水，印度客人看到那精巧的银制器皿，以为里面盛着的亮晶晶的水是用来饮用的，于是端起洗手水一饮而尽。当时，作陪的英国贵族个个目瞪口呆，不知如何是好，大家纷纷把目光投向主持人。

这时，只见温莎公爵神色自若，一边与客人谈笑风生，一边端起自己面前的洗手水，像客人那样自然而得体地一饮而尽，接着大家也纷纷效仿。原本即将要扩散的难堪与尴尬气氛，在瞬间消逝无形，宴会在一片欢乐声中取得了圆满的成功。

温莎公爵在这次宴会中的举动，无疑是一种礼貌的表现。他的这种行为，不仅表达了自己对客人的尊重，而且使这次宴会非常完美，没有留下任何的遗憾。

在我们的日常生活中，也应该让孩子懂得多多从别人的立场出发来体谅别人，懂得人情世故，会接人待物。因此，父母应该坚持对孩子进行礼仪教育，并不断强化他们言行方面礼仪习惯的培养和训练，使他们养成良好的礼仪习惯，懂得对别人尊重，懂得谦恭礼让，懂得使人际关系融洽和谐。

常 青 藤 家 训

一个不懂得关爱他人的人，学问变成了迂腐，才智变成了滑稽，率直变成了粗俗，温和就变成了谄媚。没有教养的人即使有胆量，胆量也会带上野蛮的色彩。

念念不忘对弱者的同情和关怀

精彩点击

对于弱者的关怀，更重要的是人们要用看待正常人的目光来看待他们。当这些弱势群体感到自己和社会的其他分子一样是平等的，他们才会真正树立起对自己的信心。家长可以教育孩子要善于体会弱者的感受，用真诚的爱心对待他们。

善良、爱心，是人类最美好的东西。父母要多观察孩子，如果他们有一些善举、优点，就要及时肯定、赞美；如果他们缺少爱人之心，就要为孩子创造良好的氛围，让孩子在轻松、愉快之中懂得为人之道。父母的引导是很有必要的，同情行为不是生来就有的，要在后天慢慢地培养，在能够提供良好教育的家庭里，可能会培养得快一点，在教育不良的家庭里，可能会发展得慢一点。小孩子大概是缺少同情行为的。这并不是小孩子的禀性不良，实是做父母的不去教导他们的缘故。

同情行为在家庭、在社会是一种非常重要的美德。若家庭里没有同情行为，那父不父、母不母、子不子，家庭就不成为家庭；若社会没有同情行为，尔虞我诈，人人自利，社会也不成其社会了。父母以身作则，孩子也会深受影响。一个有爱心的父母，也要以爱孩子的心去爱天下所有的孩子，以爱心去对待更多的人。父母会怜爱自己的孩子，也应去关爱如孩子般弱小的人。

人应该具有同情心。对弱者和受欺负的小孩、小动物没有怜悯心的人是不会受欢迎的。有的孩子不关心人，行为恶劣，大多是家庭的不幸和早期教育的不足造成的。如果希望孩子懂得关心和爱护他人，正确的家庭教育以及父母的品德和行为影响是至关重要的。

有一天，卡尔独自一人在家，他把家里养的一只小狗拴在屋外的院子里。不久，下雨了，但卡尔并没有把小狗带到室内来。小狗在外面"汪汪"大叫，冰冷的雨水使它浑身发抖。

这时，卡尔的母亲从外面回来，看到这种情况，赶忙将小狗牵到屋里，并质问卡尔：

"卡尔，你为什么让小狗在外面淋雨？"

"我……我忘记把它带回来了。"

"可是，你没有听见它在叫你吗？"母亲听他那样说非常生气，因为她知道卡尔在撒谎。

"我想它在外面没什么！"卡尔为自己辩解道。

"没有什么？那么把你也放到外面去淋一会儿雨，你愿意吗？"

"不愿意。"

"卡尔，你自己不愿意，为什么要小狗去淋雨呢？你看，天气这么冷，小狗会生病的。把小狗放在冰冷的雨水中，这是多么残忍的行为啊！假如有谁让你去淋雨以致生病的话，妈妈该有多么伤心呀！"听了母亲的话，卡尔低下了头，他承认是自己错了，并表示以后再也不会这样，一定会爱护小动物。

卡尔的母亲就是从生活中的一些小事开始，一点一滴地培养卡尔的善行，并教会他做人的道理。爱是人生最伟大的信念，有了爱才会有一切。爱是快乐和幸福的根源。生活中爱心越多，生活本身的情趣就会越多，二者是水乳交融、相辅相成的。我们生活中的幸福大都来自于善待别人的心。

在生活中培养孩子的爱心。当一个孩子心中充满了爱，他就对生活充满热情，懂得对他人的责任，明白关心他人是自己的义务，也就不可能会在困境中退缩，最终会得到幸福的生活。

成功的品格比金钱更有价值

精彩点击

没有谁不希望自己成功，但是任何一点的疏漏都有可能导致失败。成功者的素质所包含的内容极为广泛，它不但包括财富、事业，也包括生活、人际。财富只是成功的一小部分，完美的生命并不只局限在此。

无论谁都在追求完美和卓越，然而大多数的人总是距离这个目标很远。人生中，似乎总有缺憾，这种缺憾有可能是来自生活和事业上的，也有可能是来自于精神和身体上的。

没有人不想享受成功，可是任何一点疏漏都可能导致失败。有的研究者曾经对成功者进行过一些调查研究，发现成功的人都具有一些共同的特质。

那些具有成功素质的人也被称为是"立体人"，他们所具有的能力被称为"成功智力"。无论任何人想要达到何种程度的成功，这些素质都是必须具备的，即生存智慧、人际交往、致富理财、超越自我等。而这些素质也都是每一个想实现生活幸福愿望的人不可不知的法则。

智商（IQ）。它是事业成功与生活幸福的奠基石。如果拥有了高智商，就比别人在距离成功更近一步。

情商（EQ）。它可以让孩子成就完美的人生。如果能够很好地控制情绪也就控制了人生。认识了自我，也就成功了一半。

财商（FQ）。它可以让你做一个财务自由者。世界上到处都是有才华的穷人，为什么有才华却不能致富呢？原因在于他们没有学到真正关于金钱的知识。

逆商（AQ）。它可以让人在挫折中打造成功，拥有永远不失去进取的信心。在智力、资本和机遇相同的条件下，有的人能步步高升，而有的人却是一败涂地，归根到底在于他们的逆商不同。

健商（HQ）。随着生活质量的提高，人们已经把健康提升到一个更重要的位置，没有好的身体和健全的心理素质，一切都将无从谈起。一旦了解了自己的健商，生命质量也将大大提高。

以上的 5 项决定了人一生的成功和失败，如果不懂这 5Q 法则，或者在某一项上有缺陷，都将影响到你生活和事业的成功。很多时候，家庭的条件甚至是学历都不是至关重要的，重要的是一个人具备了这些成功的品格，能够发现并正视自己的弱势，重新规划自己，那么就将有意想不到的收获。

美国人认为，从整体上讲，学校培养不出天才，而是培养的公民。只要把公民培养好了，人才也就有的。这一教育理念影响了美国人直至今日。

杜威是美国实用主义的教育思想家，他的"教育即生活"理论，深深影响了美国的教育。杜威是一位平民主义的教育家，他坚决主张培养合格的公民。美国的一些著名大学的校长们也纷纷拥护这种主张。比如哈佛大学的前校长巴布博士就认为，高校有八个功能：提高交流能力；培养分析能力；加强解决问题的能力；培养价值判断的能力；提高社会交往和互动的能力；培养对人和环境的理解能力；改善个人对当今世界的了解能力；增强艺术和人文学科的知识。这就是美国流行的"开明教育"，这种教育的观点认为：教育的出发点是人，归宿还是人；教育有为社会服务的责任，但最终是为人服务，教育的根本责任就是培养"成功的人"。

常青藤家训

　　教育最重要的事情是培养孩子最好的品格和最出色的素质，这比任何财富都更加珍贵。

告诉孩子：并不是所有想要的东西都能得到

精彩点击

　　孩子经常是看到什么好吃的、好玩的东西都想要，如果家长一味地给予满足，很可能会把孩子娇惯得不成样子。家长要同时帮助孩子树立两种意识，一是让孩子有信心"不管想要什么都可以得到"；二是要告诉孩子一定要努力争取才能得到。

　　勤奋刻苦是成功的点金石，在这个世界上，无论你想要什么，只要是通过自己的努力都是可以得到的。

　　小克莱门斯的老师玛丽是一位虔诚的基督徒，每次上课之前，她都要领着孩子们进行祈祷。有一天，玛丽老师给孩子们讲解《圣经》，当讲到"祈祷，就会获得一切"的时候，小克莱门斯忍不住站了起来，他问道："如果我祈祷上帝，他会给我想要的东西吗？""是的，孩子，只要你愿意虔诚地祈祷，你就会得到你想要的东西。"

小克莱门斯当时的梦想是得到一块很大很大的面包，因为他从来没有吃过那样诱人的面包。而他的同桌，一个金头发的小姑娘每天都会带着一块这么诱人的面包来到学校。她常常问小克莱门斯要不要尝一口，小克莱门斯每次都坚定地摇头，但他的心是痛苦的。

放学的时候，小克莱门斯对小姑娘说："明天我也会有一块大面包。"回到家后，小克莱门斯关起门，无比虔诚地进行祈祷，他相信上帝已经看见了自己的表情，上帝一定会被自己的诚心感动！然而，第二天起床后，当他把手伸进书包的时候，除了一本破旧的课本，什么也没有发现。他决定每天晚上坚持祈祷，一定要等到面包降临。

后来，金头发的小姑娘笑着问小克莱门斯："你的面包呢？"

小克莱门斯已经无法继续自己的祈祷了。他告诉小姑娘，上帝也许根本就没有看见自己在进行多么虔诚的祈祷，因为，每天肯定有无数的孩子都进行着这样的祈祷，而上帝只有一个，他怎么会忙得过来？小姑娘笑着说："原来祈祷的人都是为了一块面包，但一块面包用几个硬币就可以买到，人们为什么要花费这么多的时间去祈祷，而不是去赚钱买面包呢？"

小克莱门斯决定不再祈祷。他相信小姑娘所说的正是自己想要知道的——只有通过实际的工作来获得自己想要的东西。而祈祷，永远只能让你停留在等待中。小克莱门斯对自己说："我不要再为一件卑微的小东西祈祷了。"他带着对生活的坚定信心走向了新的道路。

多年以后，小克莱门斯长大成人，当他用笔名马克·吐温发表作品的时候，他已经是勤奋而且多产的作家了。他再没有祈祷，因为在无数个艰难的日子中，他都记着：不要为卑微的东西祈祷！只有自己通过努力和辛勤的汗水换来的收获才是最真实的。也只有勤奋才是通向成功的必由之路。

现在的孩子，往往是想要什么，家长多都给予满足，实际上这样的做法对孩子的成长是有害的，很容易把孩子娇惯得不成样子。父母的

"有求必应"使这些孩子感到对于所有的要求都是那么容易就可以轻而易举地得到，也就无法体会到得之不易的过程，因而也就不会去珍惜，反而觉得理所应当。如果父母告诉孩子得到一件东西是要经过努力，或者给孩子制造一些障碍，那么孩子就会知道原来想得到什么都要付出努力才行，对于他们日后的学习生活就会有很大帮助。

父母是孩子最好的老师，父母在孩子的成长过程中有着很大的影响力。在培养孩子勤奋的品格时，父母可以发挥巨大的作用。父母的勤奋刻苦，往往会以一种无形的力量影响着孩子，使孩子在勤奋的伴随下走向成功。我们应该从小培养孩子懂得自我约束，同时帮助他树立"想要的东西都可以得到"的信心。

常 青 藤 家 训

家长如果一味满足孩子的要求，使孩子习惯了有求必应，养成了不好的行为习惯的话，那么日后家长对孩子的物质奖励就有补偿的味道在里面了。

天下没有白来的钱

精彩点击

父母要让孩子明白，钱不是平白无故就可以得到的，赚钱是需要动脑动手才能够完成的事情。美国的父母在对孩子的金钱教育方面总是有一套方法，他们不允许孩子在需要钱的时候只会伸手找父母要，而是要求孩子通过自己的能力去换得金钱。

美国人无疑是富有的。根据统计，美国人的年平均收入达到了 4.2 万元。如果在美国有大学的学历，那么年收入就可能会达到 7.1 万元。如果有硕士学位的话，年收入就很有可能超过 10 万美元。美国现在的百万富翁超过了 700 万人，这是一个惊人的数字。美国人每年花在修整家庭草坪的费用就已经高达 400 亿美元，相当于印度一个国家的全年总税收。

然而，美国人的富有与他们的勤奋和付出是分不开的。美国的总人口数为世界的 6%，但是生产力总值为世界的 30%。美国工人的生产效率在全世界排名第一，比英国人高出了 $\frac{1}{3}$。美国的白领阶层虽然富有，但是生活并不悠闲，外出休假如果不随身携带笔记本将是不可想象的事情。一般而言，美国高收入者的工作时间要多于低收入者的工作时间。

成功的美国父母一般对金钱的认识都是颇有一番心得，因为他们明白赚钱是需要通过动脑动手来完成的事情。在对待下一代的金钱教育方面，美国的父母们也是很有独特的一套思路。

(1) 尽量省钱不如尽量赚钱。

美国十大财团之一的摩根财团的创始人摩根当年是靠开杂货店起家的。在他发家之后，对子女的教育极其严格，比如规定孩子们每月必须通过干家务劳动来获得零花钱。他最小的孩子托马斯因为不干活，所以经常得不到零花钱，生活非常节省。老摩根看到他这样之后就告诉他说："你用不着在钱的方面节省，而是应该想着怎样才能多干些活来多挣一些零花钱。"后来托马斯变得非常勤劳，并且想出了很多新的家务劳动项目而"广开财源"，零花钱渐渐的多了起来。摩根意在教育孩子们，在理财中开源比节流更加重要。

(2) 节省不是理财的最好方法。

美国波音公司的创始人波音对他的子女说过："旧的不去，新的不来。如果你们有买东西的欲望，就有了拼命工作的动力，反而能刺激你们去创造更多的财富。"

（3）用珍惜的态度来对待钱。

美国洛克菲勒财团的约翰·洛克菲勒在 16 岁的时候决心自己创业，开始研究如何致富，但总是百思不得其解。一天他在报纸上看到了一则广告，宣称有发财的秘诀，他急匆匆地想去了解，结果发现答案便是"把你所有的钱都当做是辛苦钱"。他很感慨，并且要求子孙后代要牢牢记住，花钱的时候要有计划，精打细算。

钱如果来的比较容易就不太容易去珍惜，如果自己是通过辛苦赚到的钱，就会觉得这些很珍贵，才会懂得珍惜。

（4）引导孩子学会投资。

瑞安希望得到一台割草机作为生日礼物，结果妈妈就给他买了一台。那年的暑假，瑞安通过替人割草赚来了 400 美元。他的父亲帕特里克建议儿子用这些钱做点投资，于是瑞安决定买耐克公司的股票，并且从此对股市产生了兴趣。而父亲也感到很欣慰，毕竟这些股票不像是过完节就扔掉的玩具，从中得到的投资经验将会伴随瑞安的一生。

（5）财富是由积攒而得来。

唐恩为自己的女儿设立了一个基金，他们每当打工赚了 1 美元，唐恩就会在基金里投入 50 美分。他的女儿帮助过别人看小孩，整理过草坪，还干过其他很零碎的工作。等到她年纪大些之后基金的金额已经翻了三番。后来唐恩的女儿将自己的大部分基金用来支付了大学的学费。

常 青 藤 家 训

当孩子懂得正确看待金钱的时候就会具备一些容易成功的素质：比如把钱节省下来，节制眼前的享乐，有长远的打算，懂得用钱来省钱等。

让孩子早早打工

很多美国父母都鼓励孩子利用闲暇时间出去打工，美国的这种"童工"，常常是出现在家庭状况良好的中产阶级家庭，穷人家的孩子打工的比例相对要少得多。美国的父母认为孩子打工越早，事业的起步就越早，在日后的竞争中可以先声夺人。

在美国的家庭，一般来讲父母都会给小孩分配家务做。

杰姆每天都会把用过的盘子和餐具放进洗碗机中，等到了第二天再摆放到碗柜里。此外，他还要打扫房间。

安丽从洗碗机中拿出了干净的盘子和刀叉放进洗碗柜，弟弟安迪在沙发上看着电视。安丽做完了拿干净餐具的工作之后，对弟弟安迪说："去冲洗那些用过的餐具吧。"说完自己坐在沙发上开始看电视了。美国的父母给小孩分配的工作总是公平的，不会有谁可以偷懒。

这天是丽提的生日，早上妈妈还是像以往那样叮嘱她："不要忘记倒垃圾，这是你的工作。"

也许，你明白为什么美国的孩子在用钱上很小气了吧，那是因为所有的零花钱都是他们自己挣来的。在美国，工作是孩子自信心的激发器，家长一般也都鼓励孩子靠打工来挣些零花钱。对此，有些美国的专家也表示过疑虑：家长不可以让孩子过度从事这种业余的打工活动，因为这样会干扰孩子完成学业，剥夺他们参与重要的家庭和社交活动的机会。不过说归说，打工的观念早已经在美国孩子的心中根深蒂固了。

美国的孩子从小被鼓励自力更生，打工是他们一项重要的生活体验。在美国，一个高中生就可以找到比较正式的工作，比如到快餐店或者超市做临时工，或者是做家教，女孩可以帮人家照看小孩，虽然工资很低，但是毕竟比向大人要零花钱来得痛快。当然，在美国也有相当一部分的学生倾向于做义工，而且在美国有许多地方也都提供这样的机会，图书馆和避难中心都会提供这样的职务，申请大学的时候，这些单位还可以提供介绍信。

约翰•洛克菲勒出生在19世纪纽约州哈得逊河畔的一个乡村。他的父亲被人们称为"大个子比尔"，卖过木材、马、土地、盐、毛皮和杂货，还做过巫医，几乎是无事不干的"百事通"。由于父亲经常外出经商，他也将自己的经营之道传给孩子们。只要一回家他就教约翰如何写商业书信、如何准确而迅速地付款、如何清晰地记账。

在零花钱方面，他从不轻易给孩子们，而是让他们用劳动来换取报酬。因此小洛克菲勒要想有钱花，必须得给父亲做"雇工"。他干农活、挤牛奶，并且将自己干的活儿一一记在本子上，月底与父亲结算。

7岁的时候，他在森林里发现了一个火鸡窝。一个赚钱的主意在他的小脑袋里形成了：他悄悄藏在火鸡窝附近，等大火鸡暂时离开了，就奔上前去，抱起一只小火鸡就跑。他将小火鸡细心喂养。到了吃火鸡的感恩节时，就把它卖给邻近村子里的农民，然后把赚到的钱都放进了蓝色的瓷盒里。

当洛克菲勒成了父亲后，他要求他的孩子们也认真记账，靠做家务来挣取零花钱。看看他的价目表：打苍蝇2分钱，削铅笔1角钱，练琴每小时5分钱，修复花瓶则能挣1元钱，擦皮鞋得5分钱，一天不吃糖可得2分钱，第二天还不吃糖奖励1角钱，每拔出菜地里10根杂草可以挣到1分钱，劈柴的报酬是每小时1角5分钱，保持院里小路干净每天1角钱。洛克菲勒还给每个孩子一个小账本，要孩子们记清楚每笔支出的用途，领钱时叫洛克菲勒审查，钱账清楚，用得正当的，下周增发

5分，反之则减……可以想象，这样一个家庭出来的人，怎么会对赚钱不敏感！

在美国有人还做过相关的数据统计，打工开始越早的孩子，以后的平均收入就会更高。因为打工早，所以事业起步就早，有利于孩子在日后的事业中先声夺人。

不仅如此，一般来讲，孩子所能做的工作通常是比较低端的工作，而且需要一对一地和客人打交道，对于一个孩子的说服能力和沟通能力也是个很不错的锻炼呢。在如今的时代，这些能力的锻炼，是不愁日后没有用武之地的。

常 青 藤 家 训

很多日后掌管美国经济的一把手人物，都是从小时候的跑堂收小费等这类小事起步的。孩子通过打工，可以培养通过工作来达到目标的习惯，这对他们日后的成长影响深远。

让孩子有意识花自己的钱

精彩点击

家长无偿地给予一切，导致孩子从来不去想东西是从哪里来的，也不懂得珍惜眼下所得到的一切，日后走到了社会上，就容易导致事业的失败。明智的父母确实要想一想如何让孩子的生活少一点富裕，让他们体会到自力更生的喜悦。

美国的一份调查报告显示：在继承 15 万以上美元财产的小孩中，有两成左右会放弃进取，多数会一事无成。他们得到的越多，反而会越不满足。"好好对待你的小孩，不要给他们太多的财富。"在美国最新的《商业周刊》中首次出现了"富裕病"这个词，指的是那些由于父母给予的太多而使小孩过度地沉湎于物质，生活失去了目标。这个词是由"富裕"和"流感"两个词合成的。

在美国的家族企业中，到第二代还能够存在的只有 30%，到了第三代还能存在的只有 12%，到了第四代还能够保持旺盛生命力的就只剩下 3%了。在美国的破产族中有超过七成是来自于中产阶级或是高收入的家庭。这些破产者失败的原因并不是因为他们资源太少，而是他们在成长的过程中资源的供给非常充裕，甚至是太过充裕了。

许多人都会认为得到的物质越多，人就会越满足。事实上，耶鲁大学的罗伯·连恩教授在"幸福的丧失"这一研究中就已经发现：当人的需求与供给刚好对等的时候，满足感与愉悦感是最高的。而过多的供给反而让人比物质匮乏的时候更为失落。而现在美国很多物质过剩的白金小孩中就有很多是"被满足感剥夺"的一代。哥伦比亚大学也曾经进行过相关的研究，认为富有的小孩比较容易出现物质滥用、焦虑、抑郁等问题。很多出生在富裕家庭的孩子会一生孤独，出现不同程度的精神问题甚至会做出违法乱纪的事情。

明智的父母确实要"思身后之身"，为下一代的考虑不仅仅是如何让他们的生活更舒适，而是怎样让孩子们的生活能够少一点富裕。

美国的百万富翁在 10 年的时间内增长了 400%，使得如今的美国人对财富出现了反思的浪潮。在全美国，在 320 万名百万富翁中约有 60 万人会因为担心会宠坏孩子而捐出大笔的财产。他们只将其中很有限的一笔钱留给子女，可以够他们来买房子，受教育，如果还想得到其他的就要靠自己去挣。

连续 13 年蝉联全球富人排行榜第一名的微软创办人比尔·盖茨，他的身家有 500 亿，而他只会留其中的五百分之一给自己的孩子，剩余的财富全部用于捐献给慈善机构和社会福利事业。

美国人的这些做法，对于富裕人口急剧增加的华人社会来讲，如何给予孩子恰当的资源和金钱也是前所未有的挑战。让孩子走出优越感，教导孩子树立正确的用钱观念，做到自己对自己负责，恐怕就是最好的方法了吧。

中国人常常说"富不过三代"，但这并非是打不破的魔咒。深入了解一些能够富好几代的家族就可以发现他们对如何与财富相处都有非常严谨的教养。比如德国最老的投资银行梅兹乐家族富过三代的秘诀就是：不把孩子关进"金鸟笼"。他们的小孩上的是同地区最普通的学校，每天是走路或者搭公交车去上学，与所有的同学一起玩耍，一起生活，吃同样的食物。

世界上最富有的家族——沃尔玛集团的沃尔顿家族的财富教育核心理念就是"劳动让人有价值"。老沃尔顿从来不给孩子零花钱，他们的4个小孩很小就开始打工，在商店里擦地板，帮助修补仓库的房顶，晚上帮助装卸简单的货物，老沃尔顿则根据一般工人的标准付给他们工资。现任的沃尔玛掌门人罗布森·沃尔顿说："这些儿时的锻炼让我喜欢自力更生的感觉。"

可见，对孩子进行正确的财富教育才是最好的良方，让孩子认同自力更生的价值观才能够使他们的一生处于不败。现代的父母应该教育孩子具有三大财富能力：正确运动金钱的能力、处理物质欲望的能力、了解匮乏与金钱极限的能力。这些能力形成的背后使孩子懂得了自己对自己负责，自己可以自主解决自己的问题。

常 青 藤 家 训

家长对孩子的爱是无条件的，不过这种无条件的爱弄不好就会误导孩子。应该有意识让孩子感觉是在花他自己的钱，这样就会懂得俭省。

让孩子主动为自己的未来投资

在竞争日趋激烈的社会环境中，金钱观和理财能力是不可忽视的基本素质。要想让孩子学会为自己的未来投资，就要对孩子的花钱行为进行一些必要的约束，从小进行理财训练，将提高孩子对社会的适应能力和竞争能力。

一位心理学家曾经对 100 名学前和小学儿童进行调查，询问他们钱是从哪里来到，结果得到三个答案：大部分孩子认为，钱是从爸爸的口袋里拿出来的，或是银行送给他们的，只有 20％的孩子说，钱是工作挣回来的。

从理财能力的角度看，处于少儿时期的孩子呈现出如下几个突出特征：一是不具备固定的收入；二是不具备成熟的金钱和经济方面的意识；三是不具备熟练的理财能力；四是具有强烈的消费要求和欲望。这几个方面的特征导致孩子在理财方面极易出现种种错误，这些错误直接影响他们的成长、发展和前途。

为自己的未来投资首先是建立在如何理财的基础上。从小就对孩子进行理财训练，帮助孩子养成理财习惯，会有很多好处。像学习其他东西一样，孩子学习理财也需要不断尝试和失败，才能走上成功之路。

从小进行理财训练，可以教给孩子正确的理财观念，帮助孩子减少无谓的花费，避免陷入债务危机，甚至可以避免孩子走上违法犯罪的道路。再者，孩子一旦了解理财投资方面的知识后，便会明白世上没有免费的午餐，长大后就不会轻易受骗而相信那些少投资、多回报的骗局，从而减少被骗的机会。总之，从小进行理财训练，将会使一个人终生受益。

在市场经济和商品社会中，一个人的理财能力直接关系到他一生的事业成功和家庭幸福。进行理财训练，将有助于培养孩子独立生活的能力，树立正确的道德和劳动观念，让孩子知道勤奋努力与金钱之间的关系，激发孩子工作的欲望和社会责任感。

那么我们应该怎样教育孩子呢？

要想在这充满诱惑的花花世界中学会为自己的未来投资，最好的办法就是严格按照财务计划花钱。一个有力得当的财务计划，能够使孩子清楚地认识到自己当前的财务状况，以此来把握金钱流向并作出消费决定，以达到控制金钱的目的。

让孩子坚持每天记账，这样容易知道每个月的金钱流向。按这消费记录，建立计划。决定该买物品的具体钱数，然后严格按计划执行，并要求孩子随时查看他的计划，如果他有别的需要，及早作出更正。月底评估执行计划的成果。教会孩子在计划与实际花销的对比中，积累经验教训。长期下来，你就会发现孩子改变了许多，他可以量入为出甚至游刃有余了。在计划之余，最好准备一部分钱让孩子自由支配，以便让他们学会如何在花钱时作出正确的选择。

常 青 藤 家 训

越早进行理财训练，孩子便能得到越多的锻炼机会。孩子越早学会理财，长大后就越会赚钱，更会为自己的未来进行投资。

零花钱：教孩子财政独立的好机会

精彩点击

引导孩子正确地对待零花钱，让孩子管好自己的零花钱，是培养孩子理财能力的一个很重要的细节教育。家长给孩子零花钱的目的并不是让孩子感到满足和高兴，而是要教育孩子有独立的财政意识，甚至是让他们懂得为自己的未来积累资本。

教孩子使用零花钱是为了让孩子学会如何预算、节约和自己做出消费决定的重要教育手段。家长尽可能将孩子的零花钱控制在与他的同伴大致相当的水平上。至于零花钱的使用，则由孩子全权负责，家长不直接干预。如果孩子一旦因为花钱大手大脚而出现"财政困难"时，家长不要轻易帮助他们渡过难关，因为只有这样，孩子才会懂得过度消费所带来的严重后果，从而学会对自己的消费行为负责。

美国的洛克菲勒家族拥有的财产难以数计，但是老洛克菲勒每个月才给儿子几美元零花钱。有人问他："你这么多钱，为什么还如此吝啬？"

洛克菲勒回答说："这不是吝啬，而是责任。我之所以这样做，是要让他从小就知道，钱来之不易。只有养成节俭的习惯，长大后才能有所作为。"

其实管好孩子零用钱，是培养孩子理财的一个很重要的细节教育。有些父母担心，给小孩零用钱会养成他们浪费的习惯，或拿去做不正当的活动，不但影响功课，而且会使孩子走入歧途，造成一生的遗憾。因此，对给零用钱一事应十分慎重。事实上，在孩子的成长过程中，金钱的运用是一项很重要的社会学习，它深深影响孩子一生的人际关系与人格、心理的发展，无论采取过度限制还是过度放任的做法，都不太妥当。给孩子零用钱，并非只是为了满足他们的需要，而是能够教会孩子具有经济头脑，也能够训练孩子养成良好的理财习惯，而且这类教育宜早不宜迟。受到良好金钱观教育的孩子长大成人后才能对金钱抱有正常的心态，才能处理好人与金钱的关系。

因此，和孩子商定零花钱的数目有着很大的学问。

首先，零用钱要给得适当。一是数额要适当，要根据家庭经济状况和孩子的合理需要统筹考虑。一般以够支付孩子合理的开支为限，不宜多给，也不宜少给。多给，容易养成孩子大手大脚的习惯，使孩子不知钱来之不易，不珍惜父母用血汗换来的金钱；少给，又不能满足孩子正常合理的需要，弄得不好，还可能引发孩子私自拿钱或偷窃行为。

其次，时间要适宜。零用钱可以选在一个有纪念意义的日子开始给，如小孩上学的第一天时，告诉孩子这笔钱的用处，并使他懂得自己在家庭中的地位和责任，之后可以定期发给。根据孩子的年龄，对不同阶段的儿童零用钱发给的数目与时间可以不同。

第三，零花钱的数额必须适合孩子的不同身心发展阶段和生活范围。孩子入小学就可以给零花钱，低年级时孩子的活动范围和特点，一般以自己为主，因此只考虑孩子本身的需要；而到了高年级，孩子的思想范围和活动范围逐渐扩大到亲属、邻居、朋友，花销也就相应增加。究竟给多少合适呢？这需要认真调查研究，考虑到家庭收入、当地经济生活水平和物价等各种因素，总的原则是比孩子所需数额稍低一些为佳，定期发给较合适，1个月1～4次。其原因是，如果孩子要多少给多少，想买啥就买啥，一切都能随心所欲，孩子就不会懂得金钱的价值和财富的宝贵。反过来，自己的愿望得不到满足时，孩子就会感觉到钱不能乱花，东西也不能乱扔，开始领悟到钱应该省着点儿花，动脑筋少花钱多办事，或者为了买到自己喜欢的东西而积攒零花钱。

最后，让孩子从小体验到因没钱或钱不足而买不到自己迫不及待想要的东西而感到惋惜和无可奈何的情绪。这种情绪，使人不容易忘却，很长时间都会影响着人。这不仅使孩子进一步认识到金钱的价值和重要性，而且还能对想象力起着催化剂的作用，为追求更有价值的和美好的东西进行设计、策划，增长智慧。

常青藤家训

让孩子从小懂得金钱的价值、使用技巧、正当投资、节俭等概念和方法，以及金钱与人格的关系等，帮助孩子树立健全的经济意识，成为有经济头脑和管理能力的人。

"穷"本身是一种优势环境

精彩点击

从教育孩子的角度看，"穷"实际上是一笔无形的财富，会带来很多优势。如果家长能够在贫苦的环境中充满自信地生活，一定可以感染孩子，并有助于树立孩子正确的价值观。家长利用好这一教育资源，反而会使亲子间更加融洽。

眼下，孩子们的高消费一浪高过一浪。香港《大公报》曾经有文章报道，学生中有近百元的文具盒、数百元的书包、近千元的电子词典，也有学生驾驶着豪华奔驰轿车上学的新闻。

作为基本倚靠家长养活的群体，学生所花的钱基本上每一分都是向父母要来的，他们原本就不应该这样阔绰、铺张，但是其中的根源却在于家庭教育的不当，在于家长对孩子娇纵的爱。

很多父母会这样认为，自己即使是再苦，也不能让孩子也跟着大人吃苦，宁可自己节衣缩食省吃俭用也不可以苦了孩子。现在的一些年轻父母，觉得生活水平提高了，绝不能再让孩子像自己小时候那样吃苦了，别的孩子有的，自己的孩子也要有，否则自己的孩子就会很没有面子。父母的一片良苦用心可以理解，只是做孩子的未必领情，甚至觉得享受这一切原本就是理所应当的，无形中孩子在与同龄人交谈的过程中流露出相互攀比的不良倾向。

孩子终究有一天是要长大的，要离开父母振翅高飞，搏击长空，自己去奋斗、去生存。如果家长不从小磨炼他们的"翅膀"，锻炼他们的筋骨，当他们长大离开父母要自己去闯天地的时候，面对挫折势必惶惶而不知所措。溺爱是父母给孩子的最可怕的礼物，甚至是可以杀死孩子的毒药。为人父母，不可以不提高警惕。

"再富也要穷孩子"，在我们的意识当中灌输这个概念很重要。在孩子人格形成的关键时期，适当设置一些障碍，让他们受些挫折，少花些钱，多动动手，逐步增强自力更生、艰苦奋斗的意识，是对孩子的真爱，是给予孩子的终生受用不尽的精神财富。如此，孩子才能感受到生活的艰难不易，也懂得珍惜父母的劳动成果，激发吃苦的进取精神，对未来善莫大焉。

沃尔玛是世界上最大的零售业集团，它的创始人在自传《美国造》一书中，这样警告他的后代：子孙当中要是有谁敢玩弄纨绔子弟的那类奢侈品，我到地狱里去起诉他。

世界富豪尚且如此，我们实在是没有理由富孩子。

常 青 藤 家 训

"再富也要穷孩子"——孩子们长大了早晚要离开父母去独自闯一片天地，与其让他们那时面对挫折惶惑无助，还不如让他们从小摔摔打打，"穷"出应对人生的能力和本事。

帮助孩子 "忆苦思甜"

中国有句古话"由俭入奢易，由奢入俭难"。中国已经有四分之一世纪维持着两位数的高速经济增长，许多家庭已经"由俭入奢"了。但是教育孩子一定要有个"由奢入俭"的过程，让他知道眼前的财富并非轻而易举获得的，而是需要努力才能得来。

早在中国已经绝迹的"忆苦饭"，现在却在美国的不少中小学校校园甚至是幼儿园中大放光彩。这样做的宗旨，是为了帮助孩子懂得珍惜粮食，学会同情穷人，并懂得美好的生活来之不易，间接地了解一些国际知识。

旧金山市的斯蒂夫中学组织了一次"体验饥饿"活动，吸引了学校75名同学的积极参与。那天中午放学之后，参与活动的每个学生要抽取一张就餐券，而就餐券一共有三种：

（1）要是券上写着"15"，说明他属于占世界总人口中15％的富人，也就是说他可以享受到一份丰盛的午餐，而且还可以享受到殷勤的服务；

（2）要是券上写着"25"，说明他属于占世界人口总数25％的可以解决温饱的人，那他可以吃到少量的米饭，少量的鱼和豆子；

（3）要是券上写着"60"，说明他代表的是占世界总人口60％的穷人，因此午餐就只能吃到没有放油的土豆，而且数量很少，还要耐心地排队才能领到属于自己的那一份。

这个学校的校长介绍说，这些孩子们通过抽签分成了三组，其比例恰恰与世界人口的饥饿格局大致相同。尽管活动是象征性的，但是孩子们已经意识到了世界上饥饿的人口实在是太多了，并且体会到了这个世界的不平等。这些参与活动的孩子，以后不会再浪费粮食，还向学校的"粮食银行"捐赠了自己节约下来的多余食品和零用钱——这些由孩子捐赠的食品和金钱有的分发给了国内的慈善机构，有的远送到了遥远、贫困的非洲大陆。

如果说这些活动是由学校组织的，那么在眼下纽约、洛杉矶、费城等大城市中的孩子都已经非常流行"过爷爷时代简朴生日"的活动，完全是孩子们在长辈指导下的自发行为。

多迪听说爷爷小的时候过生日非常简朴，感到既新鲜又有趣，于是自己在生日那天把年已古稀的爷爷请来，请老人谈谈他们那个时候的孩子都怎样过生日，然后自己如法炮制了一顿简单、廉价的生日餐，同样过得既热闹又好玩。生日过后，多迪就把这次过生日剩下的钱全数捐给了"支援非洲饥民办公室"。

现在的孩子，大多生活在衣食无忧的环境里，不知道生活的艰辛，他们花钱大手大脚，吃东西挑肥拣瘦，再漂亮的衣服穿不了几天，就不肯再穿了。"成由勤俭败由奢"，培养孩子的节俭精神尤为重要。美国的家长从小就让孩子们认识到劳动的价值。美国南部的一些州立学校为了培养学生独立生存的能力，特别规定：学生必须身无分文地独立谋生一周才能予以毕业。这个条件看上去很苛刻，但是却使学生们获益匪浅。于是在学生中流传着这样一句口号"要花钱自己挣"。通过自己的努力来证实自己的价值。

除此之外，家长还应该通过一些方法让孩子懂得勤俭节约。

（1）认识到培养孩子勤俭节约的意识是塑造良好品德的开端。

（2）从小事做起，养成节约的习惯。在生活细节上养成节约的习惯，比如爱惜粮食、人走灯灭、一水多用、爱护衣物等；其次，在使用学习用品上要讲节约，不要因为写错一两个字就撕掉一大张纸，不要老是碰断铅笔芯等。

（3）让孩子学会量入为出。父母要经常给孩子讲勤俭持家的道理，使孩子懂得一粒米、一滴水、一度电都是辛勤劳动得来的，父母供他的衣食住行的所需费用都是辛苦工作挣来的。让他们知道家庭的经济能力，这样他们就会自觉抛弃不必要的消费。

常 青 藤 家 训

在对于孩子的教育中，涉及的内容方方面面，吃苦教育就是其中的一个方面，这个教育将会对孩子的意志教育有着最直接的影响。

留钱给孩子并不明智

精彩点击

在当今这样一个充满了机遇和挑战的时代，即使是百万富翁家的孩子，如果能力平平，也很难再比得上素质过硬的穷孩子。不注重培养孩子能力的父母，即使是留给孩子再多的财富，也很难保证孩子富足一生，因为孩子失去了创造财富的源头活水。

遗产往往与负担成正比，甚至会变成继承者的梦魇而害了他们的一生。话虽然这样讲，世界上大多数的富豪们还是将自己庞大的财产传给家人，希望子孙永远享受富足。不过美国的新富们并不是这样想的，他们宁愿把巨额的财产捐献给国家，也不留给后代，以免孩子们成为躺在遗产上只知道享乐而不思进取的人。

从微软的创办者比尔·盖茨、投资家沃伦·巴菲特，到好莱坞的女星洁美·李·寇蒂斯都是这股风潮的先行者。比尔·盖茨早在他 50 岁生日时就宣布，在他所有的遗产中，只会给每个孩子 1000 万美元，剩下的将捐给慈善机构，目的是不希望看到自己的子女过那种偏执无意义的生活。

沃伦·巴菲特曾经公开表示，那种以为只要投对娘胎就可以一辈子衣食无忧的想法，有损他心目中的公平原则，所以在他和太太的遗嘱里，决定将大部分的遗产捐赠给巴菲特基金会。巴菲特对他的子女曾说："想要成为亿万富翁，不要指望你们的爸爸妈妈，我不想伤这个脑筋。"

这些富豪们之所以会有这样的观念，很有可能是被当时罗斯·柴德的故事吓到了。罗斯·柴德是比巴菲特还要老一辈的美国富翁，他把所有的财产都留给了儿子拉斐尔，使拉斐尔成为当时最富有的年轻人，但是当他继承遗产两年之后被人发现死于纽约一处人行道上，死因是吸食海洛因过度，年仅 23 岁。

许多有钱人都在不经意中伤害了自己的孩子。美国卡耐基基金会就曾经做过这样的一项调查，在继承 15 万美元以上财产的子女中，有 20％的人会放弃工作，他们这些人大多数会一事无成，整天沉溺于吃喝玩乐，直到倾家荡产。有的人一生孤独，出现精神问题甚至会做出违法乱纪的事情。因此今日的美国富豪们，宁可把财产捐到慈善机构也不愿意留给自己的孩子，大笔的可观财富在他们的眼中无疑是一股祸水。去年，哈佛大学的募款人柯立尔估计，在全美国的 320 万名百万富翁中，约有 60％的人会因担心宠坏了子女而捐出大笔财富，柯立尔说："许多新富之家希望子女只享受中产阶级的生活形态，让他们可以拥有快乐的婚姻并且养育快乐的子女就足够了。"

那么这些新崛起的富豪要留多少钱给自己的子女呢？柯立尔认为，资产超过 3000 万美元的富豪会留给子女每人约 150 万美元，这笔钱可以用来买一栋房子并且可以接受良好的教育。至于资产超过了 1 亿美元的富豪，就像是比尔·盖茨一样，每个孩子可以分到 1000 万美元就够了。他们认为，如果父母过分地溺爱自己的孩子，让孩子只懂得享受的话，将使孩子没有机会经历属于自己的成功和失败，他们担心，让孩子当现成的富豪，会扼杀孩子的才能，最终一事无成。

惠普的创办人之一帕卡德在临终之前，捐出了他一生财产的 50 多亿美元，他的子女在接受媒体采访的时候表示，健康、正常的遗产捐赠有利于子女的成长、成才和社会的发展，将巨额财产捐献出去，下一代才能得到重新创业的乐趣，"乐趣不在于拥有，而在于创造。"

常青藤家训

做父母的如果乐于将自己的财产留给子女，乐于为子女的生活铺桥修路，愿意为子女做牛做马，让其衣食无忧，其实就是剥夺了子女的生存能力。

与其摆阔不如"穷相毕露"

精彩点击

真正对孩子未来负责的家长一定会注重让他懂得吃苦和自立。在美国甚至有很多父母认为：如果让孩子从小就养尊处优，那无异于剥夺了他们白手起家的机会。孩子没有任何机会品尝到获得成功的喜悦，这对孩子是不公平的。

"金钱不是万能的，但没钱是万万不能的。"对于金钱，应持正确的态度，取之有道，用之有度。父母应该从小对孩子进行严格的金钱教育，要教孩子如何使用钱，这是一种素质，它关系到孩子一生的发展。孩子没有固定的收入，不具备成熟的金钱意识，他们不懂得如何管理自己的钱，但对金钱的要求和欲望是很强烈的。这很容易使孩子在用钱的时候犯一些错误，而这些错误会影响孩子的成长。

孩子的"摆阔"，问题好像看似是出现在孩子身上，实际责任是在家长。因为孩子"摆阔"用的钱，是家长提供的。即使是孩子自己通过打工挣来的钱，却用在了吃喝穿戴上以显示自己的"阔气"，这其中主要是受到了家长的价值观念的影响。所以家长一旦发现孩子有"摆阔"的现象，一定要提高认识，检查一下自己的价值观念，再来引导孩子。

爱摆阔的孩子表面上看来是显示了自己的"阔气"，其实反映出的是对待物质生活的态度。我们不是苦行僧，物质条件好点可以适当让自己过得更加舒适。但是如果刻意地追求享受，甚至是故意追求"阔气"的效应，就有点庸俗了。

在美国社会最受人尊敬的，是那些所谓的"白手起家"的富人们。

即使是在美国的富贵家庭中，父母也非常注意让自己的孩子懂得吃苦自立。在他们看来，让自己的孩子从小就养尊处优，等于剥夺了他们自己白手起家的机会，这对孩子来说是不公平的。

罗拉是美国一个大学校长的女儿，生了孩子之后，全家都靠当助理教授的丈夫的工资生活，日子过得紧紧巴巴。双方的父母都是大名鼎鼎的人物，每周都是兴高采烈地来看自己的孙子，但是看完之后一拍屁股就走人，谁也不会接济一下。罗拉的爸爸曾经把家里的一辆破旧车，以优惠的价格转卖给了罗拉。这种"穷相"，实在是让人看了着实有点吃惊。美国的富家子弟常常会露出"穷相"，但是富起来却是长盛不衰，这其中的道理值得深思。

我们的家长，有义务让孩子明白大手大脚地花钱是多么的不应该，当他明白了这一点，也就更懂得今日的生活是多么的来之不易，也就懂得了要感恩父母，也懂得了要自己去创造美好的生活。要想让孩子改掉大手大脚花钱的作风，除了我们要对孩子的"财源"加以适当控制之外，还可以采取以下的几种方法：

（1）让孩子懂得钱的价值。

让孩子了解父母的收入来源、开支、储蓄等经济情况，并通过上街购物等机会，做一些物品价格的比较。比如买东西时可以连续逛几家商店，买回物美价廉的商品，然后把省下来的钱给孩子买他向往已久的物品。

（2）让他了解家庭的收入。

让孩子了解家庭的收入，提醒他不要和别人攀比。让他明白要想生活得更好，必须付出辛勤的劳动，将来要靠自己自食其力。父母可以给孩子一些机会，让他们去买菜、交电话费等，使孩子知道家里的钱是怎么花出去的，父母每个月都需要支付哪些开支。这样，孩子有了了解家中"财政"的机会，就会更加懂得钱的重要性。

（3）带孩子到自己的工作场所去参观一下。

孩子往往不知道父母的钱是从哪里挣来的，并对父母给予的每分钱持一种无所谓的态度。但是，当他参观了父母工作的场所，特别是体力劳动者流血流汗的挣钱场所，情况就大不一样了。父母的劳动会对孩子的心灵产生一种震撼效果。看到父母为了这个家，为了自己，不辞辛苦地工作，用汗水甚至是血水换取生活必需的钱，他会为自己的大手大脚而惭愧。慢慢地，他就能够学会心疼父母，尽量减轻父母的负担，做个明事理的孩子。

知道了钱是从哪里来的，孩子会了解钱来之不易，会了解钱在生活中扮演的重要角色，会反思自己的消费行为和消费习惯，不会再为满足自己的虚荣心而一味攀比，也就不会再为父母增加负担了。

常 青 藤 家 训

父母应该从小对孩子进行严格的金钱教育，要教孩子如何使用钱，这是一种素质，它关系到孩子一生的发展和幸福。孩子对金钱的诱惑缺乏抵抗力，树立正确的金钱观对他们来说尤为重要。

防止穷孩子的自卑心理

精彩点击

如今，经济条件好的孩子和穷孩子无论从穿的衣服、玩的玩具，到交通工具、建筑环境都有很大差别，好像生活在两个完全不同的世界。实际上，贫穷家庭的父母只要保证坦然而快乐的生活，也不必掩饰自己的穷，孩子就完全不会产生自卑的心理。

　　如今社会的分化已经是越来越严重了，不同的阶层，在生活水平方面相差甚远。孩子在很小的时候就能感受到这样的一种"阶层差距"。有钱家的孩子或许穿的衣服都是高档名牌，玩的玩具全部都是电动化，居住的环境舒适明亮；而普通人家的孩子就没有这样优越的待遇了，同龄的孩子们平时在一起交流玩耍，却发现彼此原来是生活在两个世界的。面对这样的状况，也许一些家长会有些担心：尽管我们再不愿意亏待自己的孩子，但是也担心孩子知道自己穷之后会丧失做人的自信心。其实他们不知道，孩子观察世界的眼光和成人相比有着很大的差别。孩子们并不在乎自己是否穷苦，他们在乎的是满足和情感，他们在乎的是能否玩得尽兴。

　　一群十来岁的孩子三五成群地聚在了路的中央，兴奋地蹦来蹦去丢着沙包。那个小小的沙包里装满了黄沙，来回急飕飕地穿梭于他们的身体之间。这个沙包受尽了折磨，时而被他们扔进路边浅浅的水沟里，时而又重重地埋葬在地上厚厚的灰土里，这帮孩子似乎玩兴正浓，你追我赶，几个回合下来之后谁都没有被丢沙包的人击中。那些被打中的孩子，似乎还有些恋恋不舍，极不情愿地被赶下场来。

　　我们在教育孩子的时候也要注意抛弃自己的角度，努力从一个孩子的眼光来看世界，并且及时地教给他一些基本的人生价值观。

　　作为家长，我们没有必要掩饰自己的穷。如果让孩子观察出来我们在掩饰，反而会暴露出家长的心虚，觉得穷是件丢脸的事情，这才会真正打击他的自信心。家庭条件不好固然是个劣势，如果父母善加利用也可以变成优势。比如父母可以让孩子了解到他想要的东西父母要付出多大的努力才能帮他得到，这样的话会让孩子对父母给予他的爱很满足，觉得自己虽然拥有的物质很少，但是拥有的感情很多，这样他就会自信而不是自卑。再者，我们还可以告诉孩子，现实要坦然接受，但绝不是一成不变的，一切都要靠自己来努力，相信在这样的环境下成长起来的孩子，一定是快乐而懂得上进的，怎么会自卑呢？

　　自卑对孩子的心理发展有很大的负面影响。心理学家阿德勒认为，每个人都有先天的生理或心理欠缺，这就决定了每个人的潜意识中都有自卑感存在。但处理得好，会使自己超越自卑寻求优越感，处理不好就将演化成各种各样的心理障碍或心理疾病。另外，自卑容易销蚀人的斗志，就像一把潮湿的火柴，再也燃不起兴奋的火花。如果一旦发现自己的孩子有自卑感，父母也要让孩子懂得，凡事都应有必胜的信心，自信是消除自卑的最好方法，因为自信会使人获得更多的成功。但在自信的基础上，要有符合自己实际情况的抱负水平。自卑者应打破过去那种"因为我不行——所以我不去做——反正我不行"的消极思维方式，建立起"因为我不行——所以我要努力——最终我一定会行"的积极思维方式。要正确而理性地认识自己，以坚强的勇气和毅力面对困难，以自信扫除自卑。

常 青 藤 家 训

只要社会给予的机会公平，穷孩子和富孩子在面对竞争时并没有太多的优势和劣势。从培养孩子的角度来看，穷恰恰是很好的教育点，可以让孩子领悟很多道理。

文化贫困最值得担忧

精彩点击

薛涌曾经将美国的穷人分成两类：一类是境遇贫困，这种是属于暂时的；另一类是世代贫困，是由于其文化行为决定的，会持续下去。所以，很多穷人的贫困和其文化行为有关，要战胜经济贫困，就要先战胜文化贫困。

　　天下父母无不期望孩子获得成功。孩子怎样才能获得成功呢？很多家庭没有很优越的条件，没有很多的资源，也没有高知的父母，即使这样就不能培养出精英了吗？每个孩子都有自己的理想，作为家长要帮助孩子实现他的理想，帮助孩子树立信心，告诉他一切都是暂时的，美好的未来是通过自己的创造才能获得的。要知道，比物质贫困更可怕的是"文化贫困"，如果一个家境普通的孩子失去了进取的意志，那就永远不可能再有成功的机会了。所以家长要注重培养孩子追求成功的意念。当孩子相信自己是有能力的，并感觉到他人的欣赏、肯定，他就会多一份自信，多一份责任，也就会具备追求成功的意念。父母的激励将有助于孩子获得这些。

　　那么，家长应该怎样让孩子在精神方面不再"贫困"呢？

　　(1) 多鼓励自己的孩子。

　　激励的教育方法主要是通过家长的谈话来实现。家长期望的目标，有时会成为孩子追求的目标。父母要对孩子的发展充满信心、充满希望，要善于抓住孩子的优势以激励孩子主动发展、追求成功，父母可以针对孩子的具体特点，为其设定合适的追求目标。父母特定的动作、手势、表情、眼神，在特定的环境中也都具有某种激励作用，以至于孩子具有更强的追求成功的意念。

　　(2) 鼓励孩子自己实践。

　　过分地包裹束缚孩子，会给予孩子更多的惰性和笨拙，并失去应有的斗志和雄心。父母都希望同孩子一起分享成功的喜悦，那么，就请父母放开双手，让孩子自己走。当你给孩子一个自由发展的空间时，会欣喜地看到你所希望看到的东西。

　　父母让孩子处于竞争的机制时，比如，带两个孩子一起走，这样，就容易激起孩子的求胜欲望。孩子在竞争的过程，会更加强烈地认为成功其实就在身边，那么，也就更为进取、聪慧。

　　(3) 帮助孩子树立责任心。

　　孩子的责任心从哪儿来？其实，家长只要让孩子充当一些有意义的角色，使他们感到自己的行为对家庭所产生的重要性，同时也培养他们战胜自己弱点，增长各种能力的信心。

在家庭中，父母应有意识地分派给孩子一些力所能及与其年龄相当的任务，例如打扫卫生、负责为花草浇水等。与孩子进行平等的交流，也是培养责任心的一种方式，不但要倾听他的心声、感受，也要同他谈些自己的喜怒哀乐，当然内容应该是孩子所能接受的。

（4）让孩子体验成功。

自信心对一个人一生的发展所起的作用是无法估量的，无论在智力上还是体力上，或是做事的各种能力上，自信心都占据着基石性的支持地位。一个人如果缺乏自信心，就会缺乏探索事物的主动性、积极性，其能力自然要受到约束。每个家长都是能够让自己孩子体验成功的，只要伸出你的手去牵引，只要付出你的关爱，幼小将变得更为茁壮。

常 青 藤 家 训

物质条件、资源条件上稍稍落后都是暂时的，经济贫困和文化贫困是两个不同的概念。如果希望孩子能够克服一切困境走向成功，最重要的是帮助孩子摆脱精神上的文化盲点。

参考文献

[1] 薛涌. 一岁就上常青藤 [M]. 北京：中国青年出版社，2009.

[2] [美] 埃斯奎斯. 第 56 号教室的奇迹 [M]. 北京：中国城市出版社，2009.

[3] 武敬敏，杨秉慧. 哈佛最神奇的 24 堂家教课 [M]. 北京：石油工业出版社，2009.

[4] 杨秉慧，杜慧. 哈佛最神奇的 24 堂成长课 [M]. 北京：石油工业出版社，2009.

[5] 宿春礼，邢群鳞. 总统家训 [M]. 北京：中央编译出版社，2009.

[6] 郭红玲. 中国式教育应规避的 16 个问题 [M]. 北京：石油工业出版社，2006.

[7] 宿春礼. 成就比尔·盖茨的 11 条准则 [M]. 北京：石油工业出版社，2004.

[8] 潘静，王爱民. 绅士法则淑女定律 [M]. 北京：中国广播电视出版社，2008.

[9] 伊丽莎白·谷瑟蕾. 美国父母怎样"管"孩子 [M]. 北京：国际文化出版公司，2009.

[10] 邢群麟. 世界上最神奇的十大教育法 [M]. 北京：中国言实出版社，2009.

[11] 张为民. 美国家长训导孩子培养好性格的十原则 [N]. 环球时报，2010－04－16.

[12] 马里兰州. 中国教育应从美国借鉴什么 [N]. 美国侨报，2009－11－17.

[13] 林朝晖. 漫谈美国人的幽默感教育 [J]. 海外星云，2007 (11).

[14] 陈亚玲. 你的孩子有童年富裕病吗 [J]. 社会观察，2006 (8).